HILDA PERERA

El sitio de nadie

NOVELA

FINALISTA DEL PREMIO PLANETA 1972

EDITORIAL PLANETA BARCELONA

Editorial Planeta, S. A., Calvet, 51-53, Barcelona (España)

Sobrecubierta: Olivé Milián

Primera edición: Diciembre de 1972 (11.000 ejemplares)
Segunda edición: Diciembre de 1972 (10.000 ejemplares)
Tercera edición: Enero de 1973 (5.500 ejemplares)

Depósito Legal: B. 852 - 1973

ISBN: 84.320.5271-0

Printed in Spain - Impreso en España

Talleres Gráficos «Duplex, S. A.», Ciudad de la Asunción, 26-D, Barcelona

José Javier tiene un metro de alto, una abuela viuda, una madre delgada y muy sensible, una madrina pedagógica y no tanto padre como quisiera. Porque sus ojos son lagos de terciopelo y noche, y hay en ellos una profunda sabiduría tamizadora, los espiritistas dirían que había vivido antes.

Su aire grave, sus costillas —jaulas del aire asustadizo que respira—, su color cetrino, sus piernecitas flacas, de rótulas salientes, le dan aspecto de neorrealismo italiano, de posguerra, de producto de la explotación capitalista. En realidad, es sólo un burgués flaco. Políticamente, y a pesar de la tía alta como un armario antiguo, madre del primo a quien le bordan en los calzoncillos corona de marqués, José Javier es revolucionario. Como no conoce el mimetismo, porque es muy niño, hace constante y fervorosa profesión de fe delante de su familia, vapuleada por la Reforma Agraria, la Reforma Urbana y las primeras intervenciones.

Si le preguntan qué quiere ser:

—¡Miliciano! —contesta rápido.

Si «¿qué quieres que te regale?»:

—Un camión ruso —añade presto.

Si «¿adónde quieres viajar?», siempre, como si fuera marxista:

—A Rusia.

—¿Y cómo es Rusia, José Javier? —le preguntan por ver qué URSS es esa que se ha formado tras sus ojos negros.

—Rusia es rosada —responde viéndola—. Tiene una terraza así —añade curvando el brazo.

—¿Y China?

—Igual que Rusia, pero sin terraza.

Como cuadra a los tiempos, José Javier es obrero. Muy de mañana va al Consolidado de la Harina —bajo la mata de coco—, donde es jefe de producción. Allí, con fervor revolucionario, igual que en las fábricas grandes, compensa la falta de técnica. A eso de las diez, sigue al Consolidado del Jabón, debajo del lavadero. Todo el día juega a trabajar con tanto ahínco, que no comprende por qué los mayores, al verlo, le dicen que «e' mula».

Pasada la Quinta Avenida, después de la iglesia de Santo Tomás de Villanueva —hoy convertida en almacén—, una calle larga lleva directamente al silencio. Allí, frente a una ceiba que si no vio a Colón, ya murmuraba en el aire criollo del siglo XIX, está su casa. Decente y rosada, hecha de ahorro e hipoteca, le queda al frente la gran burguesía pudiente de casonas abandonadas y, al fondo, la pequeña de empleados y oficinistas que esperan confiados en poder adaptarse al socialismo.

La mitad de su familia, la más pudiente, está ya en Miami, a un mundo de distancia. La que queda, vive repartida en tres casas: la suya, la de madrina, apenas a una cuadra, y la de abuela Nina, allá por el Vedado. En las tres se respira un ambiente tenso; todos viven con cautela, como si tuvieran miedo a pisar alguna trampa. Abundan los silencios, las violentas disputas que arden súbitamente, las frases dejadas a medias. Es que comparten mesa y lecho, desayuno y presupuesto, los que creen en la Revolución y los que ya la odian.

Madrina, mamá y abuela todavía llevan al pecho, como talismán contra el escepticismo, la Revolución en la que ya nadie burgués cree: «Ni a la izquierda, ni a la derecha: un paso adelante», «Revolución cubana como las palmas», «Comunismo no; cubanismo» y, sobre todo, la hermosa «Libertad con pan; pan sin terror». En cambio, padrino, papá y los amigos de ambos no ven sino engaño y desastre por todas partes. Cuando se reúnen, fraguan hipotéticas y temerarias formas de asesinar a Fidel.

José Javier siente la furia acechante que arde en torno. No sabe qué palabra mal dicha o qué canto provocará disgusto de papá o tristeza y llanto súbito de mamá. Hasta se culpa de que papá y mamá ya no vivan juntos. (Todo empezó un domingo que iban paseando los tres por la Quinta Avenida en el Consulito gris.) Hacía tiempo que habían intervenido la fábrica y papá pretextaba tener que trabajar hasta tarde: apenas si paraba en la casa. Mamá parecía disgustada y los dos guardaban un silencio aburrido. José Javier se entusiasmó viendo que se acercaba a ellos un camión ruso repleto de milicianos verdes. Cada uno traía su metralleta y cantaban jocundos: «Agrupémonos todos, en la lucha final...» Como era tan divertido, sacó la mano y les dijo adiós sonriendo. Le devolvieron el saludo veinte manos alzadas. Alborozado, sacó la cabeza por la ventanilla y coreó a voz en cuello: «¡Con la Internacional...!»

Al oírlo, papá frunció el entrecejo, hundió el pie en el acelerador y cruzó como un bólido junto al camión de milicianos.

—¡Ave María, José Javier, no es para tanto! ¡Si la está oyendo continuamente! Ahora dondequiera cantan la Internacional —protestó la madre.

Guardó silencio un instante y añadió en tono de recriminación:

—¡A derechas no ves al niño y luego pretendes que piense igual que tú! —suspiró un «¡Ay Dios mío!» angustioso, y José Javier supo que había estropeado completamente el paseo. Ninguno de los tres volvió a decir palabra.

—Vete a jugar, que quiero hablar con tu papá —lo despidió Ana apenas llegaron a casa de madrina.

José Javier temió por si triunfaba el «mandarlo fuera» que proponía su padre cada vez con más fuerza, sobre el «de mi hijo no me separo», de mamá.

Apenas quedaron solos, exclamó ella:

—¡Yo no puedo seguir así! ¡No puedo!

José Javier intentó soslayar la escena. Sabía que

Ana, su mujer, estaba a punto de escenificar ante él uno de aquellos dramas envolventes y subjetivos para los que tenía perdida completamente la paciencia. De haber podido hablar con sinceridad, hubiera puesto en palabras el sentimiento de hastío y cansancio que lo invadía cuando estaban juntos. Pero desde los dieciocho años no había vuelto a tomar en sus manos el destino. Aprendió entonces que la vida se hace sola, a imprevistos azares sobre los que nadie tiene albedrío. Además, hacía tiempo que estaba espiritualmente exhausto, como si le hubieran puesto uno tras otro los cansancios de todas las derrotas de su vida, sin noche por medio para aliviarlos. Inmerso en estos sentimientos que fluían por su mente y casi le hacían olvidar por qué había perdido antes la calma, permaneció en pie cerca de la puerta y pensó despedirse. Pero fue en balde. Ana volvió a conminarlo.

—Entra, que quiero hablar contigo.

—¡Si no hay nada que hablar!

—Tú no tendrás nada que hablar, ¡pero yo no puedo seguir así, porque me vuelvo loca! ¡Mira, mira cómo me tienes! —lo acusó levantando sus manos, llagadas por una alergia nerviosa—. ¡Mira, mira! —acercándose, abrió una grieta como una cortada que tenía en el índice y esperó a que brotara un hililllo de sangre—. ¿Lo ves? Dice el médico que son los nervios, pero ¿cómo no los voy a tener destrozados viviendo en esta incertidumbre?

—Hace más de un año que tienes esa alergia —comentó José Javier indiferente.

—Sí, ¡pero cada día estoy peor! Me paso las noches desesperada. El ahogo no me deja dormir. ¿Tú no te das cuenta de que esto no es vida? Tú por un lado, yo por otro... No sé a qué atenerme ni qué terreno estoy pisando...

—¿Y qué quieres que haga?

—¡Que acabes de tomar una decisión, no que explotes por una tontería que ni viene al caso!

—¡Es que esta gente lo saca a uno de quicio!

—¡Pues yo no veo por qué te quejas! Estás en tu puesto hasta con el mismo sueldo. Nadie se ha metido contigo...

Sin perder la característica impasibilidad de su rostro e incapaz de expresar pasiones profundas, José Javier comenzó a hablar en tono sarcástico.

—Sí; me debía poner un letrero de «Gracias, Fidel» en la frente. Trabajo el día entero oyendo discursos por los altoparlantes. Mi jefe es un cretino que no llegó a sexto grado. No hay piezas, ni repuestos, pero si baja la producción, es por sabotaje. Si no me meto a miliciano y hago guardia, me acusan de «conflictivo»... Y el domingo, que salgo a pasear con mi hijo, ¡me canta la Internacional!

—¡Es que todo lo miras por el lado negativo! No; yo no pretendo tapar el sol con un dedo; cometen muchas equivocaciones. ¡Pero una Revolución es una Revolución! —exclamó Ana como si hubiera dicho una verdad definitoria—: un proceso...

—Sí; hacia la miseria, hacia el caos.

—Eso no es verdad; hay cosas maravillosas.

José Javier hizo un gesto de fastidio.

—No vale la pena discutir. Tú y yo nunca nos pondremos de acuerdo.

—Porque tú no quieres. ¿No te gusta esto? ¿Crees que no vas a poder adaptarte? ¡Pues toma una decisión, sacamos los pasaportes y nos vamos los tres! ¡Pero no le des más largas al asunto! Nos vamos a Canadá, a México, ¡a donde tú quieras! ¡Por mucho que yo sienta la Revolución, no voy a dejar a mi hijo sin padre por ella!

Como siempre, el padre soslayó la decisión concreta.

—Esto no dura ni seis meses. ¡Se va a pique de lo que no hay remedio!

—¡No sueñes, chico!

—No sueño. La invasión está al caer en cualquier momento.

—¿Qué invasión de mil culpas, José Javier? ¡Aquí el pueblo está con la Revolución!

José Javier contestó exponiendo el plan que confabulaban, de sobremesa, Juan Antonio y él.

—El problema es liquidar al Caballo. Buscar alguien a quien le hayan fusilado un pariente... Con un rifle de mirilla telescópica, en una de esas concentraciones...

—Mira —lo interrumpió Ana impaciente— ¡en vez de hablar tanta cretinada, aquí lo que hay que hacer es adaptarse o irse! ¡No le des más vueltas! ¡O te quedas y te adaptas, o sacamos los pasaportes y nos vamos!

José Javier continuó terco:

—Es cuestión de esperar el momento oportuno. Cuando caiga la invasión... Una invasión como Dios manda, con bombarderos y todos los hierros...

—¡Cállate, cállate! ¡No me martirices! —gritó Ana sin poder controlar la agitación que viajaba por todos sus nervios—. ¡Ay, Dios mío!, pero ¿qué he hecho yo? Te estoy diciendo que no puedo más, que tengo los nervios hechos trizas, que me ahogo, que tengo las manos destrozadas, ¡y me martirizas hablándome de invasiones y bombarderos! Pero ven acá, chico —dijo acercándose y gesticulando dramáticamente—, ¿tú no te das cuenta que esas bombas van a caer aquí mismo, en esta casa, sobre tu propio hijo?

Hizo una pausa y trató de dominarse. Entonces, como si estuviera muy lejos y hablando de algo totalmente ajeno, comentó:

—¡Qué boba soy! ¡Si no es eso! ¡No es nada de eso!

Alzó la vista y dijo mirando directa, desoladamente a José Javier:

—¿Tú te crees que yo no me doy cuenta, que hace mucho tiempo que me doy cuenta? ¿Tú crees que soy boba?

José Javier sintió lástima.

—¿Ves por qué no vengo? ¿Lo ves?

—Sí, si vas a martirizarme, ¡mejor vete y déjame tranquila!

El niño entró de pronto. Sus negros ojos absorbieron la tensión del ambiente.

—Bueno, me voy —dijo José Javier.

—¡Yo quiero irme contigo!

—¿Tienes inconveniente en que me lo lleve?

—Papi, ¿yo puedo quedarme contigo y con abuela? —susurró el niño. La mezcla de expectación y angustia que reflejaban sus ojos hirió a Ana.

—Sí; vete. ¡Vete con tu padre!

Por liberarse de una vez, José Javier empujó suavemente a su hijo y ambos salieron a la calle. Apenas había cerrado la puerta, oyó que Ana repetía entre sollozos:

—Ay, Dios mío, ¡hasta mi hijito!

Abuela María, que había estado oyendo desde el cuarto contiguo, sintió el profundo cansancio de quien se enfrenta a un problema insoluble y no tiene ni la resignación para aceptarlo, ni el egoísmo para permanecer indiferente. Titubeó un instante, pensó eximirse, pero hizo acopio de fuerzas y salió a la sala:

—¿Quieres que te haga una tacita de tila?

—¡No chica; qué tila, ni tila! —rechazó Ana—. ¡Es que no puedo, no puedo; ya no resisto!

Comenzó a sollozar dramáticamente.

—No sé para qué discuten de política. Nunca sacan nada en limpio y se hieren sin necesidad.

—¡Ahora me vas a echar la culpa!

—No, no te la echo. Te aconsejo simplemente.

—¡Si lo que he dicho es que me voy donde quiera, al fin del mundo, con tal de salir de este infierno! Es que me voy a volver loca.

—¡No digas eso!

—Hace tres noches que no duermo. Estoy muerta. Tengo un peso aquí, que no puedo —dijo llevándose la mano a la nuca—. No, yo así no sigo. Si él no decide pronto, me separo, me divorcio, veré lo que hago, pero así no sigo.

—No te precipites, mi hijita —comenzó abuela María con la aplomada voz de los consuelos—. Todos los matrimonios tienen estas etapas. Ustedes tienen la vida por delante...

—¡Ave María, mamá! Con treinta y cinco años y un hijo por criar, y la vida destrozada, ¿qué clase de futuro tengo por delante sola, luchando con un hijo chiquito? ¡Si lo que debía hacer es acabar de una vez!

—¡No hables así! —suplicó abuela María y le ofreció alternativa—: Mira, hijita, yo que tú...

—Por lo que más quieras, no empieces a decirme lo que tengo que hacer —la interrumpió Ana—. Éste es mi problema y tengo que resolverlo a mi modo. Esta vez voy a hacer lo que me parezca. ¡Lo que yo crea! No lo que piensen Teresa y tú. Bastante me han dirigido la vida. Pero ahora, se acabó, ¡se acabó! Esta vez decido sola. ¡Ya es hora!

—¡No seas injusta! —protestó abuela María. Hace unos años, no hubiera podido contenerse. Le habría mostrado, razonado, increpado hasta qué punto estaba siendo injusta. Pero ya no. En vez de eso bajó la cabeza y suspiró—: ¡Ayúdame! —como si le hablara a alguien dentro de sí misma.

Al verla así, tan viuda, Ana sintió remordimiento y lástima, pero no podía rendirse.

—¡Mejor que me vaya! Necesito estar sola. ¡No te pongas así, chica, no me hagas caso! —amainó.

Abuela María respondió rápida:

—¿Y cómo quieres que me ponga?

Ana salió a la calle. Por su mente cruzaba un torbellino de sentimientos depresivos, fracasos, susceptibilidades viejas. Las ideas, como manada de lobos, sueltas de pronto, se perseguían por su mente a un ritmo vertiginoso. «¿Por qué me sacrifico, Dios mío? ¿Por qué? ¡Si no merece la pena! José Javier no me quiere. El niño ni se da cuenta. Cada día prefiere más a su padre. Hoy me miró casi con odio. Le estoy dedicando mis mejores años y total ¿qué? Casi le estorbo. No tengo nada; absolutamente nada. Cada día estoy más sola. Yo no puedo seguir así, porque esto no es vida. ¡No puedo!, ¿qué ilusión tengo? ¿Qué futuro? ¡A veces quisiera dormirme y no despertarme por la mañana!» Sentía el latir de un pulso inclemente en la boca del estómago, la boca seca, la respiración agitada. El párpado izquierdo le latía, como si tuviera corazón propio y vida aparte. Del fondo del abismo buscaba aliento, fuerza interior con que rescatarse. Trataba de respirar a ritmo y hacía un esfuerzo sobrehumano contrayendo los músculos para marchar medida, casi marcialmente. Con un empeño deliberado y terco fue mandando callar y llevando a redil las despiadadas sombras. «¡Yo no voy a dejar que me destruyan! ¡Tengo que vivir! ¡Ser yo! No voy a consultarlo ni con mamá ni con Teresa... ¡con nadie! Lo que debo hacer es divorciarme de una vez.» Al oír su propia voz, se le helaron las manos. «¡No sé por qué me hago ilusiones! ¡Si no puedo! ¡Yo sola no puedo!» Una nueva ola de angustia amenazó arrastrarla. «No, eso no es cierto. ¡Ya verán que puedo!», gimió ahogadamente. «Hoy, ahora mismo, ahora —repitió sin saber con exactitud qué se proponía hacer—. ¡Ya verán si puedo!»

La casa estaba impávida, esperándola. Apenas se detuvo en el umbral sintió como si la reclamara para sí un pozo profundo. Miró las flores rojas en su búcaro de cristal, las teclas del piano abierto, los libros de Física de José Javier, los retratos ya anacrónicos, de momentos felices. Parecía un museo de sí misma. De cada objeto emanaba un fluido de seguridad y custodia. Se vio de nuevo sola, sin hijo, sin esposo, débil, con sólo la mitad peor de su vida por vivir. Apoyó la cabeza en una de las paredes y comenzó a llorar de una vez su soledad entera.

José Javier sintió remordimiento porque había dejado sola y llorando a la madre y hubiera corrido a abrazarla, pero vaciló un instante y se detuvo: madre y abuela tenía suficiente; era padre lo que le faltaba de un tiempo a esta parte. Papá sabía de carros, era experto en aviones y cohetes; no tenía ni barrenillo de baño, ni fe en los platos de puré de chícharos. Mirando su altura se sentía dueño, seguro, completamente custodiado. En verdad resulta difícil decir por qué este hombre leve, de ojos hundidos, merecía una fidelidad de niño así tan firme. Por su físico a nadie impresiona José Javier Mendoza. Tiene ojos profundos bajo el puente de las cejas; una boca grande de bordes imprecisos y una cara cuadrada, estilo Marlon Brando. Es alto, de hombros caídos. Tal parece que llevara sobre ellos un gran peso. Cualquiera lo catalogaría como un hombre mediocre. De memoria, multiplica dos números de cinco cifras, y saca ecuaciones de segundo grado, recuerda logaritmos y maneja como lince la regla de cálculo, pero no atina con las palabras. Con frecuencia dice tonterías y rara vez expresa sus sentimientos. Por lo general, en situaciones extremas, suele guardar silencio. Sus ojos, pardos, esquivan la mirada directa, pero si acuden a la cita de otros ojos, hablan un idioma triste y profundo. Poseen, además, la calma que se aprende esperando. Tenía historia esta impasibilidad. Veinte años antes ocurrió el suceso que la grabó en ellos.

Un día de marzo, en Toronto, al salir de una clase de Análisis Matemático con unos amigos, José Javier sintió que un poco de sol le entibiaba el cuerpo. Y cosa de muchachos —de esas que hace la gente cuando no sabe aún qué finas venganzas se toma la vida— empezaron a deslizarse por las cuestas nevadas y a tirarse grandes bolas de nieve. Rieron a carcajadas, corrieron como si ninguno hubiera cumplido aún los doce años. Luego se quitaron los abrigos gruesos. Su amigo Pedro

Álvarez y un venezolano que estudiaba con ellos, fueron a resbalar sobre la superficie lisa del lago, que estaba pulido como un espejo. Pedro, de juego, abrió un hueco en el hielo. A José Javier lo cogieron entre dos y, también de juego, lo sumergieron en el agua helada. Hasta de noche, cuando se fue el sol, estuvieron desnudos de la cintura arriba riendo y cantando como dioses inmortales.

En junio, volviendo de un examen, José Javier tuvo un acceso de tos y la boca se le llenó de sangre. Entonces, las placas radiográficas, cables, viajes de angustia y los «¡pobre muchacho, tan brillante!» que comentaban todos. Después pasaron reptando dos años de reposo absoluto en un lugar montañoso al que iban jóvenes tuberculosos de todas partes. En este tiempo, pensando que llegaría a morirse como murieron —sin prisa— los tres que ingresaron con él en el sanatorio, se hizo hombre.

José Javier nunca hablaba de aquel tiempo, que trataba de mantener sepultado bajo espesas capas de olvido. Pero tiene en la memoria, como un cauterio, el día en que Pedro, el amigo del día de marzo, que seguía creyéndose invulnerable señor de la vida, conoció a su novia. Era casi una niña: no había cumplido aún los quince. Se llamaba Alina y nunca hubo ojos de más pura miel que los suyos. Un mes más tarde, estuvieron los dos a darle la noticia de su noviazgo. Pensaban que no era justo engañar a un amigo enfermo. Pedro balbució: «Tú sabes, José Javier, Alina y yo...» Pero le faltó valor para concluir la frase y prefirió enlazar su mano con la de ella y elevarlas juntas para que las viera. Ella dijo suavemente: «Perdóname» y colocó su otra mano de dedos finos, sobre la sábana blanca. «No importa», contestó José Javier y no hubo en su rostro el menor gesto. Cuando desde la ventana vio que iban aliviados y que ella echaba atrás la cabeza riendo, mientras una ráfaga hacía girar las hojas en torno, miró la impasible pared blanca del cuarto y comenzó a golpearla con el puño, como si la pared tuviera la culpa.

Nunca hablaba de esto al padre, ni hubiera podido poner en palabras lo que siente un hombre a los veinte años cuando le dicen: «Estás vivo de milagro; ahora a ver cómo te cuidas. Ya no podríamos inutilizarte el otro pulmón, de modo que déjate de locuras. Ni deporte ni exceso de trabajo. Nada que suponga esfuerzo excesivo. No puedes andar parrandeando por ahí con mujeres, así que sienta cabeza». José Javier miró al hombre calvo y tonudo que lo malinterpretaba, y asintió levemente. ¿Cómo explicarle que sólo había codiciado a la novia de pelo castaño, cuya imagen siguió proyectando sobre las otras mujeres con que durmió en su vida?

Todo lo aceptó José Javier. Los años de espera, su juventud, su carrera trunca. Sólo una vez, volviendo de la Universidad, cuando le negaron la beca por motivos de salud, se sentó junto a un río bordeado de árboles y comprendió a los suicidas. Después, con lo que pudo salvar de sí mismo, en vez de especializarse en electrónica y graduarse en Heidelberg, como había soñado, terminó agronomía. Sin dejar de estremecerse cuando veía a Alina, se casó a los treinta con Ana. En vez de dedicarse a la investigación científica, aceptó un puesto subalterno en una fábrica de conservas. Con una conformidad casi oriental dejó incluso de luchar contra el opresivo amor de su madre, que seguía tratándolo como a convaleciente. José Javier, el niño, no sabe que este hombre paciente y derrotado pervive dentro de su padre. No sospecha siquiera que es él quien mira desde sus ojos tristes y quien recibe su alegría y la agradece como un préstamo.

—Vamos, monito —le dijo, que era su modo de cariño, y juntos subieron al Cónsul. José Javier estiró sus piernecitas flacas y mentalmente puso primera, segunda y tercera como su padre. ¡Qué gusto le producía el ruido del motor aceitado al arrancar, y qué libertades le prometía! Tal era la percepción afinada de sus sentidos, que veía las cosas con bordes precisos, como si saltaran en tercera dimensión hacia él. En la cara le batía el aire fresco, aromado, con un lejano y acre olor a mar. Pegando bien la naricita al asiento, aspiró su olor especial: olía a nuevo, a cigarro, a domingos con padre.

—¡Mira, papá, un Plymouth del 58! —José Javier conocía casi todos los modelos por interés de vida o muerte que ponía en no equivocarse.

El padre sonrió complacido:

—Mira aquel que viene por allá; ¿a que no sabes qué es?

José Javier fijó en un carromato ancho sus ojos

escrutadores. Estudió el guardafangos, el capó, las gomas. De pronto, sintió un miedo profundo; no lo reconocía. Con una mirada conejil heredada de su padre, siguió estudiándolo.

—Ése es... —comenzó. No quería fallar—. ¿Un Oldsmobile?

—¡Magnífico! ¿De qué año?

—¿Del 52?

—¡Míralo, míralo bien!

José Javier aguzó todos sus sentidos:

—No; no —rectificó en seguida— es del 54.

—¿Y aquél?

—Un Buick.

—No, señor. Ése es un tremendo Cadillac, ¿no lo ves?

—¿Cómo se conoce? —preguntó José Javier, molesto de haber fallado.

—Por la gente que va dentro, bobo. ¿No lo estás viendo? ¡Llevan hasta chofer! ¡Ahora nada más que los *ñángaras* manejan esos Cadillac!

José Javier no reconoció el sarcasmo.

—¡Mira, mira, papá: una *bulldozer* rusa! —exclamó viendo una, torpe y enorme, que venía hacia ellos—. Dice mami que son una maravilla. Fidel va a comprarlas para la Reforma Agraria.

Súbitamente, el padre guardó silencio y su rostro adquirió una expresión sombría. Cuando el niño intentó reanudar el juego, le dijo:

—Cállate, monito; por aquí hay mucho tráfico.

Así, en silencio, llegaron a la fábrica. Pasaron un

letrero grande que decía «Consolidado del Ministerio de Industria. Unidad 108». José Javier se quedó mirándolo. No era el letrero blanco y rojo que había antes.

En la puerta, un miliciano armado con metralleta los saludó con respeto:

—Buenos días, compañero. ¿Qué hubo, compañerito?

—Buenos días —contestó, seco, el padre; pero José Javier, encantado de pasar protegido cerca de la metralleta, sonrió de buena gana.

—Qué, ¿trajo al muchacho, compañero? —preguntó el miliciano. Papá siguió de largo sin contestar. Quizás el ruido de las máquinas no le dejara oír. José Javier estaba maravillado mirando las tuercas, las copas de cristal llenas de néctares de distintos colores, las grandes maquinarias grises. Había olor a aceite, a espacio húmedo y cerrado y, a la vez, un olor empalagoso y aromático, como si estuvieran allí todos los mangos y guayabas del mundo haciéndose dulce.

Papá lo dejó solo. Desde lejos, José Javier lo vio hablando con un miliciano alto, que parecía una montaña, y que al hablar palmoteaba o cerraba el puño y golpeaba sobre la palma abierta, como si tuviera en ella a su peor enemigo y quisiera triturarlo. Papá lo oía en silencio, cuadrando la quijada. El hombre pisó un cigarro con la bota militar y se fue con aire de quien tiene mucho y muy importante que hacer. En seguida, un hombre alto y musculoso, de ojos almendrados y pelo endrino, se acercó al padre y le dijo en un susurro:

—¿Ya lo convencieron para que entrara en la milicia, compañero?

—Tu madre, ¡desgraciado! —respondió papá.

—Vaya, ¡qué actitud más conflictiva, compañero! —en seguida, adelantándose y dándole la mano a José Javier, como si fuera un hombre, dijo:

—¿Qué pasa, chico? Yo soy Pedro Álvarez, un medio tío tuyo, aunque no me conozcas. Compadre —dijo volviéndose hacia el padre— ¡cómo ha crecido este fiñe! Hace unos meses estaba hecho un coconete y míralo ahora. ¡Va a ser más largo que una vara de tumbar mamoncillos! Así, de la edad tuya, conocí yo a tu padre —dijo volviéndose a José Javier—. Era así, un real de tripa, igual que tú.

Lo miró un instante y riendo con una risa que movió su tórax amplio, volvió a comentar:

—¡Cagadito, chico! ¡No puede negar que es hijo tuyo!

José Javier se sintió humillado y trató de desembarazarse de la manaza fuerte que tenía al hombro. «Coconete», «tripa», «mamoncillo», «cagadito»: no le gustaba aquel hombre. Era más alto y más fuerte que papá y papá sonreía como si fuera chiste todo lo que decía.

Pedro Álvarez no volvió a hacerle caso. Había cambiado la expresión de recibimiento por otra preocupada, y le decía a papá:

—Oye, ya llegó eso. Metralletas, parque, ¡el mundo colorado!

—¿Ya? —preguntó el padre levantando la vista y colocando el dedo pulgar de cada mano en los bolsillos del pantalón, como hacía cada vez que concentraba su atención en alguna cosa.

—¿Por fin cuento contigo? Están en el Cerro. Hay que darle camino cuanto antes.

José Javier desvió la mirada, dudando. Su contrarrevolución virulenta era de palabras. Acaso no tenía valor para esta inminente que se le proponía.

—Si no vas a meterle mano, dímelo y yo resuelvo. Esto es una brasa ardiendo. Si me cogen, ñampio —le conminó Álvarez.

En seguida, mirando de soslayo alrededor, dijo en voz alta, para que le oyera el miliciano responsable, que venía hacia ellos:

—Ve al Consolidado a ver si llegó el quemador de la caldera. Sigue chivando —y en un susurro—: Dile a tu cuñado que vaya a casa. Tengo que hablar urgente con él.

Cuando salieron, el miliciano de la puerta, a modo de despedida, colocó su manaza tibia sobre la cabeza de José Javier y le dijo:

—Hasta la vuelta, compañerito. ¿Tú también vas a ser técnico pa ayudal la Revolución? —Tenía una cara gruesa y redonda, llena de barros, y el iris de sus negrísimos ojos parecía de cristal transparente. A su sonrisa le faltaban dos dientes. Era medio mulato y medio indio, y un solo mechón de pelo arisco le caía sobre la frente. Papá siguió de largo, pero oyó que el miliciano le preguntaba a José Javier si ya era pionero y, sin dar tiempo a que contestara, dijo impaciente:

—Vamos, apúrate, que tu abuela nos está esperando.

Cuando estaban de vuelta en el Cónsul, comentó el niño:

—Qué buena fábrica, ¿eh, papi?

Silencio.

—¿Cómo se llama ahora?

—No tiene nombre. Es la Unidad 108 del Ministerio de Industria.

—Tú todavía eres el jefe, ¿verdad?

—No, jefe no. Responsable. Responsable de producción.

Invisible e inexplicable, crecía la pared de silencio. José Javier disfrutaba ver pasar, y el jugueteo de la brisa, y el mar tranquilo, de tantos azules.

Súbitamente, frente al Malecón, de lo que el padre venía rumiando en silencio, saltó la pregunta:

—¿Te gustaría irte para el Norte?

Vio el miedo repentino en los ojos de su hijo:

—A Chicago. Con tus primitos —atenuó.

José Javier se puso muy serio y miró el mar centuplicado. Con lo que hasta entonces había podido aprender de inmutabilidad y apretando fuertemente los labios para contener el temblor de su barbilla, suplicó:

—No; yo no me voy si no es contigo y con mami. ¡Con los dos, papi!

—¡Oye, mira qué tarde! Abuela Nina nos va a pelar al moñito —rió el padre, por borrarlo todo.

La casa de los abuelos da la bienvenida con su portalón alegre, sus sillones de rejilla recién pintados de blanco, y sus grandes macetas de helechos. Construida por el año veinte, había acompañado a la familia en sus altibajos económicos. La estrenaron regia, amueblada a todo dar, cuando las vacas gordas. Para capear la crisis económica del 33, la convirtieron en dos plantas: la baja, que siguió viviendo la familia, y los altos, cuyo alquiler ayudaba a pagar la hipoteca. Luego, la Reforma Urbana había cambiado el sueño de volverla a su antigua prestancia —al que nunca había renunciado el abuelo— por una pensión de sesenta pesos y unos inquilinos ruidosos, mulatos y miembros del Partido, que habían puesto en la puerta de entrada la plaquita tricolor: «Fidel, ésta es tu casa».

El abuelo, don Tulio Mendoza, a quien José Javier, irreverente, llama «Tulito», y a veces se confunde, es un criollo de antes. Aunque ya frisa en los ochenta, tiene la frente lisa, sonrientes los ojos, pardos, y predica que el corazón no envejece, porque es un hombre que no ha perdido la esperanza. Desde que entregó su único ingenio, pasa el tiempo entre la práctica de un samaritanismo sencillo y los negocios quiméricos que impulsará algún día. Meciéndose en su portalón y haciendo apuntes, los fragua minuciosamente. Entonces, por carta, los propone a hacendados amigos que, o no le responden, o le dan largas al asunto. Pero a Tulito, como se dice vulgarmente, le importa un garbanzo. Le animan más los proyectos nebulosos que el riesgo concreto de materializarlos. Los hace más bien por hacer que hace. En realidad, prefiere su pensión y libre albedrío de retirado. Nada le place tanto como sentarse por las tardes en su sillón de mimbre a ver pasar la gente y a «echar su cuarto a espadas». Siempre tiene a mano su vinito de frutabomba y sus copitas de cristal tallado, para ofrecer a quien venga. Cada mañana, a eso de las diez, cuela café para las empleadas del mercado de enfrente. A todos ofrece Tulito su sicoterapia, hija de bondad y sobra de tiempo. También resuelve problemas de medicina menor con su farmacopea de tila, manzanilla, linimento Sloan y Poción Jacoud. Para los niños del vecindario tiene una caja de tabaco llena de tuercas, muñequitos viejos, proyectos de papalotes y cuentas de collares rotos. La «caja del tesoro» la llama, y, como la esmalta con cuentos, lo es para los niños.

Hace seis meses, Tulito sufrió una hemiplejía y estuvo medio muerto, con una parálisis total del brazo y pierna izquierdos. Pero siempre le ha tenido saña a la tristeza y le lleva ganada batallas mayores. Cuando murió su hija (acababa de cumplir trece años; venía del colegio por la calle Línea y ni siquiera llegó a tiempo para verla viva), se sobrepuso a la tragedia y siguió luchando. Y mal puede derrotar una hemiplejía a quien, llegando al fin de la vida, le quedan ganas de vivirla. Efectivamente: gracias a la tozudez propia y a la paciencia de Mercedes, a los seis meses Tulito camina lo suficiente para valerse solo.

Esta gallardía de espíritu lo mantiene en su posición de jefe de la casa. A abuela Nina le basta su presencia para sentir amparo o, al menos, para imaginar que lo siente. O quizás el esfuerzo de ampararlo para que él lo piense es lo que la mantiene.

Abuela Nina engaña al más pinto. Tiene apenas cinco pies de altura; es rechoncha, mullida, agradable, sonreidora. Pero manda sugiriendo y nunca deja de sugerir. Parece que en vez de mirar, oyen sus ojos de pura esmeralda. Fue primer expediente en un colegio de señoritas de Lausanne, pero desde que comprendió la soledad de la sabiduría, prefiere los temas tontos y presume de frívola. Cada día se lee la crónica social para saber todos los bautizos, bodas y defunciones de las familias pudientes; repite, porque le da gusto, el cuento de cuando se disfrazó de María Antonieta para ir a un baile a casa de los Tarafa y procura hacerle saber a todo el que la conoce por primera vez, que es prima de Matildita Estébanez. Mentalmente, sigue dueña de ingenio, socia del Yacht y clienta de Bernabeu: es su manera de ubicarse en la mitad feliz de su vida. Cuando Tulio era omnipotente, cuando tenía tres hijos, todos sanos. Así, aferrándose al ayer, abuela Nina espera cruzar un día la vereda, llevarse consigo del brazo a Tulito, llegar por fin al viñedo, abrazar otra vez contra su pecho, ¡oh tibieza añorada de tantos años!, la cabeza de su niña perdida...

Abuela Nina produce en quienes la conocen una

duda filosófica: si la fiereza con que la embiste el destino es sólo producto de un azar díscolo u obra premeditada de un Dios que sus razones se guarda. Ni siquiera a Mariano (el mayor, el más alto de sus hijos) ha querido librárselo.

Mariano era un hombrón fornido, de cabeza cuadrada y ojos azules. Tenía espaldas anchas de remero y caminaba separando un poco los brazos del cuerpo, como los atletas y los triunfadores. En suma: una magna promesa de hombre. Iba a casarse con una joven lánguida, de piel muy blanca, dieciocho pulgadas de cintura, ex alumna del Sagrado Corazón e hija de banquero. Un día quedaron los novios en ir a separar los regalos a la Casa Quintana. Estaban escogiendo una vajilla de porcelana inglesa; los atendía un empleado untuoso, de pelo charolado. De pronto, Mariano se llevó las manos a los ojos, perdió el equilibrio, buscó apoyo en el mostrador de cristal y cayó sin sentido. En seguida los médicos que si epilepsia o tumor en el cerebro: nada, que no sabían. Pasó un tiempo sin que se repitiera el acceso y renació la esperanza. Pero volvió a caer sin sentido en el banco, mientras atendía a un cliente importante. El ataque más fuerte, que duró casi dos horas, le sobrevino cuando el padre de la novia decidió que su hija fuera a estudiar a España y Mariano quiso llegarse a despedirla. Lo recogieron en el jardín de la casa, entre el chofer y un criado.

Pero ya este dolor antiguo ha perdido vigencia; abuela Nina lo asimiló como a los otros. Ahora, vigila como cancerbero la poca felicidad o paz o conformidad o lo que sea que tiene, y no hay cosa que no haga o sea capaz de hacer con tal de custodiarla. En particular este 28 de junio una preocupación de menos tiempo y más impacto la tiene sobre ascuas. Tanto que, siendo atardecer, ni recuerda ni ha sentido nostalgia. En vez, ha llamado a Matilde Estébanez, su prima, para consultarle. Toda la vida han lucubrado juntas las decisiones de mayor cuantía. Para pensar sin que lo parezca, teje.

—Hoy he adelantado mucho —la interrumpe Tulito. (Lo decía cada tarde, después de los ejercicios, para convencerse a sí mismo.)

—¡Mira! —dijo e intentó incorporarse. Abuela Nina detuvo las manos y levantó la vista.

Tulio fijó en ella sus ojos inquisitivos. Experto en haberla comprendido tantos años, corroboró: «Sí, pasa algo. Siempre que llama a Matildita y no me lo dice, la cosa es grave». Sospechando la índole del problema, preguntó en tono casual:

—¿Supiste de Mercedes?

—¿Por qué lo dices? —Siempre que evadía contestar, Nina respondía a una pregunta con otra.

Tulio decidió no insistir. Ya oiría la conversación desde la sala. Matildita tenía la voz ronca y, aunque hablara en tono bajo, se la oía a distancia.

—Le volví a escribir a Núñez sobre el negocio de la fábrica de papel. Creo que ahora sí va a interesarle —despistó.

«¡Siempre imaginando negocios, siempre luchando! ¡Pobrecito!», pensó abuela Nina.

Un Cadillac negro que acababa de frenar frente a la casa le interrumpió la pena.

—¡Ay, mira, qué casualidad! ¡Ahí está Matildita! Ahorita estaba pensando en ella.

—¡Va a ser casualidad, si yo te oí llamándola! —susurró abuelo Tulio.

Automáticamente, abuela Nina se quitó los espejuelos, se asentó el pelo con ambas manos a la vez y se colocó en su sitio el cinto, que siempre, al levantarse, se le subía por encima de la cintura. A pesar de todo y el mal rato que había vivido, sintió un anticipo de agrado. Le fascinaba consultar.

Tulio se puso en pie y entró en la sala ayudando con su bastón el lado hemipléjico y muerto de sí mismo.

—Me voy a oír la novela y así ustedes chacharean a sus anchas.

El portal lo invadía ya Matilde Estébanez, una mujer alta, gruesa, de porte aristocrático. Llevaba el pelo gris-azul cuidadosamente peinado en peluquería y cubierto con una redecilla que le velaba la mitad de la cara. Su vestido era negro, tejido, y tendría mil años. Un collar de perlas legítimas rompía la taciturnidad del conjunto. Llevaba solitario de brillantes, cartera fina, de piel «española», pensó Nina; y zapatos inconfundiblemente Millers.

—¡Ay, hija! ¡Qué bueno que pudiste venir! —la saludó Nina, un beso en cada mejilla.

—Vamos a ver: ¿qué te duele?

Nina acercó un sillón para la confidencia.

—Hija, pues hace cuestión de dos horas, me llama Ana para decirme que está decidida a plantearle el divorcio a José Javier.

—¡Ándale Juana! ¿Y cuándo fue que se le subió eso al moño?

—No sé, hija. Tú sabes que ellos andan mal hace tiempo.

—¡La puñetera política! —dictaminó Matilde. (Le encantaba contraponer su vocabulario a la distinción de su porte)—. Ese hombre no paga ni hecho picadillo. Ahora, esa muchacha no anda bien del coco, chica. Además, ¿qué bicho le picó? Porque lo de la política viene andando hace rato.

—Bueno —continuó Nina bajando la voz—; se le ha metido entre ceja y ceja que José Javier y Mercedes... vaya... que hay algo.

—Ah, pues para que veas, ¡no está tan loca! A mí también hace rato que me lo parece.

—Si tú vas a ver, se caía de su peso. Yo debí haberlo pensado, pero es que en aquel momento no tenía cabeza. Además, recomendada por la propia Teresa.

—Hija, entre santo y santa, pared por medio.

—Pero eso es lo de menos, lo que me tiene sin sombra es la situación en la fábrica. Ahora, los jueves tiene que hacer guardia toda la noche...

—Claro, le aprietan el cerco para que salte.

—Y o mucho me equivoco, o José Javier está metido en algo.

—¿Haciendo contrarrevolución? ¿Tú crees?

—Habla bajito. Ese muchacho Álvarez que trabaja

con él... ¿Te acuerdas? Uno que venía a estudiar aquí, el que le consiguió el puesto en la fábrica...

—Sí, uno buen mocito, medio chulapín, que tenía un Ferrari.

—Ese mismo. Bueno, pues me consta que está metido de lleno, y para mí que está azuzando a José Javier. ¡Yo me horrorizo, Matilde! Tú sabes cómo es José Javier de complaciente...

«Por no decir mentecato», pensó Matilde, asintiendo.

—¡En fin, que no se acaba! ¡No tiene uno respiro! —suspiró Nina.

—Pues mira, chica, la cosa está más clara que el agua. Hay que procurar que se arregle con su mujer y que se larguen antes que le cuelguen un sambenito. Dale el pase a Mercedes.

—¡Pero me da pena! ¡Ha sido tan buena!

—¡Ah no, hija, qué pena ni pena! No faltaba más. Si tu hijo está de por medio, no vas a andar con paños calientes. ¿Y Julio sabe algo?

—Figúrate, ¡él, que ve por los ojos de esa muchacha!

—No le digas nada. Enfermas al padre, le dices que tuvo que ir a cuidarlo. A ella le doras la píldora. Muchos «mimos, halagos y ternuras», como diría Mercedes Pinto, pero que salga de aquí cuanto antes. Para mí, te soy franca, lo de Ana y José Javier, tarde o temprano, acaba en divorcio, pero que se divorcien fuera, donde no haya peligro. No lo pienses más, Nina. Resuelve esta situación cuanto antes. Hoy mismo, si es posible. Ahora, antes de hablar con ella, tómate un

Ecuanil. Y otra cosa: procura hablar lo menos posible.

En seguida, presumiendo de ejecutividad y mucho que hacer, dijo:

—Me voy andando. Llámame luego para ver qué tal. —Se puso en pie, besó a abuela Nina y, elevando la voz, se dirigió al abuelo Tulio—: ¡Hasta pronto, muchachón! ¡Ya te vi huyendo para no saludarme!

Abuelo Tulio se irguió en el asiento, miró por encima de sus espejuelos de ver de cerca, y exclamó en un susurro:

—¡Llévatela, viento de agua!

Esa misma tarde, cuando llegó Mercedes, Nina la estaba esperando.

—Merceditas, ven a mi cuarto, que quiero hablar contigo.

Cautelosamente, con mucho tacto, con la aguzada diplomacia y el fino egoísmo de una madre, comenzó a decirle: A ella no se le hubiera ocurrido ni por un momento, pero las cosas no son como son, sino como las ve la gente y Ana, la pobre, insistía en que José Javier tenía una querida. Ya lo sabía; ella misma se lo había dicho: era una mujer difícil. Además, muy celosa. Bueno, para hablar lo menos posible: la había llamado para decirle que le planteaba el divorcio a José Javier. Entonces le parecía mejor, digamos más prudente (ella se daría cuenta y no podría tomarlo a mal), que se alejara de la casa unas semanas, un tiempo. Que muchas veces es el pronto y luego pasa. A ver si lograba que salieran los dos de Cuba. En realidad, lo que quería era eso. Porque le constaba, a ella podía decírselo, que José Javier estaba haciendo contrarrevolución. ¿Qué iba a ser si no? ¡Tanta llegada tarde, tanto misterio! ¡Y se volvía loca nada más de pensarlo! Desde luego, en cuanto se fueran ellos, aquélla era su casa. De sobra sabía cómo la querían Tulio y Marianito, el pobre. A decir verdad, no tendría nunca con qué pagarle. Ahora, eso sí, le parecía más prudente, a ver qué le parecía: no entrar en detalles, decirles que tenía al padre enfermo, que se había tomado unos días para atenderlo, ¿eh? ¿No le parecía mejor?

Aquel cirujano cauto de voz la extirpaba diestramente y Mercedes asintió desorientada, como siempre que una etapa de la vida termina de súbito.

Mercedes Suárez era de las mujeres que, vistas de espalda, llaman más la atención que de frente. Inevitablemente, cuando pasaba junto a un hombre, éste giraba sobre sí mismo para mirar el encuentro de su cintura, chica, con su cadera, ancha. En contraste, su cara de ojos inteligentes, restos de acné y labios finos, era un anticlímax. También resultaba desconcertante —dado lo sabroso de su paso— la mirada casi severa con que amonestaba al que viniera de mirarla. Pero si en ella se debatían sensualidad y represión, y ya fuera emanación de dentro o personalidad escogida deliberadamente, poseía el agrado del que se cae bien a sí mismo. Como daba a cada cual el gusto de hablar en protagonista, nunca olvidaba un encargo, reía los chistes aunque los conociera, mentía por consolar y oía problemas sin contar jamás los propios en represalia, la gente le otorgaba el galardón máximo a la simpatía: «¡Es la pata del diablo!»

Pero no sabían de la misa la media.

Que no hacía aún tres años, su madre, Elena Quirós, una mujer vivaracha, de genio vivo, salidas rápidas y un decálogo moral más inflexible que el Viejo Testamento, se quejó de dolores de cabeza y, como había sido enfermera y no le costaba la consulta, fue al médico. El médico dijo que no tenía la menor importancia. Pero sí la tenía, porque a los seis meses y aliviada sólo por la morfina que aprendió a inyectar su hija, murió de cáncer. El padre de Mercedes, víctima de una arteriosclerosis cerebral prematura, jamás aceptó su muerte. Vivía la mentira —muy consoladora por cierto— de que Elena, su mujer, estaba al llegar en cualquier momento, pues había ido sólo al mercado, a hacer la compra.

Naturalmente, tuvo que retirarse.

Entonces, el doctor Estévez, que nunca se perdonó el error de diagnóstico, recomendó a Mercedes para un puesto en el sanatorio donde trabajaba hacía años. «Es una muchacha mejor que el tilo y la pasiflora», le dijo al viejo magro, muy Alejandro en puño, que lo dirigía.

Con esta recomendación, avalada por el poco sueldo que podía exigir no siendo enfermera, Mercedes entró en aquel anticipo de infierno limpio, caro y bien atendido, donde se curaban o se olvidaban esquizofrénicas, paranoicas y retrasadas mentales. Allí fue precisamente donde la conocí yo y su recuerdo —siempre vestida de blanco (uniforme, zapatos, medias, una diamela sobre el pañuelo de hilo del bolsillo), con su sonrisa y sus ojos nunca acostumbrados al dolor—, es del poco sol que recuerdo en aquel año y medio de tragedia personal que no voy a contarles.

Fue ella quien consiguió que los domingos nos sacaran al patio. Era un patio seco, de tierra sin flor, pero por lo menos daba a la calle: mejor aún, a un parque, y se veían niños y yo recordaba a los míos. También, por ella, Anita empezó a tocar danzones por las tardes, y era mucho conseguir porque la pobre antes se pasaba la vida ardilleando por los corredores, prendida a su crucifijo y a sus estampas, e insultando a todo el que se le acercaba, porque creía que venían a arrebatárselos. Era una viejita encorvadita, ágil, con un moñito de poco pelo entrecano que sostenía con dos ganchitos en la misma coronilla. Se estaba quedando ciega de glaucoma inoperable a sus años; ella pensaba que no la atendían porque ya no le quedaba familia que pagara los gastos. En consecuencia odiaba a todo el mundo, y se vengaba insultando. Le brillaban como cocuyos los ojos. Por las tardes se sentaba en un rinconcito, sola, a improvisar melodías sobre su propia falda.

Viendo cuánto la serenaba esa mentida música, Mercedes le dijo un día:

—Anita, ¿a que no es usted capaz de tocar el Cadete Constitucional? Pero no ahí, que parece boba. ¡En el piano!

—¡A que sí, cabrona! —contestó Anita con los ojos hechos dos punticos de furia.

Mercedes la guió hasta el piano. Anita se acomodó en la banqueta (los pies apenas le llegaban al suelo). Vacilante, avanzó las manos de dedos menudos hasta rozar, acariciar las teclas. Un fa, y su rostro se iluminó radiante. ¡Si aún existía la música! Miró a Mercedes casi con miedo o dándole las gracias. Rompió a tocar primero torpemente, y luego vencedora, forzándose, apretando los labios. Desde entonces, cada tarde, se alegró el sanatorio con danzones de escalas finas y montunos criollos y nostálgicos, donde abrían su corola vívida los recuerdos.

Tampoco se me olvida lo que hizo con Elenita. Elenita era una loca de remate, pero tranquila. Se pasaba la vida llena de trapos, la pobre, improvisándose a diario un traje de *flapper*. Tendría cincuenta y tantos años, pero conservaba el candor en los ojos y el cutis fresco. Yo, que me fijo mucho en la nariz de la gente —no sé por qué— no recuerdo haber visto nariz más fina y bien formada que la suya. Elena siempre estaba contenta y a veces se ponía a correr por los corredores o bailaba el charlestón. Como eso de un loco contento va contra todas las normas, empezaron a curarla y a convencerla de que José Ramón no la estaba esperando parado frente al sanatorio para ir de fiesta. Entonces, ella cogió eso de esperar a Mercedes a las seis de la tarde —los ojos resplandecientes, y a la vez pedigüeños como los de los galgos o podencos grises que se ven atravesando la Mancha— y le decía:

—Merceditas, hoy cuando veas a José Ramón allá fuera, dile que no se preocupe, que estoy divinamente, pero que mamá no me deja salir. Que recibí sus flores.

Parece que a Mercedes no le parecía paranoia su cuento repetido a todo el que quería oírla, de que «José Ramón la había dejado hace veinte años, pero eso sí, le pagó el aborto. Y ahora estaba empeñado en casarse con ella», porque al día siguiente traía una rosa, se iba al cuarto de Elena y se la ponía en un búcaro de una sola flor. A Elena le temblaban imperceptiblemente las manos cuando cogía la rosa y, protegiéndola, se la llevaba a los labios. Quizá por eso, Mercedes no le dijo nunca que así de rojas se daban en su patio.

Pero no se crea que todas sus gestiones eran ni tan etéreas ni tan exitosas. Un día se empeñó en irse a la parte de atrás del sanatorio, donde había unas celditas mínimas —no se me olvidan nunca— con una sola cama de hierro, con periódicos en vez de sábanas, no fuera que a uno se le ocurriera suicidarse; servían también sin cuchillo ni tenedor... En fin, no viene al caso. Allí estaba encerrada una mulata joven y todas las tardes iba un viejito de punta en blanco, muy flaquito, a llevarle la comida hecha por él. No supe nunca si era su padre o su marido. (Las puertas eran dobles y no se oía.) A Mercedes se le metió en la cabeza sacarla —como siempre la veía tan tranquila— creo que más por el viejito que por ella misma, y tanto insistió hasta que le dieron la llave. Apenas abrió la puerta, la mulata, convertida en un energúmeno, le tiró sobre el uniforme blanco y sobre la cara un tibor lleno de orines.

¡Pobre Mercedes! Y lo que más me gustaba de ella era que no se las daba de santa y traía su chistecito verde de vez en cuando y nos hacía reír. Y hablando de tibor, precisamente recuerdo su consuelo a Restituta.

Restituta era una viejita flaca, toda tendones; le decíamos abuela. A los noventa años no le quedaban de las pertenencias familiares que llevó al sanatorio más que un tiborcito de porcelana. Como es natural, se lo daban sólo de noche y Restituta se pasaba el día preguntando a todos con mucha cortesía y una mirada llena de anticipada esperanza: «¿Tú tienes mi tiborcito? ¿Dónde está mi tiborcito?» Si no se lo daban, se sentaba en su sillón y se pasaba las horas meciéndose y gimiendo: «¡Mi tiborcito...! ¡Mi tiborcito!»

Todas las mañanas, cuando llegaba al sanatorio, Mercedes la saludaba acariciándole la barba. «¿Qué dice Restituta, con su carita de puta?» Restituta reía alborozada y abrazaba a Mercedes: «¡Demonio! ¡Demonio!» Luego, levantando sus dedos artríticos, esbozaba un vago ademán de bendición en el aire.

El caso es que un día desapareció Mercedes. Yo sabía que por ella nunca hubiera abandonado el sanatorio. A nosotras no nos dijeron nada, claro está. Pero mucho después pude enterarme de lo que pasó. Resulta que el médico supervisor, un hombre de ojos lascivos que la seguía poseyéndola con la mirada, la esperó un día en el botiquín —un cuarto donde no cabían sino dos frente a frente— y como quien coge una manzana que le pertenece, avanzó la mano y se la puso tibia y hombruna, sobre un seno.

Mercedes renunció al día siguiente; quizá no tanto por el irrespeto, cuanto por el estremecimiento mezcla de susto y delicia que la recorrió toda. A poco yo, que había salido ya del sanatorio, me la tropiezo en Galiano y San Rafael. Coincidió el encuentro, con que a Tulio Mendoza le había dado una hemiplejía y Nina estaba loca buscando una enfermera que lo cuidara de noche. Con la mejor intención —quién iba a imaginar— yo misma la llamo y se la recomiendo.

El dos de junio Mercedes llegó a la casa. Fue la primera vez, y no lo olvidaría nunca, que vio a José Javier.

—¿Mercedes Suárez? —titubeó él, y a ella le sorprendió el contraste de su altura con el desamparo de sus ojos—. Siéntese y espere un segundo. Mamá está ocupada con mi padre. Viene en seguida. —Dudó como si fuera a añadir algo, no supo qué y la dejó sola.

Mercedes miró alrededor. La sala daba la sensación de lujo empobrecido. Femenilmente, distinguió en el conjunto indicios no sabía si de abulia o impotencia: los estantes atiborrados de libros polvorientos, el sillón de madera tallada, la pastora manca, la toalla olvidada sobre el biombo chinesco; la ponchera de cristal de roca llena de cartuchos... No era el desorden repentino de una casa en que acaba de golpear la tragedia, sino donde golpeó hace tiempo y ya no importa.

—Buenas tardes —dijo Nina y se excusó en seguida como si Mercedes lo hubiera dicho, o Nina hubiera pensado (tan pulcra, tan arreglada ella) que pudiera decirlo—: Perdona la casa, hija. Está hecha un desastre. Siempre estoy por arreglarla y lo voy dejando. Es que no tengo cabeza, hija. Me dijo José Javier que te había mandado el doctor, el doctor... ¿o tú eres la muchacha que me recomendó Teresa? Bueno, da igual, da igual. No me acuerdo de nada. Son las pastillas. Pero desde que murió mi hija, no duermo si no es con pastillas. Yo perdí una hija hace seis años. Y ahora esto, esto así, ¡tan de pronto! —hablaba en forma incoherente, llevándose la mano regordeta alternativamente al pelo y al cinturón, para ponérselo al talle—. Ayer estaba muy bien, tomó su sopa como siempre, pero a eso de las diez, se quejó de mareos y me pidió bicarbonato. Fui a buscárselo, en menos que te lo digo, al levantarse, cayó al suelo desmayado.

»¡Pobrecito, si se queda baldado! ¡Mi compañero! —suspiró y sus ojos se llenaron de lágrimas.

»¿Por qué, chica, porqué? —dijo mirando de pronto a Mercedes como si esperara de ella una explicación lógica—: ¿por qué? Ya bastante tenía yo, primero, con lo de José Javier, luego perder a mi hija; luego, lo de Marianito. Ya tú lo viste... Debían repartirse mejor las penas, ¿verdad? Nosotros mismos estuvimos años de años y ¡nada! una balsa de aceite. Ahora, no sé si por consolarme, el doctor dice que él se recupera. ¿Tú crees que se recupera? ¿Tú lo crees? Es que no puede ser tanto para una sola persona, ¿verdad? ¡Ni que hubiera cometido un crimen, o algo por el estilo!

Mercedes recordaba palabra a palabra aquel monólogo desconcertante. Recordaba el llegar, los insomnios, las largas sesiones de ejercicios día a día... Hasta que don Tulio, agradeciéndoselo, se abrochó la camisa, pudo incorporarse, regresó a su sillón del portal, empezó otra vez a escribir cartas... Y a Marianito, tímido, esperando que ella tuviera algún momento libre para confiarle:

—Merceditas, estaba pensando irme a España y poner uno de esos estancos de tabaco que le llaman. ¿Qué te parece? Allá está María Luisa... Ya hace como tres meses que no me da el ataque. (Entre uno y otro olvidaba el tiempo.) A lo mejor estoy curado... ¿tú crees que me repita?

Y la señora Nina, descansando en ella y reflejando en sus ojos la nostalgia de no ser joven y quizá la envidia de no poder ya resolver como ella... Y José Javier, no más que buenos días y buenas tardes, como si huyera...

Hasta la noche aquella:

—Mercedes —le dijo él, en puro trámite—. Hablé con un tipo que le dicen «el Muerto». Va a traerme cuarenta libras de carne esta noche. ¿Usted podría quedarse para ayudarme a guardarla?

El Muerto —un hombre que lo parecía, de pelo lacio, dientes cariados, cara de hambre, como para jugarse una condena de nueve años por 100 pesos de carne— suspicazmente miró a Mercedes con sus ojillos leperos. Pensó que podía confiarse. Entregó al fin el bulto sanguinolento.

—¿No hubo problemas? —preguntó José Javier.

—Ninguno.

Cargaron el primer saco, lo colocaron sobre la mesa. José Javier lo rasgó de arriba abajo.

Comenzó a limpiar la carne con cortes diestros, precisos, siguiendo la estría del músculo. (Tenía unas manos hábiles, de dedos fuertes y uñas chatas. Siempre se había fijado ella en dos cosas; las manos de un hombre, la nuca de un hombre…)

—¿Así le parece bien? —dijo alzando un bistec grueso.

—Más vale que los cortes más finos. (Sintió ella una desazón gustosa. Por primera vez, «tú».) La luz de la lámpara los encerraba a los dos en el mismo círculo subversivo.

Tomó cinco, los puso sobre un cuadrado de papel de periódico.

—¿Se acuerda del papel celofán? —dijo él.

—¡El papel celofán, las almendras, las pasas, el jamón, los turrones! —dijo ella, echando atrás la cabeza y extrayendo de Navidades suyas pequeñas delicias.

—¡Imperialista, contrarrevolucionaria!

Intimaron. Ella se echó a reír y dijo, imitando las largas vocales y el acento santiaguero de Fidel:

—¡Y si nos quitan el jaamón, comereemos malaanga!

—¿Malanga? ¡Ah, sí!, una cosa blanca, suave, me parece haberla comido alguna vez…

Rieron. Él seguía cortando, ella contaba 5 bistecs, los envolvía, escribía en un papel blanco 5, 5, 5. En el silencio tibio, un acuerdo tácito, una complacencia absurda. ¡Cortar una palomilla, a escondidas, de noche, con un hombre absolutamente ajeno y... «¡Qué tontería!» pensó, y en su semblante se dibujó la sonrisa.

El pensamiento debió de transmitirse, porque José Javier dijo:

—¡Con mi mujer sí que no puedo contar para nada de esto! —y añadió—: Es muy nerviosa.

Mercedes le preparó una taza de café, y una taza de café, si está hirviendo, exacto de dulce, sin derramarse en el plato, sobre *doyle* de hilo, es modo que tiene de decir una mujer cuando no puede decir nada. El tomarla el hombre, gustándola, reteniendo el calor levemente y alzando los ojos para mirar por encima del borde de la taza es un modo de respuesta cuando entre un hombre y una mujer todo comienza a convertirse en símbolo.

Fue casualidad o comentario fortuito o pura y divertida mala intención de viejo, que don Tulio al entrar de pronto, los mirara a los dos, le brillaran los ojos y se fuera entonando un cuplé que solía cantar en el Teatro Nacional la Mayendía:

—*¡Agua que no has de beber, déjala correr, déjala, déjala!*

Hoy, como Mercedes no puede dominar su imaginación y no sabe qué le dirá esta tarde a José Javier y siente de pronto la humillación como una llaga y se acosa con palabras que Elena Quirós hubiera dicho: «Hija, ¡debías haberte ido antes y no dar lugar!»; como no puede evitar tampoco las pausas de recuerdos placenteros (cuando conversaban juntos cada noche, y él le contaba, disfrutando, sus recuerdos preferidos, y cuando veía ella que se disipaba esa especie de azoro o timidez y sus ojos, cerca, ya no eran tristes); como no puede evitar nada de esto, cuidadosamente —así suelen hallar paz las mujeres—, ordena las gavetas, rompe cartas, recibos, recuerdos y coloca las cajas de broches, de collares, de píldoras, de mayor a menor, como si el orden en las gavetas organizara ideas.

No; no había sido culpable. El día que él la poseyó jadeante, fue sólo un sueño y nadie tiene albedrío sobre su propio sueño... «¡Pero despierta y de grado, disfrutaste el éxtasis de entregarte!», la acusa Elena Quirós o más bien, el eco de lo que Elena Quirós hubiera dicho si alguna vez hubiera dicho «éxtasis». Más bien diría: «¡Sabías de sobra que no podía ser!» o «¿no pensaste en su mujer y en su hijito?»

«¡No podía dejarlo! Yo no podía dejarlo», se justifica Mercedes.

Efectivamente, hubiera sido casi una deslealtad. Manejando los impalpables recursos de la lástima, padre, hermano y madre se aferraban a su vida y le sorbían poco a poco las ganas de vivirla. Sólo ella lo salvaba de la total abulia. Por eso esperó. Tanto, que ayer la señora Nina le había dicho:

—Merceditas, ven a mi cuarto que quiero hablar contigo.

Cuando llegó José Javier esa noche, ella abrió la verja de hierro y entraron en silencio a la sala. Allí, sin que hubiera manera de obviarlo o suprimirlo siquiera un rato, un día como éste, estaba eternamente el padre.

Era un viejo flaco, con piel de pergamino. Sus manos, torcidas por el reúma y engarrotadas sobre el bastón, su piel llena de oscuras manchas hepáticas y sus ojillos bordeados por la sombra blanca que tienen los de la gente de mucha edad, le hacían parecer una supervivencia.

—Mira, papá, José Javier —dijo Mercedes, acercándosele mucho al oído. Lo dijo casi gritando, pero sin el tono de impaciencia con que la gente le habla a los sordos. El viejo permaneció un instante aún con la mirada vaga, como si el mensaje viajara lento a través de sus neuronas.

—José Javier Mendoza —volvió a repetir Mercedes. El viejo miró a José Javier como a través de una niebla. Por fin, una amplia sonrisa iluminó su rostro.

—¡Muchacho, cómo te demoraste! Hace tiempo que no te veía. Estás más grueso, ¿verdad? ¿Te graduaste por fin? Yo también terminé ya. Es decir, me faltan dos asignaturas para terminar. —En sus ojos apareció un leve orgullo—. Bueno, me faltaban —rectificó y sus ojos, mirando el bastón, se tornaron dramáticamente tristes. Luego, volvió a levantar la vista y preguntó—: ¿Has visto a Elena? No sé; salió hace un rato a hacer compras y todavía no ha regresado.

Mercedes susurró:

—No te ocupes. Es lo de siempre.

—Usted está muy bien. Se ve bien —mintió José Javier alzando la voz.

—Sí hijo; ahí tirando el limoncito —exclamó el viejo sonriendo a la vez que hizo un ademán casi juvenil con la cabeza.

—Papá, quédate aquí, que ahorita te sirvo tu sopa.

—¿Te vas?

—No; vamos a la terraza.

—Deja, no me la sirvas. Prefiero esperar a tu madre.

—Hasta luego —se despidió José Javier, pero ya el viejo estaba otra vez quieto como una estatua de piedra y no le hizo caso.

La terraza olía a jazmín de cinco hojas. Más bien, a ella, a Elena, que lo había sembrado.

—Mercedes, yo veo a tu padre igual que siempre —comentó José Javier.

—Sí, está igual. Siempre está igual.

—Entonces, ¿qué pasa?, ¿qué misterio se trae mamá?

—Ninguno. Había que darle alguna explicación a tu padre y a Marianito. —Mercedes se detuvo un instante y puso las ideas en orden:

—Ana llamó a tu casa ayer. Tu mamá se quedó muy preocupada, porque le dijo que iba a llamar al abogado para plantear el divorcio. Entonces habló conmigo y me pidió que me fuera de la casa. Eso es todo —terminó simplemente.

—Pero ¿por qué? ¡Si tú no has tenido nada que ver! ¡De sobra sabe mamá que Ana arma una de éstas cada cierto tiempo!

—No. Desgraciadamente, sí he tenido que ver, y debía haberme ido hace ya mucho tiempo. Tú mamá está muy clara...

—Mercedes... —titubeó él. Pero no sabía con qué palabras decir este mar confuso de sentimientos encontrados.

—No; no me digas nada. Yo sé; si no, no te hubiera dicho. Además, ya nada de eso importa —continuó reprimiendo toda emoción—. No tenemos más que una salida: cortar por lo sano, como decía mamá. Ana y tú sacan los pasaportes, se van juntos. Está el niño de por medio y así debe ser. Sencillamente, es la única salida.

—¿Y tú?

—¿Yo? Nada, seguiré trabajando. Quizás estudie. ¡Es sólo el primer tiempo! Yo... —intentó seguir, pero no pudo. Bajó la cabeza y subió los hombros, como si huyera.

José Javier lo hizo sin pensar. Levantó la mano, la llevó hasta el cuello, hasta la nuca de ella y mirándola, acarició su pelo y la fue atrayendo hasta abrazarla toda. Ya descendía buscando su boca, cuando Mercedes tensa, sin aliento, dilatadas las aletillas de la nariz, gritó:

—¡Vete, vete, vete!

Su voz era esforzada, angustiosa. José Javier se sintió perplejo ante aquella mujer vehemente que desconocía. No pudo, no supo qué hacer.

—Adiós —dijo, o algo que ni él supo ni ella pudo

recordar, y atravesó el camino de cemento y salió a la calle.

Mercedes sintió que una tormenta de rebeldía se le desataba dentro. Con las manos en sus antebrazos, palpó su cuerpo y sintió ascender por él una ola de rabia y vergüenza. Por el casi desmayo que la reclamaba, por la respiración entrecortada, por los pezones duros y rebeldes que pedían ser acariciados, por el ávido espasmo en lo más profundo de su vientre. Fue un instante de cópula sin hombre, una fuerza casi brutal y baldía que duró apenas un segundo. Por controlarla apretó los puños y los dientes y hubo en su rostro un reflejo de ardor y angustia.

—¡Elena! ¡Elena!

«Ésa iba a ser su vida» —pensó Mercedes con espanto—. «Un hombre que no le pertenecía, un viejo esclerótico...»

—¡Elena! ¡Elena!

Había que ayudar a levantarlo, prepararle la sopa, acostarlo...

—Ya voy, papá; voy en seguida —se rindió, sabiendo que ni siquiera era a ella a quien necesitaba...

José Javier se durmió al regreso y su padre tuvo que entrarlo cargado a la casa. Ana lo esperaba a la puerta.

—¿Qué les pasó? Ya estaba preocupada.

—Es que lo llevé a la fábrica y luego le di un paseo por el Malecón.

El niño abrió los ojos soñolientos, abrazó a su madre, que se acercó a besarlo, y añadió:

—Mercedes se fue; dice Nina que no vuelve nunca.

Ana alzó los ojos y miró fijamente a José Javier, pero no dijo una palabra. Juntos atravesaron el pasillo, lleno de sombras, hasta llegar a la habitación. Depositaron al niño en la cama. Ella le zafó los cordones de los zapatos con una agilidad nerviosa. Luego le aflojó el cinto automáticamente, mientras el corazón le latía con fuerza y sentía en el estómago una especie de susto. Se llevó las manos a la nuca. Sentía en ella un peso enorme que no la dejaba pensar con claridad. A la vez, oleadas de inseguridad, de angustia y esperanza, la invadían toda. Hacía esfuerzos por controlarse y permanecer calmada.

—Estuve hablando con el niño; quería ver qué me decía del asunto de irnos.

—¡Yo no me separo de mi hijo! —exclamó Ana con una alarma súbita.

—Espérate Ana, déjame terminar —la interrumpió José Javier pacientemente. Sabía que estaba confusa y que no lo había comprendido—. Me dijo que se quería ir con los dos: contigo y conmigo. Si tú estás de acuerdo, mañana mismo empiezo a gestionar los papeles.

Pensó advertir una reacción favorable. Pero en vez, Ana lo miró a los ojos inquisitivamente.

—Espérate un momento. Espérate un momento. ¿Tú te sacrificas por el niño, o por nosotros dos?

«¡Ah sí! ¡la pobre», pensó José Javier dándose cuenta. Ana hablaba como mujer.

—Yo no quiero que mi hijo se críe en el comunismo —dijo sencillamente, como si no la hubiera comprendido.

—Y yo no quiero llevármelo para el Norte y que dentro de diez años me lo manden adonde sea la guerra en ese tiempo.

José Javier reprimió un gesto de fastidio:

—Mira, Ana, yo no vine a discutir de política a esta hora. ¿Tú no me dijiste que estabas de acuerdo en irnos los tres? Lo único que quiero saber es si puedo empezar a gestionar los papeles: eso es todo.

—La cosa no es tan sencilla. Yo no tengo que irme por el niño, porque no estoy en contra.

—Pero si esta mañana ¡tú misma me has dicho...! —exclamó José Javier exasperado—. Pero ¿quién te entiende?

—Lo que te dije es que estaba dispuesta a irme contigo. Eso te lo dije esta mañana y te lo repito ahora. Estoy dispuesta a dejarlo todo, a irnos juntos. Juntos, ¿entiendes? Pero no voy a dejar mi familia, mi casa, todo lo que tengo, para seguir viviendo en este infierno. ¡Que ni te me acercas! ¡Ya ni mujer me siento! Para qué, ¿para acabar en un sanatorio? ¡Ni que estuviera loca!

—Bueno, Ana, ¿qué quieres tú que haga? Yo no soy hipócrita.

Ana miró su aplomo y, herida, dijo una frase que muchas veces había pensado y nunca se había atrevido a decirle.

—Pues no me cabe la menor duda: O tú sigues enfermo, o tienes una querida. Ningún hombre normal está seis meses sin acostarse con una mujer.

José Javier sintió dentro una violencia sorda que nunca había sabido poner en palabras. Ana no le dio tregua.

—¿Y la mujer ésa? ¿La tal Mercedes? ¿Se puede saber?

—Sí, sí, se puede saber. ¡Se puede saber! ¡Si no fuera por ella, no hubiera vuelto a esta casa y si no fuera por mi hijo, me iría con ella y no contigo!

Apenas lo dijo, viendo la expresión de desvalimiento y dolor que contrajo el rostro de Ana, el buen José Javier habló pausadamente:

—Así no podemos seguir. Tú tienes razón. Es mejor que nos separemos. Mañana pasaré a buscar mi ropa. Yo te seguiré pasando todos los meses lo que te haga falta.

Esa misma noche, sin saber conscientemente por qué o porque las grandes audacias suelen ser sumas de rebeldías calladas, José Javier habló con Pedro Álvarez, buscaron las armas, las trasladaron en su propio carro. Con ecuanimidad absoluta —ante el inquieto asombro de Álvarez— hizo inventario de las armas, preparó el cemento y levantó la pared doble. Luego, repelló la superficie, lenta, cuidadosamente, como albañil sin culpa. Eran las cinco de la mañana cuando se enfrentó a los ojos insomnes de su madre.

Ya lo sabe todo José Javier. De un tiempo acá su entrada brusca a la sala de cortinas bajas, a la sombra apartada de la ceiba del patio, a la cocina trajinante, adondequiera que estuvieran dos mujeres en actitud de confidencia, ocasionaba estos silencios bruscos, estos cambios repentinos de conversación. Como si quisieran limpiar del aire las huellas de las palabras dichas. En las pizarras queda, de las palabras, después de borrarlas, un polvillo impalpable; en el aire, en las caras de las gentes, también queda y los ojos negros de José Javier lo absorben mirando.

Una vez ha entrado en la sala. Están papá y mamá, separados, mirándose como enemigos. Entre ellos, abuela, que suplica:

—¡Háganlo por el niño! ¿Ustedes no han pensado que el pobre niño sufrirá todas las consecuencias?

Otro día es Georgina, la criada, quien habla en un susurro, mientras sus manos chicas y pecosas se hunden en la espuma. La oye y a la vez tiende la ropa Juanita, la lavandera.

—¡Esto va costando más matrimonios que muertos! —dice suspirando—. Mira ahora lo de la señora Ana.

¿Tú crees que con lo bueno que es el caballero José Javier se iban a separar si no fuera por esto?

—Sí, pero debían pensar en el niño. ¡Angelito! ¡Me da una lástima! ¡Perder a su padre! —comenta Juanita, la lavandera, que aun sin hablar, le produce desazón a cualquiera. De pasarse la vida lavando para criar sola a cuatro hijos que tiene, le han quedado ojos sin remedio tristes, espaldas vencidas y manos rojas. Suspira y añade lúgubre:

—Luego se casará uno o el otro y estará el niño por ahí, de saltimbanqui.

—No; el niño va con el padre —interrumpe Georgina—. A los seis años, por ley, se lo quitan a la madre.

—Eso depende de la patria *potestá* —vuelve a suspirar Juanita.

Un tiempo después, y sin relación con todo esto, mamá lo llama y con demasiada ternura, como si fuera a curarle alguna herida, le dice:

—Mi vida, tu papá va a ir a vivir a casa de Nina un tiempo.

Fue Pablito, su primo, sin mala intención y sin remilgos, quien le dijo a boca de jarro:

—Tío y tía se divorcian.

Luego, por aliviar la contenida saña que le inspiraba el usurpador de su puesto de más chico, añadió:

—Por eso tú estás aquí de piojo pegado.

—¿Divorcio? ¿Divorcio? —José Javier paladeó la palabra. Y a la palabra sola no le cogió miedo. No fue sino unos días después, cuando vino María Estela con su pedacito de madre, que aprendió a cogérselo.

María Estela es rubia como una inglesa, mala como la quina y graciosa como una tanagra. Le faltan dos dientes. Su madre, la prima Estela, es pequeña como una niña y regordeta, y nunca se tiñe bien, de rojo, las canas delatoras. El saberlo todo y tener contestadas todas las preguntas le da un airecillo dogmático. Habla con énfasis subrayando todas las palabras, como si nunca en la vida se hubiera equivocado. José Javier tiene que pasarse toda la tarde, por ser cortés con la familia, resistiendo el embate de la plaguilla de cinco años, su prima, que todo lo rompe y en todo manda. Mientras tanto, las dos madres, en la terraza, comentan su vida rota. Desde lejos, José Javier oye y graba un comentario:

—¡La niña se me ha desmejorado mucho después del divorcio! Claro, también se ve desfiguradita porque se le han caído los dientes.

Mal impresionado, José Javier lo entiende a su modo y mira a María Estela sonreír su fea sonrisa del hueco en medio, que parece un túnel.

Esa noche, en el presueño, José Javier, rumiador, todo lo rumia. «Perderá a su padre...» ¿Y dónde va a perderlo? No se separará de su lado cuando salgan juntos... «La madre volverá a casarse.» Entonces, ¿tendrá dos papás? «Dentro de cinco años, por ley, se lo quitan a la madre.» Ahorita cumple seis... ¿Qué cosa es saltimbanqui? ¿Quién es Patria *Podestá*? ¿Qué le hizo el divorcio a María Estela, que le tumbó los dientes? ¿Por qué piojo pegado? Con todos estos datos confusos y la expresión de Juanita, que no se le borra, mal sueño podría venirle.

Llega divorcio a buscarlo. Es un gnomo blancuzco, de manos brujas. Habla como el viento de noche, cuando silba en las puertas.

—Tú vienes conmigo...

José Javier quiere huir, pero siente que no puede moverse.

—¡Ay no, señor, yo quiero quedarme con mi abuela!

—Pues no puede ser. Lo manda Patria Podestá. Conque ¡vaya tumbando!

Cuando van por el camino largo (llora a lo lejos abuela), él también se va poniendo blancuzco como divorcio y se le caen los dientes. Va a gritar y su grito es como el viento cuando aúlla el viento.

—¡Abuela, abuela, abuela!

Abuela María lo asila del desamparo en sus brazos.

Nadie lo quiere como ella. Amorosamente recorre este niño, patrimonio suyo. Sus ojos penetradores, atisbantes, van viendo la huella que el vivir, aunque de sólo cinco años, deja en la mirada furtiva, en la madurez del gesto, en la melancolía insondable de sus ojos. Huertecillo propio, ¡cómo vuelca en él sus recuerdos! Recorriéndola, dibuja la carita grave, los ojos lúcidos, la limpia piel de porcelana y té. «Se parece a ti», le dice a abuelo que siente a su lado, a la prima noche, cuando todos la excluyen de sus vidas. «Alza la ceja como buen Duquesne» (no queda uno solo). Frunce el entrecejo igual que la madre cuando era chica. Es terco como la abuela Panchita —cuando era ella, digo, no este amasijo de quejumbre y recuerdos en que se sobrevive—... Tiene fibra, y es altivo, ¡gracias a Dios!, como los Roque.

De mirar y remirar y reflejarse en él, ¡qué bien lo conoce! El blanco de los ojos suyos lo es tanto, que cae en azul casi. Se ven mínimas, tras la tela delicada de su piel, raicillas azules. Su pupila negra es rápida, como de gato; dentro, el iris, alrededor de la pupila, semeja un cristal ámbar con alguillas carmelitas; luego se pierde hacia la orilla de negrura infinita. Tiene las pestañas largas y suaves hacia la mitad del párpado; cortas y recias hacia el borde externo. Las cejas son de trazo fino, rectas, sin gesto impreso por la vida. La frente igual: serena y sin escrito. El pelo es arisco. Se arremolina terco, en rebeldía contra el peine, y va luego rebajándose hasta convertirse en simple sombra oscura, en arco, sobre la oreja. La tiene torneada, pequeña, aplastada, con un triste rosáceo como de caracol. Todo él es sepia, o té, o mármol, así de liso. Un vello mínimo (a distancia de niño dormido en el regazo), le crece como una hierbecilla de Liliput y lo matiza. Por encima del labio, es una sombra. Nada dice aún, de hombría, el bozo. Viene al fin el cuellecito flaco, con su marca de vértebras, y todo él es una lástima grande: el vientre combo, las piernecitas flacas, la cadena de huesecillos que le divide la espalda. Palpando su endeble anatomía al descubierto, abuela María acepta el reclamo de ser madre a destiempo. Pierde la muerte la porción que le tenía ganada con cansarla y llenarla de tedio y ofrecerle reencuentros. Mirando a José Javier, abuela María se yergue, triunfa, se afinca, es necesaria.

Ahora que el niño se quedó sin padre, va a estar ella, guardián enorme y violento, frente a su vida. Le va a preparar el desayuno de avena dulce, tibia, con su poco de sal, como a él le gusta. A la hora del baño, lo bañará ella misma, sin prisa, para que juegue con el agua. Que se mire reflejado en los globos mínimos del jabón. Que goce y se ría viendo su gran quijada monstruosa reflejada en la transparencia un instante. Que se haga pelucas de espumas. ¡Que pierda un poco el tiempo! No va ella a fustigarlo con los «apúrate», «apúrate» que ya le dirá la vida. De noche, le hará cuentos hasta que venga el sueño. Nunca, nunca lo dejará indefenso ante las pesadillas...

Al día siguiente, pone por testigo el llanto de la víspera y más que pedir, ordena que trasladen a José Javier, al menos por un tiempo, a casa de madrina, donde podrá ejercer sin cortapisas su tutelaje omnímodo.

La casa de madrina es un gran abrazo de piedra: ancha, de dos plantas, con ventanales verdosos. Un camino de sombra y hojas de luz lleva hasta ella. La acacia del frente, en primavera, se llena de flores malvas y rumorosas, cuando sopla la brisa. Entrando, a la derecha, queda la sala, amplia como un salón de baile. Su pared única —todo lo demás es patio verde que entra por los cristales— está cubierta de madera. Hay una consola de líneas simples y una lámpara china. Su luz invita a intimidad e ilumina las mansas vetas que fluyen en la majagua como recuerdos de río. Al fondo, en la gran terraza de doce metros de ancho, se siente el alma de la casa. Allí llega la luz filtrada por el alto encaje del flamboyán. Prédica de amor y paz y continuidad de la vida hace este elocuente fraile vegetal a quien se detiene a contemplar —u oírlo— desde su hojoso claustro. En suma: casa para volver mil veces que, dejada, se fabrica y fabrica de recuerdos.

Para Juan Antonio Campos, su propietario y padrino de José Javier, es triunfo palpable de muchas vidas de esfuerzo. Inventariándola, al atardecer, le rinde un sencillo homenaje a los antepasados, inmigrantes de Asturias, que la hicieron posible. (Trabajaban de sol a sol, dormían en sacos de yute, abrían al amanecer y no cerraban nunca la bodega, la quincalla, la sastrería, donde trabajaba toda la familia traída poco a poco, con mucho esfuerzo, a Cuba.) Los días de fiesta se reunían al convite de empanadas y vino tinto. Bailaban la jota y cantaban coplas maliciosas que palmoteaban todos. Ya tarde, por el hilo fino de la nostalgia, alguno regresaba al terruño; veía infinitos valles, pacíficos rebaños de cabras, saltos de arroyos límpidos, viejecillas magras, de ojos acostumbrados, que se sentaban en el umbral de las puertas, a ver pasar la gente. Como una doliente marea, brotaba el canto: «Asturias, patria querida, Asturias de mis amores, quién estuviera en Asturias, en algunas ocasiones...»

Esto era hace muchos años, en la casa del Cerro. Cuando el cinto del padre, el catecismo, impreso por la F.T.D., los editoriales de Pepín Rivero y el cariño del clan, hicieron de la niñez de padrino, fortín amurallado. Cada domingo, su buena madre, una mujer cumplidora y sensata, los vestía de limpio a él y a su hermano y los llevaba a comulgar a la parroquia del Cerro. Su padre, un español de ojos pícaros que Frans Hals se hubiera deleitado pintando, la miraba por encima de sus gafas de hipermétrope y canturreaba: «Si los curas y monjas supieran, la de palos que van a llevar...» La madre contraía los labios en su forma característica de demostrar desagrado, y persistía en su empeño: «la religión, al fin y al cabo, es un freno». Como el padre en definitiva no se molestaba en desdecirla, jamás sufrió padrino una confusión interior ni le quitó el sueño un problema filosófico. Muy trabajado y poco leído después de su bachillerato jesuítico, ha resultado un hombre fuerte, leal, franco, malgenioso y bueno. Siempre de acuerdo consigo mismo, y con el haz de razones sencillas que lo motiva, toda su energía consciente queda libre para la empresa comercial. Por eso triunfa. Y es socio de club, y tiene Cadillac. En su vida, custodiada y feliz, la salud es proverbial y las estrecheces económicas están bien superadas desde el año treinta. Sólo ha amado a una mujer, Teresa, su esposa, y en ella ha gastado todas sus lujurias. Ahora, cuando se perfila en su mente y en su cuerpo la cercanía a los cuarenta, su rostro irradia una complacencia amable. Ríe estentóreamente, porque nunca ha sentido envidia o resquemor. El futuro se le ofrece en ancha doble vía invitadora.

La de madrina Teresa es otra historia. Hasta físicamente resulta una contradicción. Parece una aldeana de cuerpo, pero su rostro es pensativo y con frecuencia grave. Tiene los ojos verdes. Bajo su agua clara, un signo atormentado perpetuamente niega la imagen de la mujer madura, feliz y burguesa que esboza en quien la mira. La pasión de escribir la tortura desde que recuerda. Batalla sin darse alivio, por apresar las imágenes y sentires confusos que proyecta en su insomnio y el temor de no poseer don alguno la ronda como una especie de buitre. Madrina ama las palabras como si fueran seres. Cuando le rozan el oído, las detiene y las tañe. Si oye decir algo simple y sincero, que además es bello, sonríe como el que subiendo una cuesta difícil se topa con la mínima maravilla de una flor silvestre. Cuida su prosa como cuidaban su ropa de hilo las mujeres de antes. Los gerundios mal puestos le estorban, como a los perros los sonidos agudos. Daría lo que no tiene porque los pretéritos no rimaran en *aba* y en *ía*. Cuando mueve los labios, no reza; está repitiendo los versos en cuyas cesuras de silencio halla paz. La esterilidad es su infierno, y la felicidad de vibración más alta, que casi la deja sin aliento cuando viene la inspiración como una onda clara y todo lo ordena y simplifica. No es cosa rara ni aislada la pobre madrina. De una ascendencia hidalga donde hubo poetas, inventores y locos, le viene esta vocación ardiente.

Su familia es una extraña confluencia ideológica: terratenientes ya arruinados por parte de padre; comunistas de partido, por parte de madre. Su casa fue una perenne disyuntiva de izquierdas y derechas. Recibían *Hoy* y el *Diario de la Marina*, para comparar noticias. Librepensadores y positivistas practicaban, sin embargo, una moral muy cristiana. Sólo habían suprimido el infierno por la muy valedera razón que la vida misma les parecía un entrelazado de infierno y paraíso. Su padre era un hombre profundo, de honradez quimérica, mal dotado para la vida práctica. Odiaba a los trusts y, de noche, leía a Krishnamurti. Su biblioteca era una encrucijada de filosofías: lomo a lomo, el Kempis y Marx.

Evidentemente, tenían que ser muy distintos madrina y padrino. Sin embargo, como los matrimonios que se dicen felices se hacen de vida compartida, recuerdos, partos, muertes, consuelo de cansancio, compatibilidad de éxtasis y burladero de soledad, y no de acuerdos ideológicos, el de madrina y padrino era feliz. Navegando en la estabilidad política de los años cincuenta, tuvieron hijos sanos, prosperaron económicamente, discutían por trivialidades, y él con sus negocios y ella escribiendo, convivían cerca de cuerpo y mutuamente lejos de espíritu, sin darse cuenta. El golpe militar de Batista les proporcionó una coincidencia política que disfrutaron mucho. Vendieron bonos del 26, corrieron pequeños riesgos con una compartida desazón gozosa, creyendo coincidir. Una vez se presentó en la casa el primo comunista al que perseguían los agentes del BRAC. Lo escondieron, de mutuo acuerdo, hasta que pasó el peligro. Así, hasta la Revolución. Entonces, el seis de enero de 1959...

Vamos al Palacio de los Deportes —la Comandancia— a ser útiles. (A ofrecer comida a las tropas que llegan, por ejemplo.) Hay un confuso ir y venir de rebeldes; las perseguidoras aúllan y todo el mundo viene a ofrecerse. Se levanta un rumor sordo hecho del opinar de mucha gente en la espera. Una mujer delgada, con saya de colorines y cara de noche de insomnio, me habla:

—A mi marido se lo llevaron preso desde antier. Dicen que lo tienen aquí. Es teniente; digo —se rectifica— era.

(Yo, que no era yo, no quería participar de las penas de nadie.)

Se dispara una metralleta. Responden otras y repiten el ratatán de furia. El mar humano se rompe en gentes aterrorizadas y escurridizas que se pegan a la tierra roja.

—¡Va preso el próximo que se le vaya una ráfaga! Pongan el seguro, compañeros. ¡No estamos en la Sierra!

Vuelve el mar humano a concentrarse. Nos empujan contra la cerca.

—Teresa, ¿qué haces por aquí? —pregunta un amigo que está a la puerta.

Me ve en la cara el ansia casi pueril de ser útil, y como costeó campañas, le ordena al escolta:

—Deje pasar a esta compañera...

La confusión ruidosa me invade cuando entro. Junto a mí fluye, interminable, un río de rostros. Los rebeldes están muy ocupados haciendo historia, pero como no saben el oficio, andan perplejos, buscando quien les diga. Al fondo del pasillo hay un cuarto de presos. Son los chivatos. Dice el altoparlante irónico:

—Compañeros, refiéranse a los presos como «señores presos». Muchos son ladrones, otros son asesinos y esbirros, pero no todos son chivatos.

—¡Ja! —ríe una miliciana—, ahora ninguno quiere ser chivato. ¡Partida de degenerados, hijos de la guayaba!

(Quizás, entre ellos, el teniente.)

El aire se estremece; siento como un chispazo eléctrico. Los rebeldes corren por los pasillos, y soy un estorbo. «¡Se escapó un chivato! ¡Anda armado! ¡Le arrebató el arma al escolta!» Suenan, secos, los disparos, desde el piso frío. Junto a mí se tiende un hombre con saco y corbata, de barba rasurada. Está lívido y reza en voz alta: «Virgen de la Caridad ampárame, ampárame...» Una torre de miliciano campesino se pone a la puerta: «¡Si trata de entrar aquí, queda!» Una rebelde echa mano a su pistola del cuarenta y cinco, se pone en pie, zafia ante el peligro, y prorrumpe en una sarta de insultos. Instantáneamente nos ve al hombre y a mí y comenta cínica: «¿Y dónde estaban estos burgueses, que no los vi en la Sierra?»

En la Cabaña hay una fila de mujeres esperando al sol de las doce para ver a sus presos. Al entrar, las palpan unos soldados. Una mujer trigueña, de ojos fieros, se acerca al periodista y le dice en inglés, tomándolo del brazo:

—*Me American. Born in Brooklyn, yes. But no good. They shoot my husband, sir. He no Batista man. He teacher in military school. Teacher, maestro, understand?* ¡Dígaselo, señora! —dice volviéndose a mí, que le sirvo de intérprete—, dígaselo, por lo que más quiera.

Vuelve al impotente asedio:

—*Mister, me American citizen. Born in Brooklyn. Please, sir, help my husband. Understand, sir? He never, never Batista man; he militar of career.*

El periodista le saca una foto a ella y al hombre, sombra de hombre, que extiende sus manos húmedas entre los barrotes.

—Dile, Manolo, dile que soy americana —gritaba la mujer desde afuera. El hombre nos mira, ya conforme.

—¡No hay nada que hacer! ¡No se puede hacer nada! ¡Pobre María!

La mujer aparece en un periódico de Ohio. Dice el cintillo: *American citizen pleads for husband.* Un día, mucho después, encontré el papel con su nombre. Estaba en una lista de fusilados. *So you not forget,* había dicho ella al escribirlo.

Un hombre de cabeza rapada y puños levantados grita frente a la multitud que atruena:

—¡Paredón, paredón!

—Me parece que estoy en un circo romano. ¡Esto es un circo romano! —dice el hombre.

Una voz pausada, muy comandante, contiene la furia. Viene desde un hombre alto, fino, de ojos azules. Mientras el hombre defiende su vida gritando lo del circo, miles de campesinos se ofrecen como testigos de cargo:

—¡Ése me quemó mi casa!

—¡Ése enterró a los muchachos del caserío!

Una campesina grita histérica:

—¡Asesino! ¡Asesino! ¡Asesino!

Al día siguiente, en el Hotel Capri, está el hombre comandante, pálido de cansancio. Lo rodean unas jóvenes vestidas de negro que casi no hablan por lo que lloran. Son las hijas del hombre del circo, muy jóvenes ellas. Al hombre van a fusilarlo. Pero otro grupo de mujeres les cierra el paso. Son las viudas de revolucionarios muertos y visten de luto. «A mi marido le pusieron una bomba en la cintura y dejaron que estallara.» «Al mío le vaciaron una ametralladora arriba, en la calle J, hace dos años.»

El hombre comandante tiene cara de cansancio y está cogido entre las dos tragedias y los muchos odios.

—Se cumplirá la justicia revolucionaria. Váyanse tranquilas. Se cumplirá la justicia revolucionaria.

Unos meses después, cuando al hombre comandante de los ojos azules le parece poco justa la justicia que era, quiso liberarse. Pero lo cogieron preso y me pregunto si cuando él mismo iba al paredón, hubo alguien que le dijera a sus hijas: «Vayan tranquilas; se cumplirá la justicia revolucionaria».

Frente a Palacio hay un mar de pueblo. Ojos, brazos, consignas en altos cartelones. Puños alzados. Barbas. A cada instante, un ritmo: «Cuba sí, yanquis no... Cuba sí, yanquis no...» «Fi...del; Fi...del.» Todo es justo. Todo necesario. Nunca más cárceles. Nunca más torturas, ni perseguidos, ni muertos. «Fi...del; Fi...del.» Nunca analfabetos, ni hambre. Contra el imperialismo, sí. Contra la injerencia extranjera. Súbito, el enorme vocerío concluye: «¡Paredón, paredón, paredón!» Estoy de pronto sola, sola. (Nada más espantosamente solo que disentir donde todos aprueban tumultuosamente.) Del fallo retumbante siego mi propia voz enronquecida.

¡Ah!, yo quería decir la emoción de ser útil y la completa euforia y me salen a flote estos recuerdos, como corchos renegridos... Es que el pasado es lo que fue desde lo que somos.

La de Juan Antonio fue una revolución distinta —democrática de izquierda, con Urrutia presidente y la Constitución del 40 organizándolo todo—. Por ende, brevísima. Terminó el día en que Fidel hizo una pausa en la televisión, y enfocaron sus ojos, llenos de un resplandor sonriente:

—¿Elecciones? ¿Quién quiere elecciones?

—¡Elecciones para qué! ¡Elecciones para qué! —contestaba el ritmo, regocijado.

Del lado hogareño del televisor, padrino conmina a Fidel:

—¿Que cuando termine la alfabetización, que cuando el país se industrialice? ¡Vaya a freír espárragos, hombre, para el año de San Blando entonces! ¡Conmigo no cuentes! Mira, mira la claque esa. ¡Partida de cretinos! A ellos los tupes fácil, los coges mansitos...

¡Pero qué clase de h.p., Dios mío! Aquí mismo me apeo yo del caballo. Bastante papel de comemierda hice ya mandando medicinas para la Sierra. ¡Todo, todo esto ha sido un engaño! ¿No te das cuenta, Teresa? —pregunta mirando a su mujer, seguro de encontrar acuerdo y abismado de no hallarlo—. Dios mío, pero ¿no lo ves más claro que el agua?

Teresa guardó silencio.

—¡Míralo, míralo! Degenerado, ¡en ésa sí que no voy yo!

Al día siguiente, Juan Antonio comienza a establecer contacto con las embajadas y, al pagar mercancías, pide que le retengan las ganancias en bancos extranjeros. Pero no piensa irse. Va a afincar pie en tierra y a defender con los dientes lo que a su padre y a él le ha costado una vida entera de esfuerzo. No le arrebata lo suyo un degenerado que en la vida se ha roto el cuero, un *bonchista*, un *ñángara* de porra. ¡Hay que quedarse, hay que quedarse y hacerle el caldo gordo!

Aparecen en su rostro arrugas hondas; súbitamente se apodera de él una rabia sorda y explota sin que haya motivo aparente. Hasta con su propia mujer se torna taciturno. Ya ni comparten ni se confían. Ni siquiera pueden sentarse a comentar. Padrino comienza a padecer insomnios. Por las noches baja la escalera, se sienta solo en la sala a pensar qué hacer, cómo salvar algo del total naufragio. A veces, viendo que se derrumba un mundo en derredor y que no hay operación comercial capaz de salvarlo, se está la noche entera sin alcanzar a comprender. A cada suceso que lo espanta: la renuncia de Urrutia, la denuncia de Díaz Lanz, la Reforma Agraria, la prisión de Hubert Matos, se vuelve a su mujer, seguro de encontrar al fin acuerdo.

—¿Tú no ves que esto es comunismo, Teresa? ¿No lo estás viendo? Pero ¿dónde tienes los ojos? ¿No ves que se va al traste negocio, casa, amigos, todo, todo, todo? —arguye casi sin aliento. Otras veces baja la voz y pregunta dolido—: ¿Cómo es posible que tú estés de acuerdo con algo que nos perjudica tanto?

Teresa lo mira angustiada; es sincera y no puede decirle «pienso igual que tú». No le tiene miedo al comunismo, porque sólo lo conoce apasionadamente dicho y vivido en pobreza perseguida, por su primo bueno. ¿Qué va a hacer si le parece justo que termine el latifundio, correcto que intervengan todas las empresas norteamericanas? ¿Que se va al traste el negocio, la propiedad privada? ¿Y quién ha dicho que sea necesaria? (Su familia vivió felizmente, con la ecuanimidad de sueldo fijo.) ¿Que se iban las gentes queridas? ¡Es que no entendían en absoluto; no querían adaptarse! ¿Que cerraban los clubs privados? ¡Por fin, librarse del remordimiento —los ojos, los pobres ojos de los niños negros mirando el deseado y prohibido mar, y sin tenerlo, y ella, a lo largo de toda su vida, viéndolos compadecida—...! ¿Que intervenían los colegios privados? ¡Qué suerte para sus hijos, no tener prejuicios! Iba a ser un mundo distinto. Sin hambre, sin analfabetos, sin blancos y negros... ¡Una hermosura de mundo! Y madrina vivía inmersa en él y lo disfrutaba anticipadamente.

Pero un día, vienen de despedir a unos amigos, de los que se van aterrados y todo lo abandonan. Teresa comenta:

—¡A veces querría que todo el que decidiera irse se despidiese de una vez! ¡Es tan triste!

—Pues vete haciendo a la idea —contesta, seco, padrino. Es el momento de decirle lo que ha meditado muchos meses—. Quiero que estés perfectamente clara en una cosa. Yo me quedo aquí hasta que me intervengan el negocio. Pero me intervienen hoy, y mañana estoy cogiendo el avión. Ya mandé renovar los pasaportes.

Madrina siente en su voz el acero de las decisiones inquebrantables. Mil razones pugnaces se agolpan a su conciencia para rebatirlo. Pero, de súbito, un recuerdo, *el* recuerdo, ha saltado vivo como un pez del hondón de sí misma.

Ella tenía veinticinco años y trabajaba incesantemente por terminar un libro. Avara de tiempo, se encerraba a escribir y pedía que no hicieran ruido, que no la interrumpieran. Era —explicaba, trataba de explicar— cuestión de vida o muerte de sí misma. Si acudían a preguntarle algo, así fuera de sus hijos, decía:

—No puedo ocuparme en eso ahora. ¿No ven que tengo que escribir? ¡Se me ha ido la mitad de la vida sin hacer nada que merezca la pena! Ahorita cumplo los treinta. ¡Váyanse y no me hagan ruido; por lo que más quieran, déjenme escribir!

La cosa fue de mal en peor. Se encerraba desde por la mañana y a veces a las seis de la tarde no había cesado aún el tableteo de la máquina de escribir. Juan Antonio llegó una tarde y se acercó a la puerta del escritorio:

—Vamos, mi amor —le dijo—, ya es hora de que dejes eso, anda.

—¡Vete, vete, vete! —gritó ella—. ¡Cada vez que tengo una idea, que casi la estoy cogiendo, me interrumpen! ¡Déjenme sola! Tú no comprendes, Juan Antonio, es que no puedes comprender. Las ideas me dan vueltas y más vueltas y si no me siento y las escribo ahora, se me escapan. Me paso la vida con remordimiento, porque no atiendo a los niños como debiera, porque no me ocupo de todas esas porquerías del chequecito, el numerito, el valecito, la llamadita, y ¡se me va la vida! ¡Se me va la vida! Y si atiendo a ese fárrago inútil, no me atiendo a mí misma, ¡no me escucho! Y es sumamente importante escucharse, estarse quieto uno por dentro, para oír el rumor. Es decir, ¡el que tiene rumor, el que lo tiene! El que no, tiene que llenar el hueco inmenso con esos «haz esto», «haz lo otro», y conformarse a vivir todo en conciencia. O se darían de cara con un «soy mediocre» en letras grandes, plantado en medio de sí mismos como una torre. Yo tengo que agarrar todas esas ideas, sentires, intuiciones y detenerlos, apresarlos antes que se me escapen. Si no, me iré secando, muriéndome, pudriéndome.

—Teresa —balbució él.

Ella lo miró con odio:

—Ah, ¡tú ni sabes de lo que estoy hablando!

Una certidumbre helada aterró a Juan Antonio. Pero como no estaba seguro y, además, porque tenía que aquietarse a sí mismo y entender por qué la vida le traía esto, la dejó sola.

A las cuatro de la mañana, oyó un sollozar angustioso. Abrió la puerta del escritorio y se encontró a su mujer con los ojos desorbitados.

—¡No puedo, no puedo! ¡No he logrado escribir una línea que merezca la pena! Mira —dijo y señaló los papeles en blanco que la rodeaban—, ¡nada, nada que sirva!

Se echó en sus brazos.

—¡Ayúdame, ayúdame, amor mío! No me dejes solita. Yo sin ti no puedo. Llévame a un médico. Me duele aquí —dijo llevándose las manos a la nuca— como si una mano me estuviera apretando. Pobrecito, no me ocupo de ti, ni de los niños, y creo que soy algo y ni escribo, ni tengo talento... ¡Qué cosa más horrible! ¡Ay, Dios mío, Dios mío, Dios mío! —exclamó súbitamente lúcida— ¡yo creo que me vuelvo loca!

Al día siguiente, intentó suicidarse.

El siquiatra aconsejó la reclusión, que duró casi dos años. Primero le hicieron electro-shocks, pero fue con tratamiento de insulina como lograron calmarla. Engordó cerca de treinta libras y le salieron horribles granos en la cara. Y el hombre que no entendía, el del alma sin complejos, padrino, atendió solo a sus dos hijos y ni una sola noche, en todo este tiempo, buscó mujer.

Cuando Teresa regresó, todavía convaleciente, temiendo a la locura más que a la muerte, con el pasado roto por grandes zonas de amnesia y la vida sin rumbo, él la acogió con los ojos llenos de lágrimas y una ternura infinita.

—¡Cuánto te he necesitado! ¡Qué falta me has hecho, amor mío!

Al día siguiente puso en los brazos de ella a su hijo, que no la conocía.

—¿Vas a dejármelo? Si no me conoce, ¡pobrecito!

—Ya te conocerá.

—¿Y si me siento mal? ¿Y si no vuelvo a darme cuenta de las cosas? ¿Y si pierdo el sentido y le hago daño?

—No; puedes cuidarlo. Ya estás bien.

Ella lo abrazó con fuerza y junto a su hombro ancho, nutriéndose del calor de su cuerpo, improvisó una letanía dulce:

—Mi muralla, mi sombra de árbol, mi esposo...

En todo el reparto quedan apenas cien familias, y en dos manzanas a la redonda, sólo tres: la de José Javier, la de los Chávez, compuesta por un hombrón acromegálico, su mujer y seis perros que fungen como hijos, y la familia de Pedri, vecina de la otra cuadra. A veces, cuando cae la tarde y amenaza invadirla la triste marea de viudez y recuerdos, abuela María camina la calle solitaria para visitar a los Montiel. Allí encuentra José Javier curielitos, corral de gallinas y discusiones para mantenerse entretenido, mientras ella se sienta en el patio con la abuelita de Pedro y con Nita. Juntas las tres, comentando y dando opinión, recuperan vigencia.

Rita, la mamá de Pedri, es una mujer trigueña, de grandes ojos morunos y sonrisa fácil. Tiene la nariz larga, por lo que evita ponerse de perfil. A los cuarenta años se conserva delgada y grácil como una jovencita. Es cálida y amistosa. Su inteligencia está penetrada de sentido común y posee el amoroso don de la intuición. Por eso ha combinado el gran oficio de ser madre, con un sinfín de oficios menores. Cuida pollos, teje suéteres de maravilla, pinta acuarelas y constantemente redecora la casa. Para ella, no hay diversión como cambiar cortinas, pensar sobrecamas, colgar cuadros o hacer con luz y helechos y algún sillón viejo que ha pintado ella misma, un rinconcito íntimo que uno levante los ojos y esté todo en belleza y paz y pueda decirse, como si fuera gato y ronroneara: «ésta es mi casa», «ésta es mi casa».

Ernestina, la abuelita, usa unas baticas anchas de hilo blanco, y el talco con los jazmines que ella le echa es su único afeite. Para completar la imagen de blancura, su pelo parece nieve de campo. Ha llegado a los setenta años con una absoluta virginidad de espíritu: todo la encanta, de todo se asombra. Poca huella han dejado en ella los dolores, los sarcasmos, las traicioncillas feroces que hieren todas las vidas. Es tal la expresión segura y confiada de su rostro, que cabe preguntarse si la vida se puso guantes para tratarla. Apenas se conoce a su hermana Juanita, queda aclarado el misterio. En el rostro de Nita y en sus ojos están impresos los sufrimientos que debieron corresponder a las dos. Es una figura ascética, apergaminada; en su espíritu hay una férrea armazón de deberes nimios y bien cumplidos. Tía clásica, su vida siempre ha sido en función de sobrinos, todo dar. Ya ha cuidado dos generaciones de niños. Ha hecho más vestidos que un taller de costura. Ha bajado y subido tantos falsos, que puestos juntos, bojearían a Cuba. De enfermera no necesita el título, porque tiene aprobadas todas las paciencias. Los muchachos la tienen como a una almohada para el sueño o los zapatos cómodos que descansan los pies. Mandan en su tiempo como dictadores. Le piden meriendas, vestidos, dulces, camisas arregladas, y ella da su tiempo pródigamente, sin tener jamás la conciencia de que, de tanto dar, algo pierde. A veces ansía, como una gloria imposible, un rato de paz para cortar un vestido o escribir una carta. La única protesta que se ha permitido su cuerpo son las llagas enormes que cubren sus piernas y que los médicos llaman alergia. De un tiempo a esta parte, buscando compañía, le habla a las cazuelas como si fueran gente. Su bondad espontánea como un manantial sencillo, contrasta con la ética y profunda, analizada y difícil de Edgardo, el jefe de la casa.

Edgardo es cetrino, alto. Tiene algo de ascendencia hindú o merecía tenerlo por su color sepia, sus grandes ojos profundos y atormentados, su asiduo leer filosofía. Es de pensador su frente amplia y sus manos, de dedos largos y muy finos, recuerdan al Greco. En su rostro están marcados, a ambos lados de la boca, los surcos profundos de quien ha tenido que domar la envidia. Es un hombre difícil, de grandes luchas interiores. Se busca afanosamente a sí mismo, y escruta sin descanso el sentido último del universo y de la vida. Vive construyendo grandes organizaciones lógicas, estudiando, tratando de hallar la verdad y el bien, como destino último. Ello hace que parezca indiferente y lejano. Sólo Rita, su mujer, le sirve de contacto con la vida diaria. A ella le confía sus debilidades, sus temores, sus pecados del día. Así se alivia de su niñez pobre, del rescoldo de humillaciones viejas, de los instantes de turbación y ansiedad que padece. Oyéndolo en respetuoso silencio, ella le entrega la paz de creerse en pleno dominio de sí mismo. De los dos ha nacido Edgardito, un adolescente arisco, rebelde y brillante como su padre, pero emotivo y cálido como la madre; una niña delicada que, de noche, piensa cuánto debe de parecerse a la muerte la epilepsia que padece; y Pedri, el amigo de José Javier y depositario de las ternuras familiares, por ser el más chico.

En realidad, fueron José Javier y Pedri quienes enlazaron a las dos familias. La amistad surgió cuando la curiela se puso gordísima.

—Está cargada —explicó Pedri a José Javier y juntos se estaban horas y horas a ver si lograban verla descargar. Ella se detenía quietecita y parecía estar pensando cosas profundas cuando miraban de soslayo sus ojos rojos. Pedri y José Javier, conscientes de la importancia que había adquirido, le daban hojas frescas de lechuga, o pan, o yerba verde que recogían en el solar de enfrente, lleno de aromas y guizazos.

—El primer curielito que tenga es el mío —dijo Pedri un día.

—Y el segundo es el mío —aclaró José Javier, en son de igualdad.

—No; la curiela es mía y todos los curielitos son míos.

—¡Rita! —salió corriendo José Javier en busca de apoyo moral—. ¿Verdad que si la curiela tiene seis curielitos yo puedo llevarme uno para mi casa?

Edgardo padre, a quien le fascinaba mirar los ojos de fe completa en los niños, agarró la curielita, y muy serio, con aire doctoral, tentó su vientre, tenso como un tamborcillo:

—Sí —dijo—. Hay seis y uno es el tuyo.

Efectivamente, allí bajo la piel trémula por la respiración entrecortada de la curiela que por todo siente susto, en el abultamiento que se movía un poco al tocarlo, estaba su curielito. Edgardo padre le guió la mano para que lo sintiera.

—Madrina, ¿y cuándo nacen los curielitos?

—Ya falta poco, niño. Una o dos lunas.

Cada noche, José Javier se ponía a ver crecer la luna, donde está pintado el hociquito de un curiel, a ver si terminaba de dibujarse. ¿Qué tendrá que ver la luna con la curiela?

Por fin, Pedri lo llama un día:

—Yo creo que ya.

—¿Ya? —preguntó José Javier, que no necesitaba otra explicación.

Salieron los dos corriendo y se pusieron a ver a la curiela, que estaba muy quietecita y jadeaba más que de costumbre.

—¿Los pone en huevos? —pregunta José Javier, por llenar la espera.

Pedri se echó a reír. No sabía de curieles José Javier.

—Nacen vivos; parecen ratones. Son feísimos; no tienen pelo.

La curiela los mira; de pronto, jadea, cierra los ojos, se estremece toda, vuelve a abrirlos un instante y se cae de lado.

—Se durmió —dice José Javier.

—No; se murió. Así es como se mueren.

Pedri sale corriendo; José Javier va detrás, sembrando alarma.

—¡Mamá, mamá! ¡Se murió la curiela!

—¡Ay, mi curielito, mi curielito! —llora José Javier.

—¡Corre, mamá, corre! —grita nervioso Pedri.

Rita entra en la cocina y busca un cuchillo grande.

—¡Váyanse, váyanse con Nita! —ordena enérgica.

Apenas desaparecen, no hasta el cuarto de Nita, sino detrás de la cerca de marpacíficos, para verlo todo, acuesta a la curielita muerta sobre un paño limpio, coge el cuchillo, abre una zanja y salen las vísceras; después, los curielitos mojados y grasosos de patas resbaladizas.

José Javier salta del marpacífico gritando:

—¡Ése es el mío! ¡Ése es el mío! —Con el entusiasmo, ni ve la sangre, ni las vísceras que Rita trata de tapar, porque no asocien con sangre el inicio de la vida.

Así, habiendo un curielito a quien venir a ver todas las tardes, José Javier es visita diaria en casa de los Montiel. Abuela María lo lleva de buen grado. Nita y Ernestina la reciben con esa alegría de las personas a quienes nadie suele visitar. Joven por contraste junto a ellas, abuela María reedita sus cuentos, segura de que van a oírlos.

Se sientan en el patiecito que custodia el jazminero y diez macetas de geranio. Ernestina está impecable con su vestido de hilo y el pelo blanquísimo sostenido por dos peinetas. Nita ha hecho un dulce y aprovecha para tejer un rato. Abuela María dice que viene por traer al niño, pero, en verdad, viene por traerse a sí misma, y huirle a la soledad del atardecer.

—Mi hijita, ¡qué bueno verte! —la saluda Ernestina con la única frase que puede decir completa. (Le han dado pequeños espasmos cerebrales y, aunque piensa bien, nunca le viene a la boca la palabra correcta.) Suerte que Nita la entiende y le sirve de intérprete—. ¡Qué bueno! ¡Qué bueno que llegaste! ¿Cómo están los... cómo se llama, Nita, los...?

—¿Los niños? —pregunta abuela María.

—Los niños, eso es.

—Divinamente. A Alinita la dejé ahorita oyendo discos con Edgardito.

—¡Qué linda! —exclama Ernestina y todo su rostro

se alegra—. A lo mejor, si siguen la amistad... —insinúa gozosa.

—Ay hija, ¡eso sería para mí un encanto! ¡Tener un nieto como Edgardito!

—¡Ah sí, Edgardito, Edgardito! —dice la viejita despacio, como si acariciara el nombre del nieto.

—¿Y Rita? —pregunta abuela María siguiendo el giro habitual de la conversación.

—Bien la pobre. Trabajando mucho. Esa niña trabaja con exceso: la oficina, los muchachos, los curieles, el jardín... ¡qué sé yo! Siempre anda en un trajín distinto. Tiene una energía tremenda, pero está nerviosísima.

—Sí, pero no por el trabajo —aclara Ernestina con la indiscreción característica de quien no tiene mucho tema de conversación—; es ese hombre. ¡Imposible!

Con la mirada, Nita la amonesta.

—Sí, Nita, sí. María sabe, ella sabe —insiste porfiada la viejita—. Ese hombre, violento... Muy majadero. Bueno, pero muy majadero. Además —dice acercándose a abuela María mientras su voz adquiere el tono apagado de las confidencias—: ¡fidelista!

—¡Ave María, Ernestina!

—Ah, pero si es el Evan... Evan... ¿cómo se dice?

—Evangelio.

—Eso, eso, el Evangelio. Fidelista no; ¿cómo se dice ahora? —en sus ojillos brilló un instante la picardía de un niño travieso—. Ñan... Ñan... —tartamudea. Al fin, coge fuerzas, cierra los ojos, dice *ñángara* y se echa a reír.

Inmediatamente, Nita cambia la conversación.

—Rita está muy preocupada la pobre. Es horrible lo que se está viviendo. A Ernestina, por ejemplo, le quitaron su casita. Total, 200 pesos que no resolvían gran cosa, pero que por lo menos nos daban alguna independencia. ¿Tú sabes lo que es tener que pedir hasta el franqueo de una carta? Yo no sé ni cuántos viajes ha dado Rita a la Reforma Urbana y todas son esperas y largas al asunto; el caso es que hasta ahora no hemos visto un centavo.

—¡Ni un centén; ni un centén! —aclaró la viejita que tenía mejor impresa en su mente la palabra más antigua.

—Rita quiere tener todos los papeles arreglados, por si acaso —dijo Nita echándose hacia delante y apoyando su mano pequeña y arrugada por la enjabonadura, en la falda de abuela María—; está en el plano de irse sola y dejar a Edgardo. ¡Mira tú cómo estará su alma! Lo hace por los niños y pensando que es la única forma de convencerlo. No, ¡si yo te digo que la que estamos pasando...!

La viejita Ernestina, que no era sorda, comentó en seguida:

—Sí; ese hombre con la patria y la patria y el deber. ¿Qué deber, eh? ¿Qué deber? ¿Y sus hijos que los parta una guásima, no? Hace días que no viene tem... temp... Trabaja mucho, como negro. Y total, ¿qué? El día menos pensado mira... —y no pudiendo pronunciar la palabra «paredón», hizo con las manos el ademán de apretar el gatillo de un revólver cerca de su sien y subrayó enfáticamente—: eso.

Nita levanta su nariz y aspira, como perdiguero de raza:

—Perdóname, María, vengo en seguida. Algo huele a quemado.

Se dirige a la cocina, mira la cazuela que ha dejado en la hornilla. Un hervor furioso pone pupilas súbitas en la lentitud del boniatillo verdoso. Le da vuelta, busca un paño y no lo encuentra, coge su propio delantal, y como no es suficientemente grueso, se va quemando mientras retira la cazuela y la pone en el lavadero a refrescarse.

—¡Ave María Purísima! —se queja de la quemada, y de su propia vida, de paso—. ¡Es que no doy abasto! Atiende a Ernestina, cocina, limpia, ocúpate de los muchachos, cose, teje. ¡No puedo estar en misa y repicando!

En seguida, coge un estropajo, y hablándole a la cazuela le dice:

—Te voy a lavar ahora mismo, para que no me des guerra —pero se arrepiente—: ¿Sabes lo que te digo? Que te quedas para luego, ¡qué caramba! No me voy a perder el ratico que María está aquí...

Entretanto, liberada de su tutela, la viejita Ernestina batalla con las palabras para lograr un instante de confidencia. Acercándose a abuela María le dice:

—Yo se lo decía a Rita. Se iba sola a la Univer, no, al Instituto, a esa cosa que se va después, sí; la Universidad y el hombre ese ¿cómo se llama?, que vive aquí, el papá, el papá...

—Edgardo —apunta María.

—Edgardo, eso es; la vio un día en la oficina, y le dijo, ¡oye tú!, el primer día: «Me voy a casar contigo». ¡Mire usted! ¿A quién se le ocurre...? Sin saber uno qué pata lo puso, ¿eh? Yo dale que dale, pero Ritica, ¡psst!... nada. Porque yo lo veía, hija. Él es raro, muy raro. Siempre con una matraca distinta. Rita está nerviosísima. Yo quiero que vaya a uno, ¿cómo se llaman?, uno de ésos —hizo una pausa y se quedó buscando la palabra en su mente, pero a falta de sinónimo más apropiado, explicó—: sí, chica, uno de esos que atiende a los locos... ¡Ella no! —aclaró en seguida—, pero a ver si le manda algo, tila, jazmín, algo.

Desde la calle se oyó la voz grave e impaciente de Rita:

—Nita, ábreme rápido, que vengo cargada de paquetes.

Nita salió a toda prisa, secándose las manos en el delantal.

—¡Coge éste, que se me cae! ¿Qué tal mamá? ¿Cómo pasó el día? —y sin esperar respuesta—: ¿Dónde están los muchachos? ¿Edgardito estudió el Álgebra?

Entró en la cocina, seguida por Nita que hilvanaba respuestas: «regular», «no sé», «en casa de Alina, por no variar».

Rita, que no la atiende, descubre el boniatillo quemado.

—¡Qué lástima, se te quemó!

Nita contrae los labios y piensa: «Hago mil cosas bien y en la que me sale mal, en ésa es en la que se fijan». Casi en represalia descarga sobre Rita el fárrago de los sucesos del día.

—Pedri no comió apenas. Tú mira a ver qué haces; se está poniendo que parece un reconcentrado. ¿Conseguiste la cebolla? No pude hacer el picadillo... ¿Cómo pensará este degenerado que va a hacer uno sofrito sin cebolla? Todo es una lucha. Ah, y tienes que halarle las orejas a tu hijo. A mí no me hace caso. Le dije que estudiara, pero como el de Lima, como siempre. Y no puedo con él. Llamó Edgardo. Dice que no lo esperes, que esta noche tiene reunión urgente.

—¿Dónde? ¿En el ministerio? —pregunta Rita con súbita alarma.

—Me parece que me dijo en la compañía, pero no me creas mucho. Tú sabes cómo tengo la memoria.

—¿Te sonó bien? ¿No te dejó ningún recado? ¿Qué fue exactamente lo que te dijo?

—Nada, que se demoraba, ya te lo dije. ¿Pasa algo?

—Están haciendo una purga de anticomunistas en la compañía. Hablé con Mery. Ayer de madrugada fueron a buscar a Mario. Gente del G-2. Anda loca la infeliz, tratando de localizarlo.

—¡Ay, Sagrado Corazón! —susurró Nita y se apoyó en la pared. Inmediatamente, se repuso y dijo animosa:

—Vamos, tú verás que no pasa nada. No te angusties. Anda, ve para la terraza, y te llevo un cafecito en seguida.

—¿Hay visita?

—No, no; es María que vino un momentico, anda.

Rita salió al patio.

—¡Cuánto bueno por aquí! —exclamó haciendo un esfuerzo por convenir con la imagen de mujer amable y animosa que se tenía de ella.

—¿Cómo estás, mi hijita? —la saludó abuela María—. ¡Tú siempre tan elegantona! Qué mono ese vestido, ¿es de molde?

—Ah, ésta es obra de mi Christian Dior.

—¡Qué manos tiene!

Nita, que venía con el café, oyó la celebración, y sonrió radiante.

—Perdona si está un poco aguachento —se excusó al darle su taza a abuela María.

—No importa, hija, con tal que esté calentico. ¡Si el café en este tiempo es un lujo!

Rita sorbió el café despacio, alargando deliberadamente aquel minuto de descanso destinado a ser breve.

—Allá dejé a tu hijo en casa, oyendo discos.

—¡Que gocen, que gocen! —exclamó Ernestina sonriendo con indulgencia—. A lo mejor, ahora con la bobería y luego... —hizo una pausa e incapaz de poner en palabras lo que pensaba, juntó los dos índices en el ademán característico con que se indica amor o matrimonio.

—¡Ay, mamá, por Dios! —protestó Rita—. No pierde la costumbre, María. ¡Es lo más casamentero del mundo!

—Claro que sí, claro que sí —repitió con animación

la viejita—. ¿Quién mejor, eh? Alguien de su grupo, que uno sepa... No esos matrimonios que ni se sabe...

Rita había fruncido la frente. Era la inevitable alusión a Edgardo.

—Bueno; pero ñan... ñan... —susurró Ernestina por desafiar la mirada.

Toda prudencia, abuela María decidió despedirse.

—¡Ah! —exclamó con desconsuelo Ernestina. En seguida se levantó de su asiento y caminando hasta el rosal cercano, lo miró, tocó la más alta rosa, su rostro adquirió la expresión pícara de una criatura a punto de cometer una maldad, dobló el tallo, desprendió la flor y se la ofreció sonriendo a abuela María.

—Llévatela, llévatela —insistió sin darse por enterada del reproche evidente en los ojos de Nita.

—Consíguele un eso, ¿cómo se llama?, una botella. Vamos, vamos —recalcó—, ¡un de eso!

—Un pomo, Ernestina —dijo con retintín Nita.

—Eso mismo. ¡Pomo, pomo, pomo! —repitió como quien aprende una palabra nueva de un idioma extraño. Luego se echó a reír de buena gana—. ¡Parezco idiota! Pomo. Ven, ven —le dijo a abuela María tomándola del brazo—. Mira —le dijo señalando un pollero a medio hacer—. La niña, sola, sola. ¡Qué idea tiene! Mucha... (hubiera querido decir «inventiva», pero no encontró la palabra y se tocó la sien derecha con el índice). Igual que su padre. Julián... Una vez, en el triunvirato...

—En el machadato, Ernestina —la corrigió Nita mecánicamente.

—Ah, sí, en el machadato. Julián, por Pascua... —hizo una pausa, se fatigó mucho, vio la montaña de palabras que hubiera necesitado decir y miró a Nita, por si ella quería terminarle el cuento. Pero Nita lo sabía de memoria. Lo había dicho mil veces y no hubo en su rostro vulnerabilidad alguna.

Ernestina suspiró, hizo un gesto de tristeza, como un gran puchero y hubo un instante de desolación en sus ojos.

—¡No puedo! —dijo—. ¡No puedo!

Abuela María salió acompañada de Nita, que aprovechaba este momento de la despedida para hacerle, a hurtadillas, sus propias confidencias.

—¡Hija, déjame salir contigo; siquiera a coger un poquito de aire! Es que me desespero, ¡me desespero!

En seguida sacó un pañuelo del bolsillo del delantal, se secó los ojos húmedos, hizo un esfuerzo sobrehumano y su envejecido rostro adquirió de nuevo las líneas de amargura y bondad que lo entrecruzaban habitualmente.

—Es que no puedo. Tú dirás que no tengo paciencia... Pero es que la pobre Ernestina está tan majadera... ¡Tú no tienes idea! Me paso el día limpiando, cocinando, ocupándome de los muchachos, pero ¡claro!, como ella no hace nada, no tiene sueño y se pasa la noche despierta. Cada vez que cierro los ojos se pone a hablarme de gente que murió hace mil años, como si estuvieran vivos. Yo trato de contestarle, porque pienso, ¡infeliz!, si nadie tiene paciencia para oírla, pero no duermo y al día siguiente tú ves que me rindo.

Luego ¡ese repite y repítelo todo! Ya el médico ha dicho que son espasmos cerebrales, falta de circulación, que lo mismo le da en una pierna y la deja inválida, que se nos queda muerta cualquier día. Yo trato de sobrellevarla, pero es una lipidia constante. Mira, con eso mismo de la flor. Señor, si sabe que Edgardo se pasa la vida jeringando —perdóname chica, pero es el Evangelio—, jeringando porque le cuiden sus matas y mirándose en ellas, ¿por qué va y le arranca precisamente la rosa que acaba de florecer? ¿Por qué? ¡Como si ya la pobre Rita no tubiera bastante toreándolo a él y a los muchachos! ¿No viste la cara que traía hoy? Es que está pasando las de Caín. Ayer precisamente cogieron preso a un compañero de Edgardo que trabaja con él. Claro, ella en seguida se pone con el barrenillo... Y este hombre, chica, ¿no ve lo que está pasando? ¡Es más terco que una mula! Plantado en que no se va y de ahí no hay quien lo saque. En fin, hija, que donde manda capitán, el marinero que se jorobe.

—Consuélate, hija. Por lo menos están juntos. ¡Mira yo la que estoy pasando con lo de Ana y José Javier!

—¿Sigue mal la cosa?

—De mal en peor. Para mí que se divorcian.

—Menos mal que el niño te tiene a ti.

—Ay, ¡mira tú como tengo la cabeza! Ya me iba y lo dejaba... ¡José Javier, José Javier!

José Javier apareció en seguida. Venía muy sofocado y con un mundo de proyectos sin realizar brillándole en la cara, llena de sudor.

—¡Ay, si no fuera por estos diablitos! —exclamó Nita abrazándolo.

—Por éstos y por aquéllos —dijo abuela María señalando a Edgardito y Alina que venían calle abajo.

Edgardo y Alina caminaban despacio; se detenían a conversar y gozaban la tarde, que parecía hecha a propósito, como marco para estar ellos juntos y confidentes. Las nubes altas, hasta hace un minuto blanquísimas, comenzaban a adquirir un reborde de sangre. Volaba, describiendo círculos amplísimos, una aura. La brisa fresca era como mar leve en que flotaban los dos.

Edgardito tenía el cuerpo desmañado de los quince años; las piernas prometedoras de los seis pies que alcanzaría a los diecisiete; talle corto, manos enormes, prematuramente viriles y desarrolladas de hombre, con venas azules en relieve. Los ojos medio tímidos y asustados por tanta imagen voluptuosa que ponía la imaginación en su mente eran negros, morunos, bordeados de pestañas copiosas. Tenía el pelo despeinado sobre la frente. Al caminar, levantaba un poco el brazo, y con la mano abierta tentaba el bíceps duro que aparecía tenso como una cuerda. Cuando lo miraba Alina, sin saber por qué, un sutil estremecimiento le recorría el cuerpo. Ella estaba entre niña y mujer. De niña tenía el talle sin afinar (a pesar de que, cada noche, dormía con un cinto de cuero tan ajustado a la cintura, que casi le faltaba el aire). En cambio, eran de mujer sus senos leves que se pronunciaban bajo la blusa. El pelo, apenas recogido con una hebilla, le caía como miel fluida sobre los hombros. Pocas veces había sido mujer (ayer, la sexta —llevaba buena cuenta—) y estaba poseída de esa dignidad, ese misterio que al menos una vez por mes, embarga a toda mujer. Llevaba su secreto regocijada, íntima, un poco actriz. Saber que ya biológicamente podía ser madre, la imbuía de prestigio. Edgardito adivinaba también el cambio sustancial que se había operado en ella. Ninguno de los dos sabía que de este goce de sí mismos, no traducido aún en otra cosa que en compañía, se fabrica el amor. Claro que amor estaba todavía distante. Pero lo adivinaban sus cuerpos caminando al unísono y disfrutando las mil sensaciones que provenían del aire, de la tarde y no —como hubiera podido ser— de sí mismos.

Cuando vieron a Nita y a abuela María despidiéndose al final de la cuadra, Edgardo comentó en el tono grave que conseguía darle a su voz algunas veces:

—Me van a dar una clase de pele cuando llegue a casa... —hablaba la jerga de lumpen que los adolescentes asocian con la hombría.

—¿Por qué, qué hiciste?

—Nada, que tengo examen de Álgebra mañana. Recio escache que me van a dar. Ahora cuanto llegue me pego; si no quién oye al viejo mañana. Me da un lavado de cerebro peor que el examen.

A Edgardito le producía cierto aplomo hablar despectivamente del «viejo» y la «vieja», como los hombres. Se autoliberaba.

—Nosotros a derecha no hemos tenido clases de Álgebra —contestó Alina—; el profesor renunció y se fue.

—En el colegio es igual; tremendo relajo. Yo no sé cómo va a terminar aquello —observó Edgardito con aire preocupado—. Recio lío que se armó el otro día. Para mí que lo cierran. Yo no le dije nada a la vieja, porque se pone histérica; pero vino un grupo de Jóvenes Rebeldes y empezaron a gritar «niños bitongos», y maricas, y yo y un grupo más salimos y nos entramos a piñazos. Tremendo cate que me dieron: aquí, mira —dijo y levantó la barba.

—¿Te salió mucha sangre? —preguntó Alina admirada.

—A chorros —exageró él—. Se me manchó toda la camisa. Me tuvieron que llevar a la Casa de Socorro y me dieron dos puntos.

—¿Y tu papá qué dijo?

—Ya tú sabes; tremenda descarga. Según él, ése es el lumpen que hay en todas las revoluciones. Será muy lumpen y muy proceso natural y todo lo que él quiera, ¡pero a mí nadie me dice marica!

—¿Tu papá sigue fidelista?

—Sí; está sulfatado. Imagínate. Papá a favor y mamá, Nita y abuela en contra. A veces, mamá y papá se encierran en el cuarto y discuten como locos.

—En casa es al revés. Papá está en contra y mamá a favor. El otro día papá dijo que había que sacar los pasaportes y tenerlos listos por si acaso. Quiere que nos vacunemos y todo. Además, nos mandó a pedir la *waiver* con un amigo.

—Entonces ¿los van a mandar fuera?

—No sé. Por ahora yo creo que no. Mamá está negada. ¿Y a ti?

—Al viejo no hay quien lo convenza.

—¿Y tú quisieras irte?

—No sé, chica; tengo un lío arriba de madre. Si ponen el servicio militar, quedo. No sé... Mamá amenazó a papá con irse y llevarnos.

—¿Y tu papá qué dijo?

—¡Nada! El viejo es un tipo raro. ¿Tú sabes lo que hizo? Nos despertó a todos, hasta a Pedri, y nos arrodilló y se puso a leer cosas de la Biblia; una cosa que dice que «el señor es mi pastor y él me guía»... Después, ya estaba amaneciendo y nos pidió que saliéramos todos a ver amanecer. Yo salí con un sueño que me moría. Entonces nos echó tremenda descarga de la patria, y que uno no ve las cosas, ni las aprecia, y que la patria no es sólo un derecho sino un deber, y que nadie debe dejarla, porque es como una madre, y nadie debe abandonar a la madre...

De pronto, y como siempre que se emocionaba, Edgardito perdió el control de su voz grave y se le fue un agudo que le hizo sentirse ridículo. Alina se rió burlona. Él terminó casi cínico, en tono despectivo:

—Bueno, todo ese blah, blah, blah que dicen los viejos.

—Seguro que tu mamá lo convence.

—Qué va; el viejo no cambia.

De pronto, quizá por deslumbrar a Alina o por simple convicción, se mordió el labio, se tentó el bíceps duro y dijo pensativamente:

—El día menos pensado agarro un bote y me voy. Por mi madre...

—Cállate, por Dios, ¡no digas eso! Ssh, ¡ahí viene abuela!

Guardaron silencio.

Eran las once y la noche tenía al reparto de prisionero suyo. Las calles estaban silenciosas y las casas, envueltas en soledad, se mantenían expectantes, como si sus dueños hubieran salido para regresar en cualquier momento, y no a un destierro de años. De pronto, los faroles de un automóvil iluminaron la entrada a casa de madrina. Rita se bajó de él corriendo y dejó encendidas las luces. Impaciente, buscó el timbre y lo apretó con fuerza. Madrina le abrió asustada.

—Perdóname, Teresa. ¿Edgardo está aquí? ¿Lo han visto esta noche? ¡Estoy desesperada! ¡Nunca se demora tanto! ¡Ay, mi amiga —dijo en tono angustiado y tomando en las suyas las manos de madrina—, yo sé que se nos viene encima algo terrible, terrible! ¡Quizá me lo hayan cogido preso! ¡Dios mío, tanto que le pedí y le rogué! ¡Qué horror! ¡Y sin necesidad!

—Vamos, Rita. Entra —dijo Teresa tratando de calmarla.

—Sí; tú quieres que yo me tranquilice. Todo el mundo: mamá, Nita, los niños, todo el mundo quiere que no me preocupe... pero ¿cómo no voy a preocuparme si estoy desesperada? ¡Ay, mi amiga, lo que vamos a sufrir! ¡Nadie se lo imagina! Se lo digo a Edgardo y no me hace caso. ¡Nunca nos habíamos separado de este modo! Ya son las doce y ni siquiera sé dónde está. Ni me ha llamado...

Teresa escuchó la conversación incoherente y miró los ojos oscuros y asustados de Rita.

—Ya le están cerrando el cuadro. Se lo cierran. Esta gente no quiere más que comunistas, ¡si está más claro que el agua! Se lo explico y dice que estoy histérica. Hoy me llamó Mery, la señora de Mario, un compañero de Edgardo. Ayer vinieron del G-2 y se lo llevaron; no sabe dónde lo tienen. Y Edgardo ha estado trabajando con él todo este tiempo. Yo se lo dije a los dos. A los del 26 los irán acorralando uno a uno. Los van a eliminar a todos. Pero Edgardo no lo ve, no se da cuenta. ¿Tú me comprendes, tú me comprendes?

De pronto, desde la oscuridad, se oyó una voz de mando:

—Rita, ten la bondad de ir para casa ahora mismo.

Era Edgardo. Rita lanzó una exclamación y corrió a abrazarlo.

—¡Qué susto me has dado! ¿Por qué no me llamaste?

Edgardo la separó con un gesto:

—Haz el favor de ir para la casa.

—Perdóname. No te pongas bravo. Creí que te había pasado algo...

—Luego hablaremos. Cuando estés calmada. Ya tú sabes que no soporto la histeria.

Rita le obedeció sin dejar de repetir con humildad:

—Perdóname. Perdóname tú también, Teresa.

Se subió al auto y antes de encender las luces miró a Edgardo en actitud suplicante:

—Vamos, por favor.

Edgardo permaneció inmutable.

—Vete tú. Yo iré en seguida.

Luego se acercó a la ventanilla y le dijo en tono cortante:

—Estás imposible. Ten la bondad de dominarte.

Apenas encendió el motor y desapareció el auto abriendo luces en la oscuridad, comentó Teresa:

—¡Está muy nerviosa la pobre!

—Sí; las mujeres tienen ese don innato de fabricarse mil futuros y de vivirlos y sufrirlos, como si fueran ciertos.

—Debías llevarla a un siquiatra. Está muy alterada.

—No; lo de ella no es cuestión de siquiatra. Además, todos los siquiatras te dicen lo mismo: que no te preocupes; te mandan unas pastillas para tranquilizarte, y listo. No; esto es algo mucho más complejo. Si fuera médico, le llamaría el «síndrome revolucionario», una enfermedad cuyos síntomas no comprende sino quien ha vivido una revolución.

Teresa alzó la vista y leyó sus ojos. Vio que los pensamientos de Edgardo esperaban la palabra. Le conocía lo suficientemente bien como para saber que si comenzaba a hablar, ya no podría interrumpirlo. Por eso intentó evadirse:

—¿Rita no se pondrá más nerviosa si te demoras?

—Ahora no quiero verla. Prefiero llegar cuando esté dormida.

Teresa percibió un enojo levísimo en su voz.

—Entonces, entra y quédate un rato. ¿Quieres que te prepare un poco de café?

—No, gracias. Prefiero caminar un poco. ¿Vienes?

Juntos salieron a la sombra. La quietud de la noche y su soledad creó en torno de ambos un instante de compenetración profunda.

Edgardo entrelazó sus manos a la espalda, miró la lejana organización de las estrellas y comenzó a hablar pausadamente. Hablaba con palabras de escribir y no de hablar. Con Teresa, y en una noche así, en que hasta el silencio parecía concentrarse para oírlo, no tenía pudor de utilizarlas.

—Tú sabes, el que vive una revolución como ésta, que va de burguesa a comunista, esto ya es obvio, tiene que fabricarse un poco a sí mismo, como los anélidos. Cada etapa, cada ley, cada instante del proceso exige una respuesta inmediata de la ecuación vital que es cada individuo. Parece que anda uno en dos zancos, cada uno de los cuales, de por sí, va en distinto sentido. Quien más, quien menos, está padeciendo una esquizofrenia de origen político. Es que los moldes, los patrones morales de conducta sufren un resquebrajamiento y es como si se dislocaran de una vez las leyes que gobiernan el cosmos y garantizan la estabilidad emocional del individuo. A la vez que la revolución va arrollándose como un espiral, cada cual vive «su» revolución. Como, además, los ritmos de reacción y el poder de adaptación varían hasta lo infinito dentro del grupo familiar, cada ser vive una vivencia dramática distinta, se convierte en un cosmos conflictivo, completamente aislado. La constante toma de posición crea fricciones inevitables. Convierte en enemigos a quienes hasta ayer pudieron compartir. La cosa se agrava cuando se plantea la lucha de fidelidades, esa lucha agónica entre los afectos y los principios. Este decirse cada cual: «estoy con mi madre, con mi mujer, con mi hermano, o estoy con la Revolución y con sus principios aunque los destruya a ellos y aun a mí mismo, y aunque beneficie a gentes que no he visto nunca». Esta agonía es como un caldo espeso que nos suspende a todos. Engolfa a cada vida por sencilla, por alejada que haya estado siempre. Y no hay forma de esquivar la lucha, ni huida posible. La Revolución fuerza al individuo a reubicarse a cada instante. El proceso avanza a tal velocidad, que la posición que se adoptó ayer, mañana resulta inefectiva. Y no cabe aquello de llegué hasta aquí, y aquí planto mi tienda y los demás que sigan.

Edgardo levantó la vista y miró a Teresa:

—El tren va a toda marcha. O te montas sin preguntar siquiera a dónde va, o te arrastra a ti y, lo que es peor, a los tuyos.

Guardó silencio. Estaba complacido con la síntesis que acababa de hacer y hasta con la emoción profunda que embargó sus palabras. Nada motivaba en él la satisfacción como expresar con claridad pensamientos laboriosamente concebidos. A veces pronunciaba estas síntesis lentas, y las gentes que tenía alrededor eran muros de piedra; se aburrían. Con Teresa era distinto. Era como lanzar una piedra desde el brocal de un pozo y sentirla ganar ecos y agitar aguas profundas.

Ella permanecía ensimismada, lejos.

—¿Tú sabes que me llamaron para trabajar en la campaña de alfabetización? —dijo aplicando la generalización de Edgardo al dilema propio.

—¿Y?

—Si me niego, desdigo la vocación de mi vida. Y si acepto...

—Te ubicas irremisiblemente.

—Yo no seré miliciana ni soy capaz de coger un rifle en mis manos, pero ¡enseñar a leer! ¡Negarme a enseñar a leer! —repitió como si definiera un crimen.

—Son dos mundos inconciliables. ¿Te fijas? —preguntó Edgardo y se detuvo para precisar una observación semántica—. No me había dado cuenta hasta ahora: «escoger» implica una selección racional, pero es, sobre todo, una vivencia torturante.

—Papá, papá —los interrumpió Edgardito sin llegar hasta ellos—, ven pronto. Mamá está muy nerviosa. No ha querido entrar en la casa.

—Ah, ¡vuelta a la noria! —alzó los brazos en señal de impotencia. Sin decir adiós y caminando pausadamente, siguió a su hijo. Rita estaba esperándolos en medio de la calle. Tenía el aspecto de quien lleva martirizándose muchas horas.

—¿No te dije que te acostaras? —dijo Edgardo en el tono grave y casi hipnótico con que solía dominarla.

Rita se le encaró:

—Sí, me lo dijiste, me lo dijiste. Pero hoy yo no me acostaba sin hablar contigo de una vez para siempre.

—¡Rita!

—No, no, ahora me oyes tú, hoy me oyes tú. Lo he pensado todo mucho. Así, nerviosa y turbada como estoy, que es como yo puedo pensar. Yo soy yo, y no pienso como tú quieres, con lógica; pienso a intuiciones embrolladas y no dispongo las cosas en bloquecitos. Pero yo sé que tengo razón, lo sé. Ay, Edgardo, ¡te lo ruego, te lo suplico!, por mí, por tus hijos, vámonos ahora, ahora, antes que me vuelva loca. Yo saco los pasaportes. Vámonos ahora que podemos. Yo viví esto con papá. Cualquier día te cogen preso. O tu hijo se mete en la contrarrevolución, o ponen el Servicio Militar obligatorio.

Edgardo hizo un gesto de impaciencia.

—No, no me interrumpas. Tanta razón puedes tener tú como yo, porque al fin y al cabo nadie sabe lo que sucederá. Pero si a ti te prenden... Sí; no te hagas ilusiones, ¡tú no eres del Partido!, estamos todos presos. O peor, peor, un día se desespera Edgardito y se nos va en un bote y nos lo matan. ¡Te matan a tu hijo, Edgardo! —dijo Rita empavorecida, como si ya estuviera viendo el mar tinto en su sangre.

—Basta. ¡Basta ya! —gritó Edgardo.

—Yo me ocupo de todo, yo lo soluciono todo, nadie tiene que enterarse; yo me ocupo, no tienes más que decirme que sí, firmar los papeles.

—No. Alguien tiene que mantener la ecuanimidad en esta casa. Ni firmo papeles, ni hago nada sin meditar, sin analizar los pros y los contras. ¿Tú sabes lo que es un exilio? ¿Tú sabes que un hombre a los cincuenta es un viejo en Estados Unidos? ¿Adónde vas a ir con tres niños y dos viejitas? ¿O es que piensas abandonarlas? ¿Qué piensas hacer con tu madre, que a derechas ni habla? ¿Vas a dejar casa, trabajo, echarlo todo por la borda, porque una noche perdiste los estribos? ¿Estás loca?

Rita lo rechazó fiera:

—Mentira, mentira, ¡no es eso! ¡No es eso! ¿Tú sabes lo que te retiene? El miedo, y más que el miedo, que ahora te escuchan, das órdenes, te puedes oír a ti mismo, y tú necesitas que te oigan y que te admiren como comer, como comer... Pero no te oirán mucho, de eso puedes estar seguro. No te oirán mucho. En cuanto no digas «amén Jesús» a todos, te destruyen. No, yo lo sé, yo lo sé; toda esa lógica, y ese darte tiempo, no es más que cobardía. Yo, con ser mujer, y Nita, que está vieja y cansada, y hasta mamá, sin casi poder hablar, tienen más valor que tú. Pero oye lo que te digo, llegará el día en que te acorralen, y no te dejen pensar y los niños no tendrán a derechas qué comer y no conseguiremos la medicina para la niña y no va a haber cómo controlarle los ataques y vas a tener que sentarte al lado de ella mirándola sin poder hacer nada. Yo tendré que seguir en la oficina y no habrá modo de salir de aquí y al niño lo cogerán y nos lo mandarán para Corea o para Argelia, o para Bolivia y entonces ni siquiera voy a poder decirte nada, ni echarte en cara tu cobardía, porque ¿sabes por qué? ¡porque tú vas a estar destruido, mucho más destruido que yo y que la viejita y no se te quitará de la mente esta noche!

—¡Cállate, cállate, cállate! —rugió Edgardo. Luego, se llevó el puño cerrado al pecho y se encorvó como apretando una herida abierta—: ¡Dios mío! ¡Dios mío! —gimió.

Rita lo miró con la conmiseración de haber compartido veinte años. Corrió a abrazarlo, tomó su cabeza y se la llevó al pecho. Acariciándolo le habló suavemente:

—Perdóname, perdóname. Vamos a dormir. ¡Pobrecito! Yo pensé hasta irme sola, pero tampoco puedo; estaremos juntos, mi amor, juntos. Y yo trataré de no hablarte así. Y haremos lo que tú decidas y yo me quedaré al lado tuyo, no importa lo que pase...

—Vaya, compadre, ¡al fin te veo! ¡Cada día estás más calvo, sinvergüenza!

Pedro Álvarez saludó a padrino a la puerta de su casa, al tiempo que le daba un abrazo. Era un hombre magníficamente construido, como una estatua griega, con ojos negros que enmarcaban unas cejas perfectamente delineadas y piel broncínea. Cada vez que se movía, un músculo distinto daba muestras de su vida atlética. Emanaba de él un atractivo físico, un poderío sexual, y a la vez una sencillez espontánea. Su rostro perfectamente ovalado y su boca pequeña y bien formada, que al sonreír dejaba ver unos dientes pulidos y blanquísimos, le hacían un ejemplar de hombre.

—Hace como una semana le dije a José Javier que necesitaba verte. ¿Te apichinchaste, o qué?

—Compadre, es que venir hasta aquí lleva como dos horas. De contra, al llegar me pararon unos milicianos preguntando si tenía pase.

—¡Ah sí, ahora andan con esa joroba! Las playas iban a ser del pueblo, ¿te acuerdas? Ahora resulta que esto parece un campo de concentración...

—¿Qué tal, sinvergüenza, qué tal? —volvió a repetir Juan Antonio.

—Entra, que no quiero que te vean por aquí. ¿Viniste en tu máquina?

—José Javier me dijo que no la trajera. ¿A qué viene tanto misterio? ¿Piensas matar al Caballo o algo?

—Ganas no me faltan. Entra y hablamos.

Los dos hombres eran evidentemente de la misma edad, pero la juventud bruñía el pelo negro y rebelde de Álvarez, daba tono a sus músculos, brillaba victoriosa en sus ojos, en tanto que ya empezaba a dibujarse sobre Juan Antonio la imagen del hombre de mediana edad que sería próximamente. Juntos entraron a la casa iluminada por el sol radiante de las cinco. Desde la puerta, se veía el mar, brillando como el lomo de un pez lleno de escamas.

—Vamos a darnos un trago antes de entrar en materia. ¿Qué quieres?

Cruzaron juntos una sala pequeña y elegante, llena de trofeos de cacería y pesca.

—Tengo Vat 69.

—¡Latifundista! —exclamó Juan Antonio riendo con una risa estentórea.

—Sí, a mí Fidel puede tenerme el hígado a la italiana, quitarme la cacería, chivarme la vida, pero el whisky no me lo quita nadie —dijo aparentando una frivolidad deliberada. Mientras hablaba, se dirigió a la cocina y abrió un *freezer* vertical. Sacó una bandeja de hielo. Luego, abrió varios estantes cuidadosamente forrados con papel que armonizaba con el diseño de las paredes y las cortinas de nailon. Juan Antonio vio que estaban sucias. Evidentemente, en la casa faltaba mujer.

—¡Contra, no só dónde carajo están los vasos de *high-ball*! Imagínate, desde que se fue Luisa... Mira, tómalo aquí; al fin y al cabo sabe igual —dijo ofreciéndole una copa de cerveza—. ¿Quieres unos manicitos? Por aquí había una lata hace unos días —hizo una pausa y añadió—: ¡Si mi mujer me ve, me mata!

—¿Qué tal los muchachos?

—Divinamente. Luisa dice que ya el fiñe habla el inglés como un americano. Ven, vamos para la terraza. ¡Mira que Dios castiga, carajo! ¿Tú sabes lo que es que mi hijo termine siendo un puñetero gringo, yo que no los puedo ver ni en pintura?

Se sentaron en la terraza donde la brisa con olor

a salitre les refrescó el cuerpo, en tanto que bebían la calidez sabrosa del whisky. Pedro puso los pies descalzos sobre la mesita de centro. Inconscientemente, con algo de narcisismo, miró sus piernas musculosas, cubiertas de un vello corto, negro. Luego, miró el whisky y sorbió un poco reteniéndolo con la lengua junto al paladar antes de tragarlo. Por fin, echó atrás la cabeza y respiró profundamente, haciendo del instante una breve delicia. Un momento alzó la mano en el aire, como si quisiera palpar la brisa. Suspiró y hubo en sus enormes ojos negros un dejo de tristeza.

—Ésta es la vida, compadre. Esta casa da la vida... Bueno, gordo, cuéntame de ti. ¿Cómo va el negocio? ¿Te sigues defendiendo? ¿Y Teresa? ¿Sigue fidelista? ¡Contra, pero mira que este hombre no la paga ni muerto!

Hizo idea de esperar la contestación de Juan Antonio, pero le interesaba más hablar de sí mismo.

—¡Cada vez que yo pienso que el primero de enero salí con mi banderita roja y negra como un comemierda, me dan ganas de patearme! Te acuerdas de aquel retrato que vendían por las calles, un Fidel con cara de santo, ¿te acuerdas? Mamá, la pobre, lo tenía entre sus estampitas...

Hubiera seguido, pero Juan Antonio había comenzado a contestarle.

—Pues, chico, yo ahí, esperando que le metan mano al negocio de un momento a otro. Mi mujer, la pobre, sigue en el limbo. Tú sabes cómo es ella; todo lo hace por amor al arte. Ahora le han pedido que ayude en la campaña de alfabetización. Hoy mismo se fue con mucho misterio a una entrevista. Le ha entrado una locura, que ni duerme. ¡En fin! —suspiró haciendo un gesto de impotencia.

—¡Qué lástima! No sé cómo ese desgraciado se las ha arreglado para engañar a tanta gente buena. Pero tú tienes horchata en las venas: si es Luisa, ¡la hago picadillo!

Juan Antonio miró profundamente a su vaso, como si allí dentro estuviera flotando la paciencia que necesitaba.

—Pues, chico, yo he llegado a la conclusión de que este hombre no me va a chivar la vida —dijo filosóficamente.

—Pero lo que yo no me explico es cómo se las arreglan. ¿No discuten? No te chivatees, pero yo me sentiría como si me estuviesen pegando los tarros.

—Ya no hablamos del asunto. ¿Para qué? El día que me intervengan, cojo mis matules y ahí queda eso. Se lo he dicho bien claro. Mientras tanto, no me voy a estar amargando la vida. Lo que me da es lástima. Porque está ciega. Hay gente que necesita más tiempo que otra para apearse del caballo. Mi esperanza es que un día se le quite la venda.

—Yo sé que Teresa y tú se arreglan. ¡Lo que sí no tiene arreglo es lo de Ana y José Javier! Me dijo que se había ido de la casa.

—Sí, pero venían mal hace tiempo. Ya tú lo conoces; muy bueno, pero más terco que una mula. Y ella, un manojo de nervios.

—¿Y el chiquito?

—Imagínate, es un lince; se da cuenta de todo. Ahora lo tenemos en casa.

—¿José Javier sigue con la enfermera?

—Bueno, el tipo no es santo.

—Para que veas, sería el último de la vida a quien yo le echaría una querida. Cuando íbamos de juerga allá en la Universidad, siempre se quedaba estudiando. Un día le hicimos una cita con una americanita que era un trueno, y le dio una vomitera del cará. ¡Tremendo sambenito que le colgaron! Le decíamos *el Casto*. ¡Yo no me explico un tipo así! —en seguida miró a padrino y rectificó—: Tú no, porque tú te enamoraste como un verraco de Teresa desde los diecisiete. Eso es distinto. A veces yo quisiera ser así, pero no puedo. Por mi madre, el día que yo no pueda acostarme con una mujer, me pego un tiro. Cuando el choque, ¿te acuerdas? Me pasaba la vida pensando: «si me quedo desfigurado, si voy a besar a una mujer y me coge asco, me mato». No me atrevía a salir sino con putas. Por poco me tuesto. En cambio, José Javier... ¡Te lo digo yo que viví seis meses con él!

—¡Es que tú eres más sato que los perros!

Pedro rió satisfecho.

—Para mí que José Javier se quedó enverracado con Alina, aquella novia que tuvimos.

—¡Qué muerto desenterraste! ¿Qué habrá sido de ella?

—Mejor que nunca, compadre. Hace unos días la vi en el club. Está estupenda. Es que la mayoría de las mujeres te parecen tojositas posadas. Alina no; es como una venada matrera: se te escapa siempre.

Pedro hizo una pausa y concluyó riendo:

—¡Estoy hecho un puñetero viejo chismoso! Bueno, a lo que te llamé, que se hace tarde. Ya no aguanto más esta mierda. Pedí en la fábrica permiso de dos meses.

—¿Y te lo dieron?

—¡Qué remedio! La cosa era de sí o sí —dijo altanero—. ¿No ves que ellos necesitan técnicos? Tenían dos caminos: o me daban el permiso y corrían el riesgo de que volviera, o me largaba de todas maneras. Yo al responsable le hablé por lo claro.

—¿Y piensas regresar?

—No sé; por ahora voy a ver a los muchachos, estudio las posibilidades de establecerme, doy mi vuelta por Canadá. Mientras va y viene el palo, a lo mejor cae la invasión. Si no, me voy para el diablo, me quedo por un paisito de ésos de Centroamérica donde no hay gringos, y mando esto al cará. ¡Contra, pero mira que duele! ¡Yo que pensaba echar el resto de la vida en esta casa!

—¿A quién se la dejas? ¿A tu madre?

—No; precisamente por eso te llamé. Quiero que tú firmes un contrato con todos los tiquismiquis, ante notario, arrendándome la casa por un año.

—¿Y eso se puede hacer?

—Sí, se puede; ya lo averigüé en la Reforma Urbana. Me das un cheque por mil pesos, firmamos el contrato y listo. Así, no me quitan la casa en seis meses por lo menos. Además, gordo, quiero que te lleves unas maletas con cosas mías: trofeos, diplomas, unas armas viejas de papá. No quiero que caigan en manos de esta gente.

—Sí, no hay problema. Ya el garaje de casa está lleno que parece un almacén. Todo el que se va nos deja algo.

—Entonces, ¿cuento contigo?

—Claro, hombre.

Pedro cuadró la quijada y un instante, pensativo, estudió el vaso. Al fin, levantó la vista y miró a Juan Antonio. Tres arrugas profundas cruzaron su frente.

—Y no te aportes por aquí. El jardín, el garaje, todo está lleno de armas. ¿Está claro?

—No seas verraco; ¡te van a crucificar! —exclamó Juan Antonio—. Te van a hacer un número ocho más grande que una casa. Aquí no hay organización, ni la cabeza de un guanajo. Ni la UPI ni la CIA les va a dar la mano. Todo eso es cuento. Te van a coger manso, no seas comemierda. Nosotros no somos más que una pieza, un títere, una porquería. La cosa está entre Washington y Moscú. Ahora están apañando la invasión, ¡pero el día que no les convenga, se las dejan en la mano!

Pedro lo miró en silencio y comenzó a hablar muy despacio, en tono grave y sin aparente ilación:

—Mira, gordo, cuando yo estaba volviendo de la

anestesia, vi la lámpara de luz fría y los médicos con sus batas verdes y sus ojos de me importa un cará y yo tenía unos mareos que me parecía que iba a largar el alma. Hacía frío, porque las salas de operaciones siempre están heladas. Las paredes blancas, peladas. Quise moverme y no pude. Me tenían unos tubos puestos hasta el esófago. Las manos llenas de sueros. «No dejes que me muera», le dije a Dios. «¡No dejes que me muera, no dejes que me muera! ¡No con esta peste a cloroformo, y tanta cosa metálica y tanto blanco y tanto frío!» Tenía miedo. Cada cual debe tener derecho a elegir dónde va a morirse, ¿tú no crees? Si quedo en la invasión, gordo, óyelo bien, no me quejo —terminó en un susurro.

De pronto, se interrumpió a sí mismo:

—¡Contra, me estoy volviendo marica y de contra calambuco, compadre!

Con la misma, se puso en pie y con un gesto cómico, presumiendo de su altura, tomó en sus manos la cabeza de Juan Antonio, le dio un beso en la calva y le dijo:

—Cuando venga, te hago ministro. Eres mi padre, gordo.

Cuando Teresa llegó a la librería, la recibió su dueño —Julián Millares—, un hombre alto, de ojos inteligentes y frente-calva amplísima, con la palidez y el aspecto delicado de quien se ha pasado la vida entre libros.

—¡Qué gusto tan grande! ¡No sabes la sorpresa que me dio hablar contigo! —dijo estrechando con efusión las manos de Teresa.

—Tú sabes que llamé por casualidad. Andaba loca buscando libros de alfabetización. En el Lyceum me dieron el número. ¡No tenía la menor idea de que la librería fuera tuya!

—¿Cuánto hace que no nos vemos? Desde aquellas clases de Entralgo a las siete de la mañana, ¿te acuerdas? Fue en el 50, ¿no? Diez años... ¡Cómo pasa el tiempo!

—Ni me lo recuerdes.

—¡Pero si estás exacta!

—¡Qué va! Es el chapisteo. Tú sí que estás igualito —dijo Teresa devolviendo la mentira.

Julián se palpó la calva:

—El tejado lo tengo un poco desprovisto.

Rieron.

—¡Qué elegante está esto! —comentó Teresa mirando el pequeño recinto donde unos cuantos cuadros: dos Van Goghs —los girasoles inevitables—, un Chagall y dos Rouaults fijaban un definido criterio estético. Una maceta con plantas y varios paneles verticales de madera creaban un ambiente a la vez íntimo y acogedor.

—¿Te parece? Entre Marcela y yo lo hicimos todo. Inclusive los paneles —dijo satisfecho, acariciándolos. Luego, como a los niños para que se paren derechos, palpó los libros—. Pensamos tener una exposición de pintura permanente. Aquí va un saloncito para reuniones; la idea es hacer una librería con ambiente, donde la gente venga y converse. Espérate, voy a llamar a Marcela para que la conozcas. Marcela, Marcela —llamó acercándose a la escalera que conducía al *mezzanine.*

En seguida bajó una mujer fea y narizona, de piel fina como el nácar y enormes senos que se le desbordaban por la línea demasiado amplia del escote. Completaban su figura —que Teresa recorrió evaluándola— unas piernas delgadas y unas caderas anchas y planas por detrás. Vestía un traje sencillo, de grandes flores blancas sobre fondo negro. Un mechón de pelo le caía sobre el cuello blanquísimo.

—¿Se durmió la niña? —preguntó Julián, y extendió la mano para recibirla. Cruzaron una mirada llena de intimidad. Teresa la percibió y le produjo una vaga, inexplicable sensación de juventud que se va de las manos.

—Mi mujer —la presentó Julián con orgullo.

—*Enchantée* —dijo ella en francés, y su cara inteligente y simpática se iluminó radiante.

—No sabe cuánto le agradecemos que nos haya devuelto a Julián. Yo pensé que se nos quedaba en Francia.

—*Mais non;* yo no podía estag *sans retourner ici* —dijo con el acento nasal y los acentos mal puestos del francés que habla poco español—. Julián, *depuis la Revolution, me disait: «On peut faire beaucoup à Cuba...»* Antoncés yo le dije un diá: «*Mon cher, allons à Cuba si tu veux*».

—Tú sabes —la interrumpió Julián—, mi padre me situó unos pesos con la idea que me estableciera por cualquier lugar de Europa. El pobre, como perdió una pierna en Atarés, cuando el machadato, se ha pasado la vida queriendo protegerme de las revoluciones. Yo no sé si tú te enteraste: hace dos años, la gente del SIM por poco me mata a golpes. Tuve que asilarme. Papá quería que esperáramos a ver cómo se desenvolvía esto. Pero yo no cabía ya. Marcela misma me dijo que debíamos venir a ayudar al principio, cuando hace más falta. Y aquí nos tienes. Ya tenemos en prensa una selección de libros del siglo XIX. Hicimos una tirada de obras revolucionarias —hablaba con entusiasmo, y le brillaban los ojos. Hubiera hablado indefinidamente, pero se contuvo—: Bueno, cuéntanos de ti. Conque ¡estás en la Comisión Alfabetizadora!

—Sí; me llamaron y no pude negarme. Pero estoy preocupada. De alfabetización sé tanto como de cantar misa.

—Tú escribes, que es lo fundamental. Además, aquí nadie sabe nada de nada. El caso es trabajar con entusiasmo, ir resolviendo sobre la marcha. Mira, te conseguí unos libros que quizá te sirvan: el de Rafaela Chacón, las cartillas de la Unión Panamericana. Hay poco en realidad. Además, me tomé la libertad de hablarle de ti a Kruger. El doctor Kruger. ¿Tú lo conoces? Al menos, habrás oído hablar de él.

Teresa asintió.

—Es un hombre formidable. Doctorado en Heidelberg, imagínate. Además, tiene mucha experiencia en estas cuestiones. Vivió en El Salvador muchos años. Trotskista. Ah, mira —dijo levantando la vista—, ahí está. En punto, como siempre.

—Buenas tajdes.

—Pase, pase, doctor. Ya lo estábamos esperando. Teresa, quiero que conozcas al doctor Kruger.

El doctor Kruger juntó los tacones, hizo una reverencia rápida, y un mechón de pelo le cayó sobre la oreja. Teresa sintió sus manos húmedas. Era un hombre cuadrado, como un bloque de fuerza. Sus ojos desconfiados analizaban sin mirar de frente. Tenía los dientes parejos, pequeños, amarillos. Teresa miró sus manos de dedos cortos, chatos (intercambiaban un análisis mutuo), y vio que tenía el borde de las uñas comido.

—Usted es la señoga integuesada en escgibij paga analfabetos, ¿ha? —hablaba con las vocales abiertas y clarísimas—. ¿En qué puedo segvijla?

—Bueno, doctor —comenzó Teresa—, estoy buscando bibliografía relacionada con la alfabetización. Como es un campo nuevo para mí...

En los ojos del doctor Kruger hubo un asomo de suspicacia.

—Antes que nada, señoga, debe hacejse un método. Ustedes los cubanos padecen una dispejsión mental cgónica. Hay que combatig eso.

—Estoy de acuerdo. Por eso estoy buscando orientación. Me interesa saber qué libros pudieran serme útiles. Yo estoy trabajando en lo que llaman *el seguimiento*.

—Ah, sí —asintió el doctor Kruger y en sus ojos

hubo un asomo de burla por la palabreja—. Antes que nada, hay que conseguij libgos cojtos, paga que los analfabetos sientan que tiunfan sobge ellos, como los niños. También hay que distinguij el mateguial paga obgegos, del mateguial paga campesinos. Obviamente, no les va a integuesaj lo mismo. Pego antes, para ojdenajnos. Muy impojtante. ¿Tiene usted una fojmación ideológica sólida? Hay que tenej las ideas en ojden en la cabeza; hay que estaj de vuelta, no de ida, paga la sencillez. En fin: ¿cómo está su fojmación?

—Formación, ¿en qué sentido? —titubeó Teresa.

—Política, natugalmente.

—Mal. Por desgracia, en mi época se estudiaba poca política en la Universidad.

—Entonces, ¿de majxismo?

—Muy poco, sinceramente.

El doctor Kruger hizo una pausa.

—¿Qué edad tiene usted?

—Treinta y nueve años.

—Ah... La genegación integjevolucionaguia. Muy joven paga sej de la vieja guajdia y muy vieja, pejdóneme, muy vieja paga sej del 26. ¿No es así?

—Sí, supongo que sí.

—Impogtante. Usted es honesta. Eso me gusta. Voy a decijle en confianza. Aquí todo el que habla de política y más específicamente de majxismo, salvo quizá Cajlos Jafael Jodgíguez y uno que se llama Cagvajal, un tipo muy cuguioso, y media docena más, es un poco fajsante. ¿Sabe poj qué? Pojque sin sabej alemán no se puede hablaj seguiamente de majxismo. Ahoga, en tges años, usted puede leeg alemán. No, no se desanime, ése es el desidegátum. Antes que nada, si usted piensa escgibij paga analfabetos, no ponga esa caga, tiene que hacejse de una fojmación política. La alfabetización tendgá necesaguiamente, necesaguiamente —recalcó— un contenido político.

Hizo una pausa y lentamente, al tiempo que pesaba la reacción de Teresa —una prevención súbita, una especie de azoro— le preguntó:

—Ah, quizás está usted en la luna de miel de la jevolución, ¿ah? Intelectual, litegata, clase media, maestga de izquiejda, enamogada de una jevolución que quizá va a tgitujajla... Una especie de Lunachajski... ¡He conocido tantos! ¿Quiegue un consejo? Al menos, estudie de vegas, no sea cándida, estudie el pgoceso completo, vaya sin inocencia. Empiece con algo sencillo. Una visión genegal, paga no confundijse. Muy impojtante no confundijse.

—¿Algo como el «Poliger»?

—No, ¡pog Dios! El Poliguej es un catecismo de izquiejda. Algo más profundo.

—¿El Kosminski? —apuntó Julián.

—No, tampoco; Trotski. Sí; aunque paguezca gago. Paga una base de la Jevolución Jusa, Trotski es muy impojtante. Lajgo, pgolijo, eso sí. Dos tomos la edición fjancesa, tges la alemana, cuatgo la inglesa, pego fogmidable.

Teresa lo miró extrañada.

—Ah, ¿usted no sabía? ¡Ya se puede leej a Trotski! Todo ha evolucionado desde el año tgeinta paga acá, señoga. Si usted coge la histoguia del Pajtido del año tgeinta y ocho y la de ahoga, vegá cuántas cosas pasagon en el cincuenta, que no habían pasado en el tgeinta y ocho. ¡Muy integuesante!

En sus ojos hubo un chisporroteo de sarcasmo. Un poco a hurtadillas analizó a Teresa. Vio su desconcierto y añadió:

—Mi queguida y bienintencionada señoga, ¿quiegue que le diga una cosa? Usted no va a escgibij paga analfabetos. Y si escgibe, nunca van a publicaj sus libgos. Ah, yo conozco, yo sé...

Teresa sintió el ahogo que sienten los niños, cuando les dicen los grandes que es irrealizable un sueño suyo. Hizo un gesto de protesta.

—No obstante —dijo conciliador el doctor Kruger—, el maestgo es el miembgo de la bujguesía que mejoj puede adentgajse en el pgoletaguiado. Es, o debiega sej algo así como un puente. Pego un puente móvil, ¿cómo se dice?: dúctil, eso es. Que se desplace a la izquiejda cuando llegue el momento. ¿Usted está dispuesta a daj ese salto? —dijo clavando en Teresa sus ojos escrutadores—. ¿O la asusta? Ah, ¿qué me dice?

Teresa se sintió acorralada y no dijo palabra. No hallaba dentro de sí misma otra cosa que desconcierto.

—No; no es paga tanto. Eso lo decide usted. Pego piense. El pjóximo jueves le dejagué aquí con Julián una lista de libgos que usted debe absolutamente leejse. Migue —dijo tomando en sus manos ásperas las de Teresa—, estudie de vegas. Entienda lo que está sucediendo. Y lo que va a sucedej. Después, escgiba para analfabetos, si todavía quiegue.

Teresa salió desconcertada, con una sensación de vacío, como la que le producía oír, de niña, la sirena de algún barco. ¿De qué, de quién se despedía? ¿Qué le habían arrancado? ¿Por qué el agua del muelle, turbia por el aceite de otros viajes y llena de arco iris deshechos, le parecía tan triste? Apretó el acelerador como si huyera. Veía calles de las que se apoderaba el atardecer y recorría dentro de sí misma, otras igualmente atardecidas.

¿De dónde manaba esa angustia? ¿De la mirada dulce y comprensiva de la francesa? ¿Del entusiasmo de Julián? ¿De las palabras del profesor Kruger? ¿O del eco de ellas que retumbaba en su pecho? Entonces vio ante sí el recuerdo de su amiga marxista, la escritora, la que sí tenía leída todas las obras, la de la vieja guardia. La vio con sus pantalones de hombre y sus ojos calculadores y miopes que se achicaban pensando y su cigarro que volteaba como un pensamiento entre los dedos amarillos... Un día estaban juntas en el comedor de la casa y hablaban de libros. De pronto, sin venir al caso, dijo: «El día que triunfe la Revolución yo, yo misma voy a extrañar muchas cosas. ¡Muchas cosas, mucha gente!» —recalcó mirando alrededor, como si viera naufragar el jazminero, el piano de cola, los diplomas enmarcados, el «señorita» respetuoso de la criada, el olor y el nombre y el trazado burgués de su vida. «¡Tantas vidas van a romperse!»

Ya se habían despedido los amigos más queridos. Ya se estaba rompiendo el hogar de su hermana. Ya la miraban muchos, como a enemiga, suspicazmente. ¿Qué otros sacrificios, qué otras rupturas, qué otras pérdidas, qué otros adioses quedaban todavía?

—¡OYE! ¿Qué es ese ruido? ¿Oyes?

—¿Son truenos?

—No, no; oye, ¡oye! ¡Si todo parece que tiembla!

—¿Será un ataque?

—¡Son tanques! ¡Son tanques!

—¿Qué es lo que pasa? ¿Qué es lo que pasa?

—¡Pongan la radio!

—¡Ay, Señor!, ¿no tendremos un momento de paz?

—¡Se siente cada vez más cerca!

—Madrina, ¿por qué se mueven los cuadros?

—¡Estáte quieto, muchacho! ¿Qué dice la radio?

—¡Fidel ha ordenado la movilización!

Filas de camiones invaden las pacíficas calles del reparto. Los milicianos verde olivo saltan de ellos, ocupan los solares yermos, comienzan a cavar trincheras. Parece sangre la tierra roja que vuelcan. El ruido de picos y palas llega al jardín. Toda la extensión visible se llena de hombres, gritos, metralletas.

—¿Qué será de nosotros? ¿Irán a desalojarnos? ¿Sospechan?

Responde un rumor sordo. Los tanques avanzan por las calles vecinas y hacen bramar la tierra. Cruza el aire el ratatán de una metralleta. Lejos, le responde otra. Teresa se queda inmóvil, oyéndolas. ¡Qué secos, metálicos, amenazantes, estos ruidos de muerte!

—¿Qué te parece esto? —es Edgardo, que sobreponiéndose a la circunstancia, adopta un aire de ecuanimidad ejecutiva—. Allí, al fondo de la casa —dice señalando con su fina mano la gran extensión verde— todo está erizado de cañones. Se espera un ataque. Hemos estado oyendo a los altoparlantes dar órdenes la noche entera. Dicen que van a evacuar toda esta zona. La cosa es grave. ¿Qué van a hacer ustedes? ¿Se quedan?

—¿Y ustedes?

—Rita y yo estamos haciendo un refugio. Hemos cogido todos los colchones y forramos las paredes del baño. Nos pareció el lugar más seguro. ¡Si bombardean...! —hace una pausa y sus ojos presagian el reparto en ruinas—. Le hemos puesto a cada niño una tarjeta al cuello con su nombre, dirección, el nombre de otro pariente cercano, el grupo sanguíneo: todo ese género de cosas. Siempre es mejor estar prevenido. Lo más probable es que nos evacuen apenas haya ataque. Al menos, es una posibilidad lógica.

Antes de marcharse predica:

—Hay que mantener la ecuanimidad y confiar en algún poder sobrehumano. Dejarse sentir criatura.

A Teresa le asombra y casi ni entiende su trascendentalismo.

Suena el teléfono.

Abuela Nina llama para ofrecer su casa:

—Vengan para acá en seguida. El niño no puede quedarse ahí de ningún modo. Están dinamitando todos los puentes. Después no van a poder moverse. Vengan en seguida. Ya les tengo un cuarto.

«¿Dejar la casa? ¿Irnos sin saber siquiera por cuánto tiempo? ¿Abandonarlo todo?»

—Madrina, ¡yo no quiero irme ahora! —suplica José Javier.

—¿Quién ha hablado de irse? ¡De aquí no se va nadie! —padrino elimina toda alternativa con la lógica rápida de los momentos difíciles—: ¡No vamos a andar con los trastos a la cabeza de un lado a otro cada vez que al Caballo se le ocurra decretar una movilización! Además si invaden, no se sabe por dónde. ¡No tiene sentido ir a meternos en casa de nadie!

Envueltos aún en la atmósfera de disyuntivas, Teresa sale con José Javier al patio. «¡Dios mío, cuántos cristales!», piensa.

El garaje es amplio, pero tiene dos paredes exteriores. No sirve. Quedan eliminados la sala y el comedor. ¡Una bomba que estalle se viene abajo el ventanal del fondo! José Javier va tras ella con sus barruntos de guerra. En la cocina sólo una pared da a la calle. La ventana es alta; cerca, queda la cisterna. A dos pasos, el baño. La despensa, con sus paredes dobles, sería buen refugio. Sí; hay espacio. Habrá que sacar la vajilla y la cristalería.

Desde la calle la interrumpe un claxon insistente. Es Rita.

—Teresa, si necesitas algo de comer, ve a buscarlo

en seguida —recomienda sin bajar del auto—. Pero no compres mucho. Dicen que van a hacer registros. Ya en la farmacia no queda tila, ni agua oxigenada, ni meprobamato. ¿Oíste los tanques? ¡Qué horror, chica! ¿No te dije que nos esperaba algo terrible? ¿No te lo dije?

Madrina se mantiene ecuánime y sigue haciendo una lista mental de lo que necesita. No hay velas, pero queda luz brillante. Tiene tres quinqués, no recuerda dónde. La leche no alcanza ni para dos días. Hay que hervirla, por si falta la electricidad.

Georgina, la criada, que siempre disfruta las tragedias, porque en su vida magra sólo ellas le han permitido cierta vigencia, viene cartera en mano a despedirse:

—Yo me voy, señora. Los muchachos están solos y a mamá le sube la presión por cualquier cosa. Si puedo, vuelvo... Digo, ¡si es que puedo, porque aquí se va a armar la de Dios es Cristo!

Madrina la descarta. Entra en la alacena y sale hablando consigo misma. José Javier no le pierde pie ni pisada.

«Aquí, el botiquín, jeringuilla, algodón, cafiaspirina, venda, esparadrapo. En esta tabla, los documentos: pasaportes, certificados de nacimiento, la escritura de propiedad de la casa. Aquí fósforos y los tres quinqués. Al frente, la comida: seis latas de carne, tres de sardinas, dos de leche condensada, dulce de guayaba, un abridor, tres cuchillos.» «¿Qué más hará falta?», se pregunta siguiendo el inventario. «¿Qué más hará falta en las guerras?» Mira en torno la alacena convertida en refugio.

—¿Ya? —pregunta José Javier.

Madrina contempla la imagencilla que ofrece expectante, con sus sensitivos ojos llenos de preguntas. Por su mente se deslizan los niños desamparados de noticieros de otras guerras.

José Javier no se da cuenta.

—Mira, madrina, ¡ahorita empieza! —un terror fascinante palpita por todos sus nervios—: ¡Mira!

Efectivamente, en la casa del fondo, seis milicianos montan una cuatro-bocas.

Uno, dos, tres, cuatro.

Un dos tres cuatro.

Uno.

Dos.

Undostrescuatro.

Uno, dos, tres, cuatro.

Calle abajo, calle arriba. Al amanecer, por la tarde, el rumor sordo.

¿A dónde van?

¿Por qué? ¿Contra quién marchan?

Forman un bloque sólido, metralleta en mano. Cada día van perdiendo rasgos este López, Ramírez, Lázaro, Benito; se diluyen en el bloque verde olivo, Batallón 115, de proletarios-antimperialistas. Batallón proletario-antimperialista-revolucionario-fidelista.

Veinte pares de ojos, veinte pares de piernas, veinte metralletas, veinte pares de puños.

El undostrescuatro amenazador, creciente, se cuela por todo el reparto, por todos los silencios, por todas las dudas y los miedos. Llena los ojos que los ven ir y venir como marea, día a día.

Y no pasa nada, ni atacan, ni desmovilizan.

José Javier se siente defraudado. En vez de la guerra, lo que se da es la tangencia de su mundo con éste de milicianos verdes.

Los acercó la lluvia o la bienhadada calidez humana o sencillamente que es muy difícil convivir, calle por medio, sin desear que sean buenos la noche o el día.

López fue el primero en venir a la casa. Era un mulato claro, con el raquitismo de quien nunca ha comido bastante. Tenía ojos saltones y dientes cariados que sobresalían sin dejar que se cerrara sobre ellos la boca grande y carnosa, de madre o padre negro. Vino a ver si podíamos hacerle el favor de una aspirina.

—¡Me ha pasao la noche volando en fiebre! ¡No he podío pegar los ojos! ¡Esta mojadera y esta mojazón nos tiene traspasaos!

Bebió a sorbos la limonada caliente que le ofrecimos solícitos. Tenía peste a trinchera, a grajo, a gripe. Al terminar y entibiársele el pecho con la bebida hirviente, logró sonreír.

—Usté no sabe el tiempo que hace que estoy por venir acá. Allí los compañeros decían que ni me molestara; que aquí en este barrio no le dan a uno ni una sed de agua...

Desde ese día, López venía a eso de las diez, a la hora de colar el café negro. Fue surgiendo entre el miliciano y nosotros una amistad rara, suma de diez minutos diarios. Nos acercó la lluvia, la soledad sustancial de que parecíamos aliviarle; la curiosidad de él, el temor nuestro. Automóvil, *freezer*, refrigerador, colegio particular, club y aire acondicionado tendían entre su mundo y nosotros un golfo insoslayable, pero intentábamos franquearlo: que si la lluvia, que si la invasión —o mejor, donde todas las vidas se encuentran, hablando de hijos—. Su niña se llamaba María Fidelina, y tenía seis años. Cuando ya parecía que iba tendiéndose el puente, López callaba de pronto. Entonces, oscuros argumentos, surgidos de quién sabe dónde, quebraban la amistad endeble. Sus ojos de perro hambriento recorrían la cocina y se detenían en las blancas y vaporosas cortinas de nailon con serpentinas rojas.

—¡Si ustedes hubieran visto la cocina donde cocinaba mi madre! De leña... una porquería. ¡Toda con una humacera! —exclamaba en una especie de amarga recriminación—. Esto, cuando había qué cocinar. Las más de las veces era sancocho de vianda. ¡Si la vieja viera ésta! —decía arrasándolo todo con un ciclón de rabia sorda.

—Mañana me voy a la casa —dijo un día—. Hace

ahoritica un mes que no veo a la mujer y a la hija. ¡Cómo se pone esa chiquita cuando me ve llegar! ¡En todo el día no se me apea de arriba!

Volvió hosco, cetrino, con una gran barba de abatimiento.

—¿Cómo le fue, López?

Se quedó mudo, con ojos de loco. Tomó el café de un sorbo como si fuera whisky.

—¡A esa mujer el día menos pensado le vaceo la metralleta arriba, por mi madre!

La hiel se le deshizo en una pena honda. Al día siguiente, mientras bebía el café, se alivió contando: llegó a la casa y la encontró cerrada. La chiquita andaba con una vecina. Flaca, sucia que daba grima, ¡la pobre! La mujer se había ido. Decían que para Oriente.

Desde entonces fue de mal en peor. Cada vez más hosco, más cetrino, iba y venía solo, pasando por su imaginación la deprimente cinta de sí mismo.

Para que el batallón no se contagiara con su mala sangre, el teniente le encargó revisar las casas vecinas a ver quiénes tenían derecho —y quiénes no— a ocuparlas.

—Vamos a dejar na má gente revolucionaria como ustedes —anunció López enaltecido por la importancia del cargo—. A esa partida de gusano lo que hay es que darle paredón y listo. Los que no estén con la Revolución, que se vayan con Aisenjauer. ¡Lo echao palante que son! Ayer mismo voy donde la vieja esa de la casa con la piscina y sin saber ni a qué iba, me manda a decir que estaba ocupada, que no podía bajar.

Con la cara descompuesta por agravios y humillaciones viejas amenaza:

—¡Va a saber esa vieja si tiene que bajar o no!

Habla de la viuda de Ramos, una mujer fina, siempre de luto, que ha quedado rezagada en el barrio. (Como no vivió siempre con el hijo ya exiliado, no sabe si le dejarán la casa.) Para vencer sus nervios, toma meprobamato de noche e imipramina de día. Mala conjunción podían hacer estas dos vidas —de miliciano y propietaria— al cruzarse. Cuando nació la viuda, a principios de siglo, López no existía. Ella bailaba el charleston, en una sociedad de La Habana, cuando nació él, resignadamente recibido, en un bohío de yagua. Se casaba ella en la iglesia del Ángel, un sábado por la noche, el día en que a él un curandero le sanaba un empacho que resultó acidosis. Ella llevaba sus hijos rubios y bruñidos a colegio particular cuando a López lo mandaron a Bayamo, a casa del tío que lo hizo zapatero. El día que murió el esposo de ella, y la vida se le convirtió en desvalimiento y fin de espera, en el Uvero, lleno de ímpetu bravío, iba avanzando López. La Reforma Urbana, que a ella la convirtió en partícipe de una cola de propietarios viejos, a él lo benefició con un apartamento interior de dos cuartos. La Nacionalización, que López saludó en la Plaza, decidió al hijo de ella a marcharse al exilio. Al fin, estaban frente a frente; ella, a la puerta de la casa que fabricaron después de veinte años y este hombre cetrino y mísero, capaz de arrebatársela.

La viuda viene a buscar apoyo.

—¡Ay, hijita —dice con candidez—, si no fuera por los negros yo sería revolucionaria! Allá en Rusia, ¿tú ves?, es distinto, porque todos son blancos. ¡Quisiera que vieran el mulato de porquería que fue a casa ayer! Una chusma, ¡con una peste! Me quiere quitar la casa. Yo le tengo un miedo, que cuando lo veo me echo a temblar. Tiene los ojos saltones que parece un sapo. No suelta la metralleta. A cada rato viene y me pide la propiedad o el recibo del impuesto territorial, y yo sé que Armandito me dejó todo eso, pero tengo la cabeza tan mala, hijita, que no me acuerdo dónde los puse, y me pongo registra y registra gavetas como una loca y lo único que encuentro son los retratos de las niñas, mis estampas, mis recordatorios, y todo se me confunde. Además, yo no entiendo. Yo no entiendo —repite—. ¿Por qué no puedo quedarme en la casa, si es de mi hijo? ¡De mi hijo! ¿No habría manera de demostrar que está a nombre de él, pero que se hizo con dinero de su padre? ¿Qué piensas?

Al día siguiente, Teresa trata de que López comprenda a la vecina, como si la señora estuviera escrita en otro idioma.

—No lo tome a mal, López. Es una pobre mujer sola y está muy afectada desde que se fue su hijo.

—Bueno, pues que me reciba. Que me reciba, ¡porque a mí no me hace desaire nadie!

De nada valió el esfuerzo. La orden venía de arriba. La viuda de Ramos tuvo una semana para recoger las pertenencias de su dormitorio y mudarse a un apartamento en el Nuevo Vedado con renta, pagadera a la Reforma Urbana, de doce pesos mensuales.

—¡Qué cosas, chica! —comentaba luego, porque se había llevado escondido el tocadiscos del hijo—. ¡Robarse una a sí misma!

López llegó jubiloso, a dar la noticia.

—¡Al fin logré sacar a la vieja! ¡Qué clase de casona! Van a caber allí lo menos cuarenta campesinas. Tiene seis cuartos, biblioteca, lavandería, piscina. ¿Sabe lo que es que donde vivía una sola vieja haya cuarenta muchachas estudiando? —sonríe eufórico, como quien gana una victoria sobre su vida sórdida. Es que en la terraza, por un instante, vio becada y pulcra, a María Fidelina.

Miñoso vino un día acompañando a López. Que si también para él había cafecito. Es un mulato grande, guasón, ojiverde, albañil y cuentista. Alrededor siempre tiene un cerco de hombres atento a su palabra. Mezcla malicia con sapiencia, sabrosos cuentos viejos, sutilezas irónicas y dichos guajiros. Imita a Grau, a Prío, a Fidel. Habla en presente histórico y antes de terminarlos, se ríe de sus propios cuentos echando el cuerpo adelante, y dándose palmadas en el muslo. Sueña números, sabe tirar los caracoles y coinciden en él, sin estorbarse, Lenin y Changó. Presume de macho y alardea que «menos Mrs. Roosevelt y la vieja Pola, cualquier mujer que se bañe...»

Tiene tantos hijos nacidos por sobra de gusto y falta de previsión, que es un enjambre su casa de Tejadillo. Por eso, y por su mujer, «que en lo que le resta de vida no quiere volver a ponerle los ojos encima» —según le dijo el día que lo vio de uniforme— disfruta el silencio de los solares yermos.

Porque le manda la sangre vivir a las buenas, andar lento, echar el parrafito, pararse a sonreír y gozar el momento, aconseja a López:

—Si tu mal tiene cura, ¿pa qué te apura? Y si no tiene cura, ¿pa qué te apura? ¡Cosimiento de hoja de almanaque, negro! —y él mismo, bien que seguía el consejo.

Sólo una cosa le preocupa de fijo: si pasa el día de permiso en la accesoria de Tomasa o en el cuarto de Inés Vega, de senos enormes, con quien es una delicia el insomnio.

Por la mañana se llevó a su chiquillería almidonada a pasear al zoológico. Cuando regresó, ya tarde, para Inés Vega tenía demasiado cansancio. Tomasa amaneció cantando, le planchó la camisa con agüita de almidón y le preparó, para llevar, un dulce de frutabomba amelcochado con azúcar prieta, una rajita de canela y veinte años de ternura.

A Lázaro Ferrán lo trajo la gripe. El muchachón era negro mate, recio como un árbol. Tenía espaldas de estibador y talle fino de torero. Por debajo del pantalón verde olivo se le marcaban al caminar los largos músculos de los muslos y el sexo alerta. Todo su cuerpo era despertar y éxtasis, fuerza avasalladora, lujuria por vivir. Pero sus ojos eran los de un niño que todavía se espanta, llenos de candidez. Cuando lo trajeron hirviendo de fiebre, parecía una torre caída. Así se estuvo horas en silencio, tirado en el cemento del garaje. Con la familia habló poco, como si la temiera. Cuando vino a verlo la abuela: «Esperanza Ferrán, para servirla», se molestó mucho. Con mucha cultura y sin lucha de clases, nos agradeció que hubiéramos dejado cobijarse al nieto. Pidió permiso para lavarlo, le frotó el ancho pecho con pomada caliente y mientras pasaba su mano pequeña y arrugada por aquel mundo inmenso, liso y negro, empezó a contarnos:

—Éste lo crié yo misma, jalando mucha batea, hija. ¿Usted lo ve así grandaso? ¡Pues es un santo, un santo, niña! Trabajador, formal, en grasia de Dios. Nunca anda por ahí con mujere; me pone en la mano todo lo que gana. El único visio que tiene es la pelota. ¡Ni fuma! Es un muchacho, hijita. ¡Desde que tenía trej mese, primera ve que me separo de él!

Lázaro permaneció fosco y grandazo, oyendo el insulso recuento de sí mismo. Los otros sonreían con ojos burlones. A la hora de irse, por la llovizna fina de todos los días, ofrecimos dejar a la abuela en los cafetines de la playa. Ella le alineó la ropa traída, el bote de pomada, el jarabe, la sábana limpia. Le dio un consejo en susurro y dijo en voz alta: «Que Dios te haga un santo, mijo». Luego se confundió mucho al abrir la puerta del auto, como alguien que no tiene costumbre. Cuando se arrellanó en el asiento y abrió la ventanilla, disfrutó el aire fresco que le batió en la cara y la imagen del negro fuerte y derecho, un poco obra suya, que la despedía.

—Cuídate, Lazarito, no coja sereno. Pa cuando salga te voy a tener hecho un boniatillo de eso que hace tu abuela.

Se quedó él callado, queriendo discutir. Pero no pudo. Lo que sentía dentro era un muro de rechazo. ¡Ni la milicia hombruna rompía los amorosos tentáculos!

Quizá fuera rebeldía, o quizá sólo la urgencia cálida de su propio cuerpo, o la falta de estima que le producía ante sí mismo ser virgen a los 17, o la mofa de los compañeros lo que le llevaba a la cara este rubor caliente.

—¿Pa cuándo estás esperando, muchacho?

—¡Aprende con Miñoso, negro!

—¡Mira que va a lucir muy prieto con sotana!

—¡Muchacho! —le decía Miñoso riéndose—. ¡Si con las horas de vuelo que yo tengo, tuviera tu fuselaje!

Quizá no fue tampoco la diversión de los otros a costa suya, sino las mujeres tentadoras, lascivas, desnudas, que se metían entre sus ojos y el sueño. Lo cierto es que el día franco, Lázaro entró en casa de silbido, puerta estrecha y escalera sórdida, y que Esperanza Ferrán se durmió esperando.

El miliciano Luis Pazos nunca quiso venir a la casa. Cruzaba a trancazos de sus botas altas las calles desiertas. Nunca dio los buenos días. Nunca aceptó venir al garaje. Nunca habló por teléfono. Si tuvo sed, en vez del agua que a los otros le brindábamos fría y de manantial, bebía con la boca casi pegada a la tierra la tibia del patio. Cuando vinieron los hijos a verlo, no los trajo a la casa. Se cobijaron en otra, abandonada hacía meses. Trajeron una cazuela de arroz con pollo y él sólo hizo una hoguera para calentarlo. Toda la tarde oímos los gritos de la familia reunida. Al anochecer, pasaron frente a la casa. Llevaba su brazo de hierro sobre la mujer íngrima y terrosa. Teresa les sonrió, pero no respondieron. Ni a José Javier, que les dijo adiós alzando la mano, quisieron contestarle. No sé qué especie de peste temió que les contagiáramos. Los otros le decían «Gatillo» y contaban historias de paredón. Sus ojos duros, inapelables, nos odiaban genéricamente.

En cambio, la amistad con Ramírez fue fácil como agua de manantial a flor de tierra.

Era delgado y muy cetrino pero muy cortés, gentil y silencioso ese miliciano. El teléfono fue lo que lo trajo a la casa.

El primer día pidió permiso para hacer una llamada; quería saber de su hija, que había dejado con asma.

Pero no era la niña, sino su mujer, trabajadora, pequeña y recia, quien en verdad le preocupaba. Hablaron poco tiempo; él bajó mucho el tono de voz y cubrió el teléfono con su mano abierta para que no lo oyeran.

—De eso hablaremos —decía— cuando me den permiso. Ten un poco de calma. Desde aquí no puedo. Comprende, china, desde aquí no puedo resolver. Por ahora es imposible —luego en voz más alta, terminó—: Así es que la niña está mejorcita. Me alegro, vieja.

Cuando se despidió dijo que unas vacunas la habían mejorado.

—Oiga, y que la alergia es enfermedad de rico. ¡Lo que cuestan las vacunas! Pobrecita, a veces le dan unos ataques y se ahoga tanto que hay que llevarla de carrera para la clínica a que le den oxígeno. Ahora estamos pasando trabajo porque no se consigue el líquido del inhalante, que es lo que la alivia.

Entonces empezó a hablar de su mujer. Levantó la ceja, miró al aire y frunció el ceño; hizo un gesto como para desembarazarse de un pensamiento enojoso que le cruzó por la mente.

—Imagínese —dijo alentado por el deseo de confiar—: la mujer está desesperada con esto de la movilización. Ella no tiene a nadie, y hay mucho trabajo en la quincalla. Luego, con la niña enferma, ¡imagínese! —insistió—. En dos meses he estado nueve días en la casa.

No dijo Ramírez que nueve días no era tiempo para hablar los dos juntos y poner en orden sus vidas. Tampoco dijo que hacía poco a ella le habían fusilado dos hermanos y que, desde entonces, no podía concebir que él fuera miliciano. Tenían dieciséis y dieciocho años y apenas hubo juicio, y le avisaron que viniera a buscar los cadáveres cuando todavía andaba ella haciendo gestiones a ver si lograba ver a un comandante para que intercediera.

Unos días después volvió Ramírez. Si por favor le dejaban recibir a su mujer en la casa.

—Han prohibido las visitas de familiares. Pero tengo que verla. Me pasaron recado de que sigue mal la niña. Quiero darle algún dinero.

Vino la mujer pequeña de ojos rasgados. No se besaron, ni se dieron la mano siquiera. Él puso su mano entera, posesiva, sobre el hombro frágil.

Estuvieron juntos poco tiempo. Al rato, salió él: un hombre acosado a quien le habían dejado caer encima el mazazo de una decisión difícil.

Ella pareció más pequeña al despedirse. Dio las gracias amablemente, pero no respondió con sonrisa a la cálida de Teresa. Tenía estampada en el rostro una expresión de aturdimiento. Como la de alguien a quien le han cercenado un miembro y por primera vez mira la falta.

Salieron juntos. Teresa alcanzó a oír sus últimas palabras:

—Yo no puedo sola con todo. Si decides dejar esto, bien; si no, ya sabes.

Al día siguiente, Ramírez estuvo caminando solo toda la extensión de la cuadra. A la semana supieron, por Benito, que ella se había embarcado con la niña.

Él luchó en Playa Girón. Dos años después, al tratar de huir en una lancha, lo mataron de un tiro.

—¿Qué te parece esto, María? ¡Yo estoy que me caigo muerta! Les tengo pánico.

—En medio de todo, si te pones a ver, son unos infelices.

—¿Infelices y le quitaron la casa a la pobre Amparo? ¡Qué va, hija, a mí todo lo que me huela a uniforme...! Fíjate que ayer cogí tres latas de aceite español que había conseguido la niña, y las eché por el caño.

—¡Ay, Nita, con lo escaso que está!

—Ah no, yo sí que no me fío; ¿no ves que Edgardo los trae a la casa y los mete hasta en la cocina? Desengáñate, María, esa gente nos está espiando. Yo, ¡los fósforos! No quiero juntilla con ninguno.

—Pues calcula cómo estaré yo. Teresa empeñada en alfabetizarlos y Juan Antonio oyendo la radio de Miami.

—Pero ¿ese muchacho está loco? ¡El día menos pensado van a pasar un susto!

—Bueno, hija, ¿y qué le voy a hacer? ¿Qué le voy a hacer?

—Es que la gente joven no las piensa. Mira ayer mismo. Mil veces le tengo advertido a Edgardito que no se ponga a azuzar a Pedri; bueno, pues ayer estaban los demonios esos marchando, que me ponen la cabeza loca y ¿qué crees tú que se le ocurre? Nada menos que decirle a Pedri: «A la lucha, a la lucha; no seremos machos, pero somos muchas». El otro se aprendió la muletilla y a cada rato la suelta.

—A los niños no se les puede perder de vista. Anoche me encontré a José Javier muy sentado en el contén junto a un miliciano. ¿Tú sabes lo que le estaba enseñando? ¡A desarmar la metralleta! Yo ni se lo he dicho a Ana.

—Hombre, hablando de Ana. Ayer la vi. ¡Qué bien se ha puesto! Parece otra. Estaba conversando con el teniente y te juro que no la conocí.

—¿Con el teniente?

—O con el capitán, o lo que sea; ¡yo nunca distingo los grados!

Por si Nita pensaba lo que ella creía que estaba pensando, abuela María comentó con naturalidad:

—Sí, imagínate, a ella se le meten en la casa, como a todo el mundo.

Teresa insiste en alfabetizarlos. López ni muerto admite que no sabe. En cambio, Benito se entusiasma y da gusto y ganas de proteger su humildad candorosa. Siempre andaba solo Benito. Sentado en los contenes hacía collares de semillas y barquichuelos de pencas. O se estaba quieto, mirando sabría Dios qué en el aire. Pero ahora que Teresa lo enseña a leer, silabea contento y cuando sigue la línea de cosa escrita hasta el borde de la página, le tiembla el índice. Si los sonidos se organizan en palabras y de ellas va emergiendo, confusa, una idea, se le ilumina el rostro.

Teresa se emociona, no puede evitarlo, y hace amplios, excesivos planes de sacrificio personal. Va a crear allí mismo un centro piloto. A prestar todos sus libros. A hacer folletos especiales.

Se los confía a Benito, que se embulla como los niños con un «vamos a hacer».

—Mire, yo soy muy burro pa to eso, pero le vi a desil al teniente que se llegue a hablar con usté.

Al rato viene. Es alto, nervudo, prieto. Parece árabe: los ojos sobre todo.

—Me dijo el compañero Benito que usted quería

hablar conmigo. —Entra y de un vistazo rápido recorre la sala. «Lujo», «burguesía», dictaminan sus ojos detenidos un instante en la columna calada de porcelana francesa.

—Siéntese, no tenga pena.

Le molesta el «no tenga pena» casi patronal y escoge una actitud de superioridad displicente.

—Usted dirá, compañera. (Con deliberada intención, «compañera» en vez del «señora» que solicita el sosegado aplomo de Teresa.)

Ella sonríe y lo estudia como científico, por microscopio, a una especie rara de paramecio. Concentra singularmente en él su generalizado amor a los pobres, a los destituidos, a los débiles.

—Usted dirá —repite el teniente segando el minuto en que Teresa le sorbe, por huellas visibles, el extracto proletario.

—Yo no sé si Benito le habrá dicho que estoy sumamente interesada en la alfabetización.

—Positivo.

—Pues bien: he pensado que sería una buena oportunidad, ya que ustedes están aquí, tirar en mimeógrafo digamos cien ejemplares de las primeras lecciones que he escrito y distribuirlas entre los hombres. Así puedo ver su reacción, oír sus comentarios...

—Un proyecto piloto.

—Más o menos.

—¿Usted trabaja para la Comisión Alfabetizadora?

—No, no exactamente. Hasta ahora coopero por la

libre. No he querido aceptar ningún puesto. Lo que me interesa es ayudar.

—¿Ya pidió permiso a la Comandancia?

—Francamente, no se me había ocurrido. Como se trata de algo experimental...

—Yo no puedo asumir esa responsabilidad, compañera. La alfabetización cae en el campo ideológico. Mejor consulte a la Comandancia.

—¡Tal parece que usted desconfía de mí!

—Yo me limito a obedecer las órdenes que me dan. A seguir lineamientos. Es cuestión de disciplina revolucionaria.

Teresa frunce el entrecejo. Se le repiten en la memoria las palabras de Kruger.

—Mire, compañera, enfoque esto positivamente —insiste el teniente—. Estamos superando etapas. La alfabetización tiene que responder a un plan. No queremos desviacionismos ni infiltraciones. Al principio aquí hasta las Hijas de María querían alfabetizar. Y en este barrio, calcule...

—No es justo generalizar —protestó Teresa.

—Pero tampoco fiarse. Hay que estar claro. En este barrio está la alta burguesía, enemiga natural de la Revolución. A tres cuadras de aquí, encontramos un arsenal de armas. Junto al laguito, una planta transmisora. El Biltmore, el Sagrado Corazón, el Yacht Club, ¡vaya!, no diremos que son centros de capacitación proletaria, ¿no?

—También hay gente fidelista.

—De acuerdo. Usted, por ejemplo.

—Nosotros.

—Usted, compañera —recalcó—. No se puede juzgar a las familias en bloque. A lo mejor, digamos —dijo intencionadamente, socarrón, achicando sus ojos léperos—, usted está de lleno con esto y su marido está en contra.

Los ojos de Teresa reflejaron peligro.

—Al fin y al cabo, su esposo es comerciante. Negocio de importación, ¿no? Sería lo lógico. En general, compañera, la burguesía no asimila el proceso. Quieren revolución, pero no tanta. Hay que utilizarla al principio y luego aniquilarla, no queda otro remedio. Porque en definitiva, traiciona. Aquí se está viendo. Mucho «compañero» y «compañero», pero el que más y el que menos está buscando irse. El proletariado sí que no tiene duda ni problema. Es el único que no da un paso atrás ni para coger impulso. Ahí los tiene; caminaron sesenta y dos kilómetros para conseguirse las armas, llueve, enferman, hasta hambre pasan, pero nadie se mueve de su sitio. Si Fidel dice que siga la movilización, siguen y si dice «¡Paredón...!»

El teniente se detuvo de pronto. La expresión tensa e insurgente de su rostro se diluyó inesperadamente en una sonrisa.

Sorprendida, Teresa buscó por qué.

Ana había entrado a la sala. Confusa, pasaba la vista del teniente a ella.

—Buenos días —dijo él, de pie, altísimo, sonriendo—; ya me leí el libro. Luego te lo alcanzo.

Teresa miró el encuentro de las dos miradas.

—Yo no sabía que usted y mi hermana se conocían —dijo.

—¿Su hermana? No se parecen —dijo el teniente, todavía en pie, comparándolas.

—Eso dice todo el mundo. Que no nos parecemos —asintió Teresa. Evidentemente, por su sonrisa, el teniente prefería a Ana. (Más leve, menos segura y —creía— más joven.)

—Bueno, compañera. Vamos a hacer lo siguiente —dijo suavizando el tono de su voz—: usted me da los folletos esos que ha escrito y yo mismo los voy a llevar a la Comandancia. ¿Correcto?

—Correcto —susurró Teresa.

—Hasta luego, Ana —dijo el teniente—. Después me llego por tu casa. Adiós compañera (a Teresa).

Teresa se preocupó un instante.

«¿Por qué?» —pensó—. ¿Por qué sentía ese sentimiento, sombra de sentimiento en fuga, de miedo y derrota con vestigios de envidia?

Llueve interminablemente. Parece como si los árboles y el campo todo fuera un líquido verde que corre ventana abajo. No hay modo de que se abra un claro en los nubarrones hoscos. Caen rayos y no cesa el violento estampido de los truenos. En las trincheras los hombres se calan hasta los huesos. Improvisan pequeñas techumbres con cartones y periódicos; en balde tratan de encender una hoguerita para colar café. Ni un cigarro les deja disfrutar la lluvia. Tosen como tísicos apretándose el pecho. A varios los ha cogido la gripe. Con el uniforme pegado al cuerpo, tiemblan de fiebre.

El teniente cruza la calle. Para protegerse de la lluvia sostiene un hule en alto, sobre la cabeza. Le caen por la cara grandes lagrimones de lluvia y se le han formado gusanillos de pelo negro y mojado alrededor de la frente. En las botas, le cruje el agua.

—Anda, muchacho, dile a tu madrina que necesito verla.

Como movido por un resorte y con el miedo de este hombrote detrás, José Javier sube que se mata la escalera de mármol.

—Pase, pase —dice madrina.

Entra el teniente y alrededor se forma un lagunato de lluvia.

—Venía a pedirle que me abriera el garaje, a ver si puedo traer para acá a unos compañeros que tienen gripe. Están volados de fiebre... Eso, si su marido no tiene inconveniente.

—¿Por qué iba a tenerlo? Ahora mismo les abro.

El teniente hizo una seña y cruzaron la calle corriendo. El garaje se llenó de ojos desencajados y febriles. Madrina repartió sacos de yute y limonada hirviendo. Ayudándola, José Javier disfrutó de estar entre milicianos y metralletas.

Abuela María se asoma, los ve, se asusta, llama a Teresa y algo amonesta susurrando.

—¿Y qué quieres que haga? ¡No iba a decirles que no!

—Yo lo digo por Juan Antonio...

—Pero ¿qué iba a hacer?

Cuando padrino llega y se baja del auto, Benito lo saluda desde la puerta.

—¡Qué día, compañero!

Sorprendido, padrino alza la vista, ve los hombres arrumbados y entra sin contestarle.

—¿Se puede saber qué significa esto? —pregunta a Teresa, que se acerca a recibirlo.

—Baja la voz; ahora te explico.

—¿Eso es idea tuya?

—Vino el teniente Montero. No me quedó otro remedio. Además están con fiebre.

—¿Y a ti viene el teniente, te hace un cuento chino, y listo?

—¡No iba a ponerme con excusas! Además, me dan pena.

—¡Qué pena ni qué pena! ¿No se morían por entrar en la milicia? ¡Pues que se revienten y aguanten la lluvia!

—¡Baja la voz, por lo que más quieras!

—¡Que me oigan de una vez!

—Pero ¿tú no te das cuenta que estamos prácticamente rodeados? ¿Qué necesidad tienes de señalarte? El teniente Montero se ha dado cuenta ya de que estás en contra.

—Me alegro. Y oye bien lo que te digo: mañana mismo hablas con él, inventa lo que te dé la gana, pero si no se han ido cuando yo vuelva, me voy a la Comandancia a dar las quejas. ¿Está claro? ¿Y las cajas? —preguntó alarmado.

—¿Qué cajas?

—Las que estaban en el garaje. Las de Pedro.

—Ahí estarán.

—¿Y no se te ocurrió quitarlas?

—¡Si no me dio tiempo, Juan Antonio! El teniente vino y al minuto cruzaron los hombres... Además, yo no creo...

—¡Tú no crees, tú no crees! ¡En el limbo, como siempre! —dijo poniendo cara de retrasado mental, por denigrar a madrina—. Oye lo que te digo: ¡mañana mismo quiero ese garaje libre! ¿Estamos?

—¡Tómalo como ejercicio de humildad, compañerito! —comentó Edgardo esa noche.

Un «carajo» resonante, impronunciado, calló padrino.

—Hay que colocarse por encima de la circunstancia inmediata, objetivar, analizar el proceso...

—¡Qué proceso ni qué niño muerto!

—¡Déjalo hablar, Juan Antonio!

—Gracias, compañera. A lo que iba: la movilización ha logrado por lo menos un objetivo cierto...

—En eso estás claro. A mí por lo menos, me ha decidido. Si no cae la invasión y pronto...

—¡Baja la voz, Juan Antonio, que están en el garaje!

—¡Baja la voz! ¡No hables, no salgas, no respires...!

—¡Calma, pueblo! Mire, compañero —dijo Edgardo con superioridad contemporizadora—, si usted quiere, después cogemos los dos la metralleta y no paramos hasta el Yalú, pero antes déjeme exponer mis puntos. La movilización ha logrado un objetivo cierto: colocarnos en contacto directo con el proletariado.

—¡Valiente porquería!

—Vivíamos —continuó Edgardo— como vacunados contra la miseria, en una especie de cápsula. Conocíamos, sí, a un electricista, a un mecánico que venía de vez en cuando a la casa, a un zapatero. Extendíamos sobre ellos una aquiescencia patronal, una especie de dispensa por el hecho de existir. Con una superioridad olímpica les otorgábamos un buenos días amable, un café a media mañana, un instante impaciente dedicado a oírlos, sin mucha atención, naturalmente. Al fin de su trabajo ejercíamos el mayorazgo de medir su tiempo y pagarles. Ahora, por primera vez, un ejército de zapateros, troquelistas, carpinteros, talabarteros están en cerco, dispensándonos. La Revolución nos dice: ¡Quieto en base, compañerito! De pronto, se vira la tortilla. Somos nosotros los tímidos, nosotros los esforzados porque sustituyan la antigua imagen nuestra por otra de burgueses de izquierda, útiles en la construcción del mundo socialista. Por primera vez, y esto hay que aquilatarlo cabalmente, la Revolución ideológica y quintaesenciada está ante nosotros en su sujeto activo y nos exige una ubicación definida...

—De acuerdo. Y una de dos: o te metes en la contrarrevolución, o te haces *ñángara.* No socialista de izquierda: *ñángara.*

—Yo no decido como usted, a punta de adrenalina,

compañerito. Yo medito, estudio, leo, analizo. Si te ubicas en filósofo, ¡casi es un privilegio coincidir cronológicamente con la Revolución!

—Pero, Edgardo —interrumpió Rita—, no se trata de analizarla en abstracto, hay que decidirla en concreto. Supón que tuvieras todos los siglos de los siglos para tomar partido. Y mientras tanto ¿qué?

—¿Qué de qué, Rita? —la congeló Edgardo.

—¿Qué hacemos con los muchachos, por ejemplo? ¿Qué pasa cuando nacionalicen los colegios? ¿Los aíslas? ¿Los dejas en casa? ¿Los educamos de acuerdo con esto? ¿Dejamos que los adoctrinen? ¿O que piensen con su cabeza y a lo mejor paren en un campo de concentración? A Edgardito, por ejemplo, ¿lo obligas a ir a la alfabetización? ¿Y si viene la invasión y anda el muchacho solo por esos campos? ¿Y la niña? ¿Qué hacemos con la niña?

—¡Todo lo distorsionas y complicas subjetivando, Rita! No se puede medir este proceso con una varita que diga «yo». Nosotros no somos más que un instante, una gota de agua, nada... *We are expendable!* —terminó en inglés.

Juan Antonio no comprendió bien la frase, pero sintió la secreta alianza de su mujer con Edgardo. Alianza de ideas, de haber leído los mismos libros, de hablar por alusiones y parábolas. Para atacarla, escogió un tono deliberadamente pedestre:

—Sigan comiendo de lo que pica el pollo. Yo, por mi parte, si no desmovilizan pronto, o cae la invasión, cojo mis matules y «abur Lola». El que quiera —dijo mirando a Teresa— que me siga. Yo no vivo en una plaza sitiada.

Teresa le odió breve, encarnizadamente.

Edgardo reconoció el proceso sicológico que se operaba en ella.

—En fin, señores —amainó—, ¡por esta noche, basta! Mañana nos reuniremos a especular en el terreno de la bobería —dijo riendo—. ¡Patria o muerte, compañero! —añadió palpando fraternalmente el hombro de padrino.

Ya fuera, miró la noche y dijo:

—¡Con cuánto desprecio nos miran discutir las constelaciones!

En vano apelaba a ellas. Todavía en torno a los cuatro, hacían cortocircuito las ideas en choque.

—¡Hoy nos vamos! —grita López desde la calle, alzando el brazo. El campo, móvil de pronto, parece un hormiguero verde. Cantan los milicianos, cargan metralletas y obuses, desmontan las cuatro-bocas. Se oyen gritos y risotadas.

Benito es el primero que viene a despedirse. Le trae a abuela María un rosario hecho con semillas. A José Javier, un barquito tejido con pencas. Le coloca la mano abierta sobre la cabecita de rostro vuelto arriba, con expresión de adiós.

—Adiós, niño —le dice.

—¿Cuándo vuelves? —pregunta José Javier.

Benito sonríe y no dice que nunca.

—¡Qué bueno! ¡Ya su mujer estará tranquila! —comenta madrina mirando a Ramírez.

—No crea —contesta—. Son dos días de permiso; luego, salimos a limpiar de gusanos el Escambray. —Se queda pensativo un instante y concluye—: En fin, veremos. A ver.

El teniente Montero entra en la casa. Por no perder detalle, José Javier lo sigue. Cuando entra, se queda quieto, estático, como si fuera cine y de pronto detuvieran la cámara. El corazón se le asusta. Y nunca va a decirlo: que ha visto al teniente alto, imponente, de espaldas, con la mano de mamá en la nuca.

Benito, Ramírez, Miñoso, vienen a devolver los libros que les prestó madrina. Ella los recibe a la puerta y se extraña de ver que hacen un cerco en derredor, mientras Miñoso se adelanta y comienza a hablar con voz de acto cívico.

—Hace tiempo que acá los compañeros queríamos agradecerle tantas atenciones como han tenido con nosotros. Ayer nos trajeron este libro y queremos dejárselo como un recuerdo nuestro.

López interrumpe nervioso:

—¡Ábralo, ábralo pa que vea lo que dice!

En la primera página, una letra pareja, trazada con esfuerzo, ha escrito:

«Para nuestra hermana del Batallón 115.»

Madrina se ofusca y una emoción súbita le impide la palabra. Se le humedecen los ojos mientras estrecha manos callosas y mira oscuras barbas cerradas de hombres simples que sonríen.

—¡Hasta pronto! ¡Ya vendremos a verlos!

—¡Que no haya guerra! —alcanza a decir madrina mientras los despide. De pronto, vibrando con toda la fuerza desencadenada de su deseo, repite emocionada—: ¡Que no haya guerra! ¡Que no haya guerra!

El teniente Montero sale, sube al *jeep*, alza el brazo. Ana se ha quedado quieta, tiene los labios entreabiertos y le brillan los ojos, como si acabaran de probarle que está viva.

Los milicianos corren, se alejan, van montando los camiones cubiertos de ramas verdes. Ya en la esquina se ven veinte manos alzadas, con la metralleta en alto, diciendo adiós.

Un grito bronco llega hasta José Javier y madrina:

—¡Patria o muerte!

—¡Venceremos! —responde José Javier y se le va la voz.

Hay gentes, casas, que con el tiempo sirven de pauta cronológica y principio de remembranza. Cuando vivíamos en ocho, cuando vino Fulano... En torno al decir, sutilmente llamados, se organizan imágenes, olores y sentires. Se rehace el tablado que, rehecho, tira de nosotros mismos y volvemos a ser lo que fuimos.

Así con Bonny. Ella sola, recordada, trae consigo la cuña estrecha y feliz de tiempo que vivimos entre el fin de la movilización y aquella noche. Me parece estarla viendo: negra, alta, imponente, con sus ojos saltones y sus casi seis pies de estatura. Al hablar, jadea, como cardiaca.

Viene para sustituir a Georgina. Por esas formulillas, rezago de tramitación burguesa, pregunto si trae referencias.

—Tú seguro conoce la familia Barraqué. Nenita Barraqué. Yo estar treinta años con señora Barraqué.

Lo dice como si citara una especie de alcurnia.

—Yo nunca he colocado muchachas jamaiquinas —comento mirando esta monumental mezcla de bantú y Churchill. Lo dije sin intención de herir.

—Yo ser súdito inglé, señora, usté perdona —me rectifica.

—La nuestra es una casa sencilla. No espere encontrar aquí ninguna etiqueta. —Lo digo por ponerme el parche, no sea que luego empiece «la señora Nenita esto, la señora Nenita lo otro...»

Se inaugura filósofa. Sus ojos saltones adquieren una expresión de párroco protestante. Coloca su manaza negra, capaz, abierta, frente a los míos.

—¿Usté ver esta mano? Tener cinco dedos...

No entiendo.

—Todo ser dittinto y todo sirven. Así, igual la gente. Señora Nenita y tú ser dittinto. ¡Bien! Dios jase lo dedo to dittinto y tan en la mimma mano...

¡Formidable! Sonrío y hago nota mental.

—Mira, señora, mejor usté se decida. Ahora no ser fásil con la movilización y to etta cosa, conseguir gente pa etto barrio. Digo, gente de la de ante... Lo más que consigue son negritilla fajona de esa de culito parada que le dise: «Positivo, compañera».

Bonny se remilga y caricaturiza, yo me río.

—Usté y yo seguro no' entendemo. ¿Me deja ver la cosina?

Entra. Con desagrado observa el desorden. Le pasa el dedo índice, como testigo de cargo, a la plancha metálica que cubre el horno; examina las cazuelas soturnas. Por fin, emite veredicto:

—Señora, yo ser tan feo como tan franco. Esta cocina estar hecho una porquería. Parece que en esta casa hace tiempo que falta personal. ¿Y aquí quién hace la compra?

—Yo —titubeo.

Empuña una malanga prieta, muy esmirriada.

—Hijita, por Dios, ¿pero tú no sabe que esta malanga son mierde? Yo te jura a mama —era su forma máxima de juramento—, que yo en mi vida he vito una malanga má indecente...

Prosigue, severa, el cuestionario.

—¿A qué hora se sirva la comida?

—Depende. Unas veces a las ocho; otras a las nueve.

Con su mirada me acusa de imprecisión.

—Bueno, pero usté me dise una hora oficial. ¿La siete tú quiere? Yo sirva a la siete. ¿La ocho? Yo sirva a la ocho. Pero no dise la nueve y luego anda agitando a Bonny pa servir a la siete.

—Mire Bonny, más vale entendernos desde el principio —le digo autoritaria—: usted es quien tiene que adaptarse a nosotros.

Bonny se convierte en enorme perdiguero de raza. Reconoce la voz de mando y asiente.

—Tú y yo no' vamo a entender bien. Ya verá...

Convertida en comandante jefe desde ese día, Bonny se hizo cargo del trajín casero... Veo los cacharros espejando de limpio; todo en orden, pulquérrimo. La oigo: «Señora, cocinero del Hotel Nacional y yo ser lo mejore cosinero de Cuba...» Y, efectivamente, los milagros que lograba con lo que conseguíamos: sus pargos rellenos, sus chiviricos tostados y crujientes con azúcar molida, sus profiteroles de crema, nos hicieron, anacrónicamente, más burgueses que nunca.

A José Javier lo traía al hilo. Que péinate, que da la grasia, que no empuje con el dedo. De noche, le cantaba unos limbos tristes, semigruñidos, que acompañaba balanceando el cuerpo.

Aquella noche... ¿Cómo puede llamarse pasado a este presente más presente que el presente en que escribo? Hasta los detalles más insignificantes recuerdo. Hasta el color preciso de cosas mías que nunca volveré a ver, ni sé a derechas a quién las dejé por fin.

—Hoy, Bonny, hacemos las codornices. —Eran las que había traído Pedro Álvarez, cazadas por él, el día que vino a despedirse. Estaban congeladas y Bonny puso mala cara.

En silencio hirvió agua, puso las aves en el fregadero, las echó al caldero y empezó a desplumarlas sermoneando:

—Esto ser lo deporte. Todo por lo deporte. ¿Le gutta el deporte, señor Pedro? ¡Oh sí; me encanta, me encanta matar lo pajarito del Señor, que a nadie jase daño, y gatar pólvora y pólvora a do peso el cartucho, que servía pa jacer una casa, pa criar un chiquito y lo gata matando animalito! ¿Por qué no juega golf? ¿Por qué no tiene una mujercita mejor? No; tiene que irse lo sábado, ni duerme ni descansa vigilando esta criaturita. ¿No puede ver que la pluma son verde y asul y que lo pajarito se está quieto y lo único que jase es cantar y no le jase daño a nadie? No, no puede ver, porque es ma divertido jalar la mierde de gatillo, y matarla y después venir y jaser regalo pa que Bonny se mate jalando pluma.

Levanta la vista del fregadero. Viendo que José Javier la ha estado escuchando, se seca con la manga el sudor profuso y lo mira con ojos pensativos. Luego alza las manos llenas aún de entrañas sanguinolentas y le dice:

—Nunca pierda la paciencia como Bonny, hijito. Tú ta nuevesito. Tú te adapta. La ensalada, cuando no pueda jacerla con pollo, jácela con panza, pero ponle su lechuguita, pa que luzca... Ahora pa compensá, yo va haser un panetela bonito.

José Javier no entendió ni pío. Ni falta que hacía. Asistió como público a la hechura de la panetela.

El azúcar cristalina y la mantequilla pastosa forman, al unirse, profundos valles blancos. Una a una, las yemas anaranjadas listan de vetas rápidas la mezcla. Alguna dura más y parece un sol caído, girando. Ahora nieva finamente la harina. La crema parece lava y va creciendo. De vez en cuando, como si alguien atisbara desde dentro, explota una burbuja de aire. La vainilla fragante da un mestizaje breve. Una catarata amarilla, al pasarla al molde. En el horno crece la panetela-montaña. Mientras tanto, en la cazuela, unos mundos redondos estallan barboteando. Al fin, se pacifica en el almíbar grueso. Repique rítmico, brazo cansado: crece el blanco alud del merengue.

Comimos como obispos aquella noche. Una paz gástrica nos embotó dulcemente. Cancelados, en las neuronas, todo viaje de ansiedad, temor, angustia.

Abuela teje. José Javier se duerme sobre el piso frío. Padrino digiere concienzudamente. De sueño, se me cae de las manos la prosa que simplifico para un nuevo texto.

—Buenas noches...

Bonny pasa agotada, irguiéndose... ¡Cómo presumía de fuerte! (Dos suspiros difíciles que le tardó morirse.)

Abuela va de puerta en puerta cerrándolas, como si temiera que la noche colara dentro un solo hilo de sombra.

Cada cual va al mundo incompartido, azaroso e imprevisible del sueño.

Yo soñé mi sueño de la levitación. Ése, que prefiero, recurrente, de fuga, de alivio. Ingrávida, floto. Nada ni nadie me sujeta, me reprime, me inhibe. Me levitaba tanto sobre el piso, que casi llegaba al techo.

Juan Antonio estaba allí, y extendía los brazos para alcanzarme.

De pronto, despierto sobresaltada. Paso de un tajo a la vigilia. Fuera brama la tierra. Ruge el cielo bravo. Golpe seco de ametralladoras, cañones, antiaéreas.

—¡Ahora sí están atacando Columbia!

—¡Es un avión! No; dos. ¡Míralos!

—¿Son antiaéreas?

—No; bombas, bombas. ¡Ahora sí son bombas!

El ataque aéreo a Columbia fue a las cinco de la mañana. Antecedente lógico de la invasión; muchos opinaron que error táctico.

El doctor L., previendo que no se contase con la resistencia, preparó viaje urgente, clandestino, a Miami.

El *Houston*, el *Río Escondido*, el *Missouri* navegaban ya por aguas del Caribe, rumbo a Cuba.

Estaban preparados los grupos; había armas en sitios previstos. P. R., responsable nacional de Resistencia, concretó los planes de última hora. Tenían automóviles, choferes, combustible, alimentos, primeros auxilios. Por milésima vez, J. B. recorrió mentalmente la lista de los contactos a que debía avisar. A todos, que estuvieran alerta, esperando órdenes.

Pasó sábado, domingo. Nada. Todavía el lunes, los telegrafistas perplejos, oían el mismo indescifrable mensaje: «La luna está azul.» «La luna está azul.» Pero ya en Playa Larga, desembarcaban desde el amanecer.

Cuando contestó el teléfono, a las siete de la mañana, y a pesar de la imprecisión del sueño, José Javier comprendió instantáneamente el recado en clave.

—¿Aurelio? ¿Cómo estás? Pedro (es decir, Pedro Álvarez) me encargó que te llamara a ver si tú puedes ir a recoger las niñas (las armas), en la playa (Jibacoa).

«Te llamarán de parte mía para que vayas a casa con cualquier pretexto», le había dicho Pedro.

Era la orden. José Javier colgó el auricular y pensó: «Ya; al fin, ya». Deshacerse de aquella sombra, cosa pendiente que lo acosaba desde hacía meses. Sus pensamientos se deslizaban fluidamente, pero su cuerpo, que no era de héroe, sino de hombre simple y amedrentado, se alarmó, corazón martilleando, pulso acelerado, sudor frío.

—¿Qué pasa, José Javier? ¿Por qué tienes esa cara?

—Nada; la dichosa fábrica. Se rompió una caldera —mintió cuidadosamente para que dejaran de leer en él los ojos angustiados—. Prepárame el desayuno, que tengo que irme.

Por hábito, desde que era niño, la madre tendió las manos y tocó las de él. Efectivamente, las sintió frías, casi viscosas, como pequeños anfibios húmedos.

Él la rechazó:

—Por favor, mamá, tengo prisa. —Pero ella sabía, como sabía siempre. (Las mujeres y la muerte tienen estos oscuros, impalpables nexos. Viven previéndola.)

—Ten cuidado, mi hijo —advirtió suplicante.

La mañana no se había percatado; parecía mañana de un día anónimo, destinado a olvidarse: el cielo, recién azul; los pájaros piando frenéticamente en los álamos verde-abril. La mañana que murió su hermana —recordó— los pájaros piaban, de todos modos en primavera. El recuerdo levantó un leve humillo de olvidada tristeza.

Poco a poco, los reflejos instantáneos que exige el tráfico aquietaron su cuerpo. Se dispuso a vivir el temor de una vez y descartarlo.

—Tu parte, viejo, es sencilla —dijo Pedro un mes antes—. Apenas te avisen, coges el Consulito, te vas para Jibacoa y esperas a que vayan a buscar las armas. Sencillamente, esperas órdenes. ¿Está claro?

Estaban en 23 y 12, entre vendedores tenaces, perros soñolientos y mujeres enlutadas que antes de entrar al cementerio, se detenían a escoger gladiolos con cuidadoso duelo. Tomaron un café con leche y estaban ellos tres: Pedro, él, y el rostro, visto por primera vez: un rostro ansioso, pálido, de ojos preocupados y alerta.

—¡Míralo bien, y que no se te olvide; por ahora no volverán a verse! ¡Ni siquiera tienes la preocupación de saber quiénes son los otros! —Lo que José Javier sintió que decía menospreciándolo, casi irónico era: «como yo sé bien que eres un cobarde, no cuento contigo para nada riesgoso».

Recordaba el despliegue de fuerza física, virilidad y mando que Pedro Álvarez hacía delante de ellos como si fueran aprendices de hombre y sólo él pudiera graduarlos.

Con precisión metódica, ya sin miedo, hizo el trayecto, llegó a Jibacoa, detuvo el carro, abrió el garaje, se cercioró, recorriendo la soledad de la calle vacía, de que no lo veía nadie. Entró. La casa tenía un desagradable olor a humedad encerrada. Tocó la pared doble: allí estaban las armas.

Encendió el primer cigarro de la espera. En la radio, dos voces, igualmente perentorias e inquietantes, alternaban partes:

«¡Alerta, vigilantes, movilizados, en pie de guerra!»

«El imperialismo ha lanzado su anunciada y cobarde agresión.»

«¡Sus mercenarios y aventureros han desembarcado en un punto del país!»

«¡Todos a la lucha junto al líder máximo!»

«¡Todos a los puestos de trabajo!»

«¡Viva la Revolución Socialista!»

«¡Patria o muerte!»

«¡Venceremos!»

Más cerca e inquisitiva, José Javier oyó otra voz:

—¡Pedro! ¡Pedro!

Alguien llamaba a Pedro. Alguien que no sabía quizá que Pedro faltaba hacía dos meses. José Javier huyó escalera arriba, se acercó a la ventana, corrió ligeramente la cortina...

—¡Pedro! —insistía la voz.

Era un hombre y su perro. El hombre atisbó por la puerta del fondo, luego por la de la cocina, haciéndose una visera con las manos, mientras el perro escogía olfateándolo todo.

—¡Pedro! ¿Pedro?

¿Quién era? ¿Por qué llamaba a Pedro? ¿Lo conocía? ¿Sería un vecino acaso? ¿Un pariente? Si llamaba, era porque presumía que dentro había alguien. Entonces, ¿habría oído? ¿Lo habría visto entrar? ¿Y si seguía rondando la casa? Si se convertía en testigo, siquiera involuntario, de los que vinieran a buscar las armas...

El hombre se detuvo frente a la casa. Dio unos pasos; pareció vacilar, como quien duda pensando, o como quien no tiene prisa ni nada que hacer y vuelve a mirar las cosas nimias. Ofrecía el aspecto vagamente lejano y sin propósito de los jubilados. Tenía oscuras manchas de vejez en la cara y en las manos, ojos de pupila enorme, como los operados de cataratas, y terminaba flaco, deslucidamente rematado por unos zapatos en los que se debatían la vejez y el lustre. Esperaba o meditaba quieto: un brazo tenso por el esfuerzo de sostener la correa del perro; el otro, fláccido a lo largo del cuerpo.

Lenta, avanzaba una perseguidora por la calle lateral. El hombre hizo un gesto. José Javier se puso en guardia. ¿La detuvo acaso? ¿Saludó simplemente? El hombre sonrió; sonrieron los de uniforme. Se acercó a ellos y susurró algo breve, inaudible, seguramente oficioso. Luego levantó el brazo, y con fingida insurgencia, coincidió:

—¡Patria o muerte, compañeros!

El perro cruzó la calle y el hombre apuró el paso. José Javier sintió el ridículo de haberlo inventariado. Era, estaba seguro, nadie.

José Javier percibió un sentimiento de nulidad humillante. Este diecisiete de abril mientras desembarcaban, avanzaban, morían otros, a él se le aceleraba el pulso porque un hombre anodino, muy de mañana, paseaba a su perro. Casi daba risa. La casa, por contraste, le pareció un baluarte de autoafirmación victoriosa. Trofeos de cacería, placas, copas grabadas, premios, fotografías. Pedro, con la camisa abierta, exhibiendo una ristra de codornices muertas. Pedro, con casco de corredor, desde un Ferrari. En el comedor, la cabeza de un venado de ojos vidriosos, caza de Pedro. Pedro omnipotente, que le había asignado la insulsa misión de esperar mientras se arriesgaban otros. Pedro, con su mirada altiva, testigo de tanta humillación suya de adolescente ¿o él mismo, con su deseo de ganar al fin talla de hombre? En marco de plata chico, la instantánea de Pedro, con uniforme de cadete...

Hacía veinte años: estaban en Toronto y era noviembre. Alina, entonces, tenía los ojos color de miel. Cuando corría, casi parecía una niña. Cuerpo más flexible, más libre, más grácil, no había visto nunca. Vinieron juntos a verlo. Pedro no supo qué decir y enlazando su mano a la de ella, le mostró la alianza. Ella dijo suavemente: «Perdóname». Desde la ventana los vio, cogidos del brazo, con las hojas de otoño girando en torno. Entonces él, que tenía diecisiete años y probablemente iba a morirse, miró la impasible pared blanca del cuarto y la golpeó con rabia.

José Javier revivía aquel dolor intacto.

Entonces oyó el ruido avanzando, cerca. Una motocicleta. ¡Una motocicleta! ¿Un registro? —reaccionó—. Había parado frente a la casa. Huyó escalera arriba. Otra vez, desde la ventana, pegado a la pared, corrió la cortina. Era un hombre, un mensajero de la Inalámbrica. Telegrama en mano, cruzaba el caminillo de cemento.

Era él, era él; la cara de 23 y 12, la voz de esta mañana. ¿Por qué? ¿A qué?

Bajó la escalera corriendo. Abrió la puerta. Se miraron. El hombre le tendió un telegrama. José Javier rasgó el sobre. Leyó: «Felicidades. Abrazos. Sigue carta».

Mientras, el mensajero, que no lo era, le informaba atropelladamente:

—Están canceladas todas las operaciones. Baró (¿quién era Baró?) ha dado la orden de que cada cual se salve como pueda. L. está preso. Salvat pudo asilarse. A Montes se lo llevaron al G-2. Piérdete; no vayas a tu casa. ¿Tienes dónde ir? Están cogiendo preso como loco. ¡Nos embarcaron, compadre!

Aturdido, José Javier decidía en un vértigo: ¿Adónde ir? ¿Qué sentido tenía esconderse él? ¿Por un traslado de armas, una pared doble y un día de aburrimiento? No. Volvería a la casa. Presentaría un certificado médico y volvería a la fábrica. Nadie sabría nunca.

Cuando descolgó el teléfono, no sabía que ya la vida le había cambiado de rumbo.

—José Javier, ¡qué bueno que llamaste! —le dijo la madre—. Tus amigos de la fábrica, ¿sabes?, vinieron a buscarte. Como tú no estabas... Como tú no estabas —insistió—, se llevaron a Marianito.

«¿A su hermano? ¿A Marianito? ¿Por qué?»

Muy clara y precisa, con la voz antigua de las olvidadas recomendaciones a su hijo niño, la madre disfrazó de consejos las órdenes.

—No te preocupes. No vengas, que ya es muy tarde.

Mercedes llamó que no dejes de ir a verla esta noche. Esta noche sin falta.

—¡Juan Antonio! ¡Juan Antonio! Soy yo, Nena Álvarez, ábreme, ábreme, hijito, que tengo que hablar contigo. ¡Es urgente!

Teresa abrió la puerta y se quedó desconcertada. ¿Qué hacía a esas horas la madre de Pedro Álvarez en su casa?

—¿Pasa algo? —Debía de ser grave. Nena llevaba unas zapatillas de satén rojo en vez de zapatos.

—¡Ay, corazoncito mío!, ¡qué pena me da molestarlos! Ve, avísale a Juan Antonio que estoy aquí, pronto, ¡por lo que más quieras!

—Pero entre, Nena. Entre.

—¡Ay, sí, mi amor, estoy hecha un manojo de nervios! Mira, mira cómo he salido —dijo descubriéndose de pronto las zapatillas rojas—. He venido que me mataba por esa carretera. ¡Ay, Dios mío, Sagrado Corazón! ¡Si yo no sé cómo no me he vuelto loca todavía! Avísale, mi alma, avísale.

—¿No quiere un poquito de agua, de tila?

—No, no puedo, te lo agradezco, pero no puedo. —Caminaba de un extremo a otro de la habitación, llevándose las manos finas y largas, de uñas inmaculadas, al pelo gris, al borde del suéter, a la medalla que le pendía del cuello. Sus ojos, enormes y angustiados, parpadeaban incesantemente. Una guedeja de pelo gris azul le caía sobre el cuello y en un movimiento de coquetería inconsciente más arraigada que el temor, trataba de atraparlo en el moño bajo que le cubría la nuca.

«Es increíble cómo se conserva», pensó Teresa.

—¡Avísale, mi vida, no pierdas tiempo!

Juan Antonio había reconocido su voz y estaba bajando la escalera de mármol. Nena corrió a abrazarlo.

—¡Ay, mi vida, mi alma, gracias a Dios que te encuentro!

—¿Pasa algo?

—Sí, hijo, ¡si he venido que me mataba a avisarte! Hicieron un registro. Cogieron las armas; la pared doble que hizo Pedro en el garaje. ¡Tienen tu nombre! En el contrato, ¿te acuerdas? ¡Mira que le dije y le supliqué a Pedro! Deben de estar al caer por aquí en cualquier momento. Yo me muero, mi alma, si a ti te pasa algo.

—Bueno, Nena, cálmese; así no resolvemos nada. Dígame concretamente qué fue lo que pasó. —Juan Antonio desconfiaba de las mujeres histéricas y se hacía repetir las cosas para darse tiempo a decidir.

—Sí, sí, hijito, tienes razón; perdóname. Mira, hoy, a eso de las cuatro, estaba yo en casa, muy preocupada. Figúrate ¡qué no me pasaría por la cabeza con esto de la invasión! Porque yo estoy segura de que Pedro está metido en esto. Tú mejor que nadie lo conoces. Entonces viene Oropesa. Oropesa, el vecino, que era del ministerio de Hacienda. Uno bajito, calvo, operado de cataratas. Bueno, no importa, el caso es que viene y me avisa que habían entrado ocho milicianos en casa de

Pedro. Forzaron la puerta, hicieron un registro, rompieron a culatazos la pared doble, encontraron las armas. A mí lo primero que me vino a la mente fue el contrato. Porque en la oficina del reparto consta. Y tienen tu nombre, tu dirección. Me eché un vestido y salí que me mataba a avisarte. Yo creo, hijo, que tú debes esconderte, o asilarte; por lo menos irte de la casa. ¡Si a ti te pasa algo por cuenta de Pedro, no se lo perdono nunca!

—No, Nena —dijo Juan Antonio, calmado—, yo no tengo ningún problema. ¡A mí me alquilan una casa y no tengo por qué saber si tiene o no tiene paredes dobles!

—Pero ¡como están las cosas! ¿Y José Javier? ¿Tú sabes dónde está José Javier? Oropesa lo vio entrar en la casa; me lo dijo. Iba en el Cónsul. ¡Pobre Nina! ¡Tanto que ha pasado! Hay que avisarle, Juan Antonio.

Teresa lo detuvo con un gesto.

—Tengo que ocuparme de esto —la rechazó Juan Antonio—. Tengo —subrayó—. ¿De acuerdo?

Teresa asintió con la cabeza y no dijo palabra.

—Ahora vete al garaje, abre los paquetes de Pedro. Son las cajas grandes que están a la derecha. Rompe todos los retratos, diplomas; todo lo que diga Pedro Álvarez. Rómpelo, quémalo, deshazte de todo.

—Y si vienen a buscarte, ¿qué hago? ¿Qué digo?

—Nada. Tranquilamente que estaré de vuelta en cuestión de una hora.

—Llámame en cuanto puedas, por favor.

—Bueno, hijita —dijo Nena abrazándola—, no sé

ni qué decirte. Perdóname. ¡Encomiéndanos a la Divina Providencia!

Más que exhortación, era el mandato de alguien dominante que ordena suplicando.

Teresa no dijo palabra, pero en sus ojos hubo un destello de rebeldía: «¿Con qué derecho? ¿Por qué?»

Nena colocó su mano blanca y fina sobre el hombro de Juan Antonio y dijo en un tono premeditadamente desvalido:

—Esto es oro. ¡Oro molido!, créemelo; es como si fuera otro hijo.

Teresa juzgó el gesto argucia de mujer y sus ojos reflejaron una frialdad glacial.

—Adiós, corazón mío. ¡Perdóname el mal rato que te he hecho pasar!

—¿Qué pasa, hijita? —pregunta abuela María, con los ojos aterrados—. ¿Adónde fue Juan Antonio? ¿Quién vino?

—Mamá —dijo Teresa con la absoluta calma de los momentos difíciles—: ven, que necesito ayuda.

—Pero ¿qué es lo que pasa? ¡Dime!

—Nada, viejita; óyeme bien y trata de dominarte, porque necesito, necesito —recalcó— que me ayudes. Encontraron unas armas en la casa de Jibacoa.

—¡Ay, Santísimo! —exclamó abuela María y perdió el equilibrio.

—Tranquilízate. Hasta ahora no ha pasado nada. Nena, la madre de Pedro, vino a avisarnos.

Sosteniéndose contra el marco de la puerta, abuela María preguntó:

—¿Y Juan Antonio? ¿Dónde está Juan Antonio?

—Fue a avisarle a José Javier. Ahorita vuelve.

Un pensamiento cruzó como un relámpago por la mente de la abuela María.

—¿Y las cajas, las cajas esas que trajo tu marido? ¡Si conectan a Juan Antonio con Pedro, estamos perdidos!

—Hay que revisarlas, romper todo.

Abuela María se irguió echando atrás los hombros y con una voz calmada en la que era apenas perceptible un temblor leve, dijo:

—Empieza tú; voy a tomar un meprobamato y salgo a ayudarte. Cierra bien las ventanas.

Teresa se dirigió al garaje y comenzó a abrir las cajas, fuertemente selladas. Agitada, nerviosa, fue sacando fotos, álbumes familiares, retratos de momentos felices, certificados de nacimiento y propiedad, pólizas de seguro. Sus ojos, poseídos de una lucidez única, leían ávidos: «La Habana, ante mí, Pedro Álvarez...» ¡Qué inútiles y fuera de tiempo y ajenas al palpitar de sus nervios esas fórmulas legales! ¡Qué mal se avenían con el tropel de sentimientos encontrados que acudían a su mente! ¿Por qué Juan Antonio no le había dicho nada? ¿Hasta qué punto estaba involucrado José Javier? «Pedro quiere evitar que le cojan la casa», le había dicho Juan Antonio. Teresa sintió una rabia sorda. «¡La gente se va, se larga, y los demás que arreen, que se expongan para cuidar lo que dejan...! Hacerse cargo de esta partida de papeles... ¿Por qué no se los dejó a su familia?» De pronto, se le heló la sangre...

¡Pensar que hace apenas unos días este garaje estaba lleno de milicianos! ¡No en balde Juan Antonio perdió los estribos!

De pronto la detuvo un grito de angustia. Abuela María había abierto una caja.

—¡Ay, Sagrado Corazón! ¡Ay, Dios mío, mi hijita! ¡Mira, mira esto! —gimió en un temblor.

Teresa se puso en pie de un salto.

—Mira, mira, hija: cartucheras, ¡ay Dios mío! ¡Este muchacho no las piensa! ¡Una canana de balas! ¡Un revólver! No, no, mira, mira, ¡dos uniformes!

Teresa sintió un escalofrío de terror.

—Espérate, espérate, viejita —repetía—, pero ¿qué hacemos con esto?

«¿Qué hacía con todo esto?»

—¿Qué nos hacemos? ¡Si nos cogen con esto ahora, nos llevan al paredón, hijita!

Rápida, sin decir palabra y mientras le pulsaba en las sienes «¿con qué derecho?, ¿con qué derecho? ¿Hasta dónde llegaba la responsabilidad de Juan Antonio? ¿O de Pedro? Sí, mucho amigo, y hermano, y mi hijo, ¡y a su familia, a su mujer y a sus hijos que los parta un rayo!» «Estáte tranquila, viejita, estáte tranquila», repetía automáticamente. «¿Lo quemo? ¿Lo corto? ¿Qué hago?» De pronto, acudió a su mente el recuerdo de una italiana que vivió la guerra civil en Italia... «El día que entraron los aliados en Roma, se tupieron todos los inodoros... y a la mañana siguiente dicen que no quedaba un solo uniforme del gobierno.» Entonces ella no entendía bien el cuento, pero ahora sí, ¡ahora sí! «Ve, viejita, corre, busca fósforos. No; aquí no, arriba. Vamos al baño de arriba. Trae las tijeras grandes. Vamos, vamos... Sube despacio, ¡no vayas a caerte ahora! Cierra la puerta. Coge tú por ahí. Corta, corta.» «¡Es que no tengo fuerza, hija!» «A ver, dame acá, yo lo corto. No; entero no se puede quemar. Daría mucho humo. Hay que cortarlo en tiras.» «¡Esto no coge candela! Échalo en el inodoro. No, así no, así no, que se tupe. Córtalo más chico. Busca alcohol, por Dios, que esto no enciende.» «Échale alcohol y préndele un fósforo. Cuidado, cuidado no te estalle la botella. ¿Qué es eso? Mamá, ¿no te huele a quemado? ¿Se sentirá fuera? Hala la cadena, mira ver si traga.» «Ahora, los pantalones. Córtalos. No, aquí no, vamos al otro baño...» «¡Ay, Dios santo, están llamando», exclamó Teresa llena de estupor.

—Vuela, vuela, yo termino aquí —ordenó, entera, abuela María—. Vuela a recoger los papeles. Cógelos todos y mételos así tal cual, debajo del sofá cama. ¡Corre, corre! El revólver también.

Teresa sintió que se le doblaban las piernas, pero corrió al garaje, recogió los papeles, corrió al sofá cama, logró abrirlo, mientras se repetían los toques en la puerta, cada vez más altos...

Salió a abrir. Hubo un silencio. Abuela María esperaba a mitad de la escalera, despavorida.

—¿Qué les pasaba? ¿Estaban acostadas ya?

—¡Es Edgardo, mamá! ¡Es Edgardo! —Teresa apoyó la cabeza contra el marco de la puerta hasta recobrar el aliento. Edgardo la miró perplejo.

—Entra, hijito, entra —explicó abuela María—. ¡Hemos pasado una trebolina!

Aquella noche a Mercedes no se le hubiera ocurrido. José Javier era tan sólo un hombre harto que se repudia a sí mismo. Daba lástima verlo mirándose las manos, sintiendo el fracaso en silencio, como la gente que no sabe poner en palabras lo que siente.

—¡Es que no tiene sentido! ¡No tiene sentido! —repetía, como si fuera otra culpa suya no encontrárselo.

Mercedes pensaba con qué forma de consolar lo auxiliaría. Nunca se proponía solucionar del todo —sabía ya que, por lo general, fuera de la muerte, no hay soluciones absolutas—, pero sí, al menos, diluir aquel desaliento espeso como una sombra. Podía escuchar callando: alivia tanto escuchar el sonido de la propia voz articulando las propias quejas... También podía ofrecerle futuros, aunque los supiera invisibles y quiméricos. Daba por descontado el otro bálsamo, el tiempo, porque no había tiempo para el hombre insomne y aturdido que se miraba las manos.

Provisionalmente, como alivio, debía ofrecerle un «esto hay que hacer». Un instante desvió los ojos y se mordió levemente el labio para pensar las palabras —que todas fueran discretas, sabias, precisas— y para someter a la prueba del sentido común las soluciones que esbozaba rápida. Tenía esta costumbre cauta: hacer breves borradores mentales de lo que iba a decir. Por eso era discreta.

—¡Pero si es tan ridículo, si no estoy en nada! Tengo, tengo que hacer algo por Marianito, ¿tú no comprendes? —insistía él.

Mercedes supo que no debía rebatirlo. Siempre es mejor dar pequeñas soluciones temporales. Cuestan menos esfuerzo, exigen menos.

—Mira, José Javier, ya son las doce. Hoy es difícil que puedas hacer nada. Quédate aquí al menos esta noche, y mañana con más calma, decides.

José Javier agradeció el mito de «tú decides», que le ofrecía Mercedes.

—Vamos, anda. Voy a prepararte algo que tomes, descansa, que buena falta te hace, y mañana veremos.

Él se dejó guiar por el pasillo en sombra.

En noche así, con un hombre a tal punto desconcertado, a nadie se le hubiera ocurrido. Si sucedió al día siguiente, fue por una dadivosa, casi samaritana razón de amor-ternura. (Por mucho que dijera el doctor Estévez que la vida emocional de las mujeres las dirige el útero.)

Mercedes lo vio otra vez ante sí, como mil veces había querido olvidarlo: las manos pequeñas, de uñas inmaculadas, los ojos lejanos y miopes, la nariz lasciva, de aletillas móviles, los labios contraídos y delgados.

—Ahora pasa a este cuartico —le había dicho—, te quitas toda la ropa, te cubres con esta sábana y me avisas para pasar.

Ella cerró la puerta amarilla de cristales verdes. Sintió el olor antiséptico. Miró el gesto torturante y metálico de los fórceps, la mesa de reconocimiento.

«¿No vendrá la enfermera?», pensó. Sintió frío y se cubrió con la sábana.

—Puede pasar, doctor.

—Vamos a ver —dijo él, palpándole los ganglios del cuello. Después, con la cabeza puesta sobre su pecho, oyó su corazón de pájaro preso. Olía a loción de afeitar: una excesiva mezcla de canela y menta.

—Acuéstate —ordenó.

Con rapidez tiró de la sábana y dejó al descubierto los senos blancos, pequeños, de pezón oscuro. Las manos diestras los apretaban y, a pesar de ella, se recogían sensitivos, casi zafios, en una punta dura. El doctor Estévez los miraba ¿lasciva?, ¿médicamente? No, no; era ella, ¡ella la que sentía ese confuso mar de sensaciones deliciosas y culpables!

—Sube tus piernas, hijita. Así, abre bien tus muslos. ¿Duele?

—No, no —casi desesperadamente.

—¿Y aquí?

La voz era distante, profesional y científica, pero las manos, reiteradas, candentes, ávidas.

—Relájate, relájate. Quietecita. Así. —La mano diestra continuaba su reconocimiento o caricia o lujuria llenándola de sensaciones antagónicas de placer y vergüenza.

—Por favor, ¡por favor! —suplicó ahogada. De pronto, se incorporó apretando la sábana contra su cuerpo.

—¡No puedo! ¡No puedo!

Él dijo sencillamente:

—Yo podría aliviarte esa inflamación. ¡Da lástima!

—No; no así, por Dios.

—La virginidad a los treinta —sentenció él— es un acto contra natura.

Mercedes se despidió, huyó más bien, escenificando a perfección el papel ginecólogo-pacienta, en complicidad con el doctor Estévez.

No, efectivamente, no. No sin amor... Pero aquella noche hubo tantas y tan justificadas razones...

La madre había ido a verlo. Lo que le decía a José Javier con los ojos apagados de cansancio, era cierto. Lo dijo de otro modo y atenuando mucho las palabras y poniendo entre ellas pausas amplias y pensativas, pero lo que quería decir obviamente era esto: prefería que se hubieran llevado a Marianito y no a él. A Marianito, el pobre —cosa muy lógica— ya no podían hacerle más daño del que le había hecho la vida. En cambio a él, a José Javier, podría salvarlo todavía y era el único hijo que le quedaba. De tres, uno es bien poco y es natural que se pasara la vida defendiéndolo a ver si Dios la dejaba morirse a ella primero. Mercedes no tenía simpatía por Nina —se le veía a la llana el egoísmo—; sabía uno que si por salvar a este hijo tenía que despedazar a alguien, estaba calmadamente dispuesta a hacerlo. Sin embargo, sintió lástima y se alió con ella.

José Javier intentó resistirse a las dos juntas y también al conjunto estúpido de azares que se habían confabulado en contra suya.

—¿Pero ustedes se dan cuenta que lo que yo he hecho es pasarme un día en una casa solo, sin hacer nada?

¡Nada! ¿A quién se le ocurre que vaya a asilarme por eso?

La madre seguía razonando:

—Claro que a nadie se le hubiera ocurrido si no vienen y prenden a Marianito. A nadie se le hubiera ocurrido, claro está, si esa misma noche, poco después de irse él, no hacen un registro y encuentran las armas. Claro que a nadie se le hubiera ocurrido si él... La madre hizo una pausa por no acosarlo, pero José Javier finalizó la frase: «si yo no hubiera sido un cretino y un cobarde, y a tiempo le hubiera dicho a Pedro...»

—Por Marianito no te preocupes. Es cuestión de unos días. Ya hemos movido cielo y tierra. Todo el mundo, todo el que ha hecho algo, lo más mínimo, se está asilando. Matildita dice que apenas tú decidas, habla con el Nuncio.

Todo fraguado, hecho; y sin embargo, presentado en sugerencia, como si en sus manos estuviera decidir. Era un último halago a su hombría.

—¿Juan Antonio va a asilarse?

—No, pero es distinto. Él no tiene problema. Nadie ha ido a buscarlo.

—Mercedes, pero tú comprendes, ¿tú comprendes que yo no puedo irme y dejar a Marianito en esto? —dijo él, buscando alianza.

Entonces la madre adoptó la actitud que precedía a su monólogo irresistible de la conformidad —último e infalible recurso—. Comenzaba, sin decir palabra, mirándose las manos. Un instante dejaba caer sobre ellas sus propias lágrimas.

—En fin, Dios mío, ¡qué le vamos a hacer! Tú comprenderás, hijo, ¿cómo yo voy a perjudicar a Marianito por ti? ¡Los dos son mis hijos! Pero él, pobrecito, no va a decir nada. Iba como atontado. Van a darse cuenta en seguida de que no es, de que no está, vamos, normal. No pueden hacerle daño. Y en cambio, mi hijo, tú eres mi único apoyo, mi único consuelo. ¡Lo único que me queda!

José Javier dejó caer las manos a lo largo del cuerpo. Estaba vencido.

—¿En qué embajada piensan asilarme?

La madre lo abrazó sollozando y dando gracias a la Divina Providencia.

Mercedes lo vio ya sentarse sin protesta, con el rostro inexpresivo, esperando. No golpeó ninguna pared, como a los diecisiete, ni pensó en los suicidas, ni buscó salida ya como los ratoncillos de laboratorio, que están en recinto cerrado y quizá sepan que no la hay y siguen buscándola de todos modos. Parecía que nada podría aliviar su desaliento.

Entonces fue cuando Mercedes (ya se había ido la madre y era de noche) se arrodilló frente a él, lo rodeó con ambos brazos, escondió la cabeza en su pecho y apretando las palabras una a una contra su corazón, le dijo:

—Yo quiero ser tuya.

De madrugada, después de la ternura, cuando él golpeaba con sus caderas el cuerpo de ella mientras entraba y salía aliviándose en la dulzura sin nombre de su cuerpo, Mercedes lo hizo: ahogó un gemido de dolor virgen y fingió, por él, que compartía.

A la semana justa, gracias a las cordiales relaciones de la Marquesa con el Nuncio, José Javier ingresó en una embajada. Dos días antes, con el pretexto de darle un paseo, Juan Antonio trajo a José Javier para que viera por última vez a su padre. Mercedes se intimidó un poco, pero luego sintió una simpatía instantánea por aquel hombre directo, cuadrado, cuyos ojos jamás habían cometido insinceridad o mentira. El niño percibió esa atmósfera peculiar en la que flotaban preguntas que no deben hacerse. ¿Por qué callaba papá y lo estudiaba, como si esperara verlo crecer ante sus ojos? ¿Por qué no estaba papá en casa de Nina? ¿Por qué hacía tres domingos que no iba a buscarlo? ¿Por qué hubo algo demasiado cuidado, demasiado preciso en la merienda llena de silencios como parches de yerba seca donde nada crece: ni una palabra, ni un proyecto, ni una salida? ¿Por qué de pronto las palabras quedaban en un presente, suspendidas, sin esa resonancia latente que les da un «mañana esto», «mañana lo otro»? José Javier intuía despedida mucho más ancha que la de irse el padre «un tiempo al campo», como le dijeron. Sin embargo, no se atrevió a preguntar ni aun cuando el padre lo abrazó un instante y le recomendó que se portara bien y acompañara a abuela. Ceremoniosamente le entregó un *Erector* nuevo y le dijo: «Sigue practicando, monito», recomendaciones que no se hacen para sólo de un domingo al siguiente. Sobre todo, al final, cuando ya estaba padrino esperando a la puerta, ¿por qué le había dicho al oído: «Tú y yo siempre juntos, siempre, sabes»? José Javier tragó muchas veces a ver si se tragaba la tristeza que tenía hecha un nudo en la garganta y no la dejaba llegar hasta los ojos, no fuera a convertirse en lágrimas. Mercedes lo acompañó hasta la puerta y papá quedó dentro. Padrino le sonreía diferente, como si lo fueran a operar de las amígdalas. José Javier entró en la máquina y apretó la caja con todas las tuercas, y los puentes y las grúas y los trenes que él y su padre hubieran hecho. La brisa le dio en la cara y se alegró, porque así padrino no se daba cuenta. Entonces, empezó a andar el carro y a poner distancia de por medio. José Javier miró el tráfico de alrededor y empezó a jugar solo, por hábito, el juego de su padre y él, sin saber que inauguraba un recuerdo.

—Ese que va ahí es un Buick. Y aquél un Chevrolet —dijo.

—Y ése —dijo padrino, participando inesperadamente—, ése es un Plymouth del 50. —Eso fue lo que dijo, pero José Javier sintió algo, como cuando se le pasa la mano por arriba a un conejo de ojos tímidos y el conejito echa atrás las orejas y las reposa resignadamente sobre el lomo y deja de agitarse.

Lo de Marianito, aunque demoró tiempo, lograron resolverlo. Nina y Mercedes hicieron cuanta gestión fue posible. No quedó súplica ni entrevista, ni espera que no intentaran. Por fin, después de un mes de cárcel y dos en Mazorra, el hospital de dementes, regresó a la casa. Había perdido treinta libras y le quedaba una sola idea fija: que no podía comer, porque prefería, ya que lo iban a fusilar de todos modos, ir bien débil, casi desmayándose para no darse cuenta. Tenía la esperanza de morirse de inanición antes que cumplieran la sentencia. Ni mamá, ni la propia Mercedes, con ser tan inteligente y tan buena persona, lo comprendían. No se daban cuenta, ¡y era tan simple! Tenía por delante una semana o dos o tres —no sabía exactamente cuándo iban a fusilarlo— pero tiempo suficiente para ir bien débil, bien débil, que como quien dice no les quedara ya mucho que matar...

Por eso, cada vez que le ofrecían comida gritaba:

—¡Por Dios! Por Dios. ¡Tengan un poco de caridad! ¡Yo no quiero sentirlo!

Las guerras se han hecho para que los hijos mueran lejos de las madres: al explotar un puente en Okinawa, en una aldea fronteriza de Corea, en un camino guerrillero de Vietnam o Camboya. Puede la madre, mujer, hermano, hijo, imaginarse mucho la muerte o desecharla hasta recibir noticia concluyente. Pero por primera vez, en Cuba, este abril de 1961, puede una familia sentarse frente al televisor, ajustar los controles, aguardar a que se aclare la imagen y corroborar en un instante de *paneling* si el hijo está preso y a salvo, o falta. En cuyo caso cabe pensar que haya muerto. Lástima, para la historia de la televisión, que los desenlaces ocurrieran pantalla afuera y que la dramática participación de los actores —no profesionales— resultara completamente anónima.

Carmita Jústiz estaba viéndolo: el rostro de su hijo en *close-up* nítido, y no podía creerlo.

—¡Ay Dios mío, Albertico, mi hijito!

Acercó su mano trémula a la pantalla, casi hasta tocarlo.

—¿Por qué me haces esto, Albertico? ¡Si te mandé para el Norte! ¡Si hice lo que pude! Ahora ¿qué hago? ¿Con quién hablo? ¡Si yo de esta gente, tú lo sabes, no conozco a nadie!

A Julián Montes le pareció que veía al fondo, a la derecha, su hijo. ¿Era? Pero no tuvo tiempo de grabar la imagen. Con su cuerpo cubre la pantalla y destruye la tragedia imprevista.

—¡Ay sí; apaga; apágalo! —asiente Amparo, su mujer. (Como no le ha visto el rostro, todavía no sabe)—. Total, se muere uno de angustia y no remedia nada. ¡Suerte que nos llegó carta antier!

—¡Ahora resulta que a todos los embarcaron! —iba a decir el miliciano Lázaro Puentes cuando vio en el televisor unos ojos negros, enormes y sin niñez, igual que los suyos. Por su cerebro cruza, instantáneo, un río de imágenes.

Hacía justamente seis meses. Lo había escondido en un apartamento, apalabró la lancha, se jugó el pellejo, lo llevó a Cárdenas hasta que salieron. ¡Que se largara, que dejara vivir!

—Ahora sí que te chivaste, hermano; ¡ahora sí que te chivaste! —y pensó luego: «¡Pobre vieja!»

En el televisor de lujo, el rostro de Núñez parece un locutor de anuncio. Hasta ese instante joven, María Eugenia Entralgo —Entralgo de Núñez— no acierta a decir nada; el cerebro se le ha vuelto un confuso golpear de dilemas.

«¿Dónde voy? ¿Qué hago con los niños? ¿Era esto el "nos veremos pronto" que había escrito?»

Después quitó la casa, vendió los muebles; por temor, mandó los niños a Miami, con la madre. Una vez por semana sube una cuesta de dos horas; en un cuarto también lleno de mujeres desnudas, la desnudan dos milicianas negras. Pero al menos logra dejarle una jaba y hablarle unos minutos. (El final de la historia no es trágico, como el de aquellos a quienes nadie cambió por compotas.)

En un barrio de La Lisa, una negrita de cinco años que llaman María Fidelina clava su mirada de odio en los hombres del televisor. «Ésos son los malos, y su papá no viene a la casa por ellos», piensa.

—¡Ojalá se mueran todos! —dice—. Mamina, ¡ojalá se mueran todos!

Quien ha muerto hace una semana de un obusazo, en un pantano de Playa Larga, es su padre, el miliciano Ezequiel López, del Batallón 115.

Atilio Hernández, un hombrecillo hecho para talla menor de tragedia, logra mantenerse ecuánime. Abraza a su mujer, que mira aterrada la imagen del televisor. Le habla con ternura, como si arrullara a un niño.

—Vaya, viejita, vamos, vamos —le dice—. Yo estoy aquí contigo. Tú verás que todo se va resolviendo y salimos adelante. Ya han dicho que no los fusilan. Pon de tu parte, viejita. Ayúdame; hazlo por mí, que yo también te necesito.

—¡Ay sí, perdóname!; espera, espera. Ahora no puedo. —Entonces, dejando caer los brazos y negando con la cabeza parece que aúlla—: ¡Ay Señor, es mucho! ¡Es mucho! ¡Mis dos hijos! ¡Yo no puedo con tanto!

Una mulata gruesa, de pelo rapado y puños duros de lavandera, se cuadra frente al televisor y los insulta:

—¡Desgrasiao, hijos de mala madre! ¡Venían a arrasar y míralos! ¡Partida de degeneraos! (A su hijo lo castró un esbirro.)

—Yo no puedo evitarlo, Candelaria; a pesar de todo a mí ver la gente así que parece que van pal matadero, me da lástima. Ése que dijo que no había matado a nadie, parece buena persona.

La otra salta que parece un grifo:

—¡Claro, porque en ve de sacar a esa partida de degenerao vendepatria y hacerle pregunta y dejarlo que hablen, Fidel lo que tenía que haber hecho es sacar los muerto, la partía de muchacho ametrallao, los chiquito detripado, las mujere huyendo con los hijo encima! ¡Eso! ¡Entonces hata la gente comemierda como tú se iba a echar a la calle a pedir paredón!

Nena Álvarez busca en la pantalla, chica para la agonizada búsqueda de sus ojos. Hay uno al fondo. Se parece. No; no es tan alto. ¿Será el que se acerca ahora? No. ¡Claro que no los han traído a todos! Llaman a un Pedro. ¿Pedro qué? ¿Pedro qué? ¡Por Dios, suban el audio! No, no es él. Dios mío, deja que lo vea. ¡Déjame que lo vea!

No pudo ser. Por orden de un comandante, lo mandaron con otros ocho a La Habana, en un camión blindado. Murieron de asfixia. Había un herido, muy joven, casi un niño, y Pedro Álvarez le cedió el resquicio entre dos tablas, por donde únicamente entraba un soplo de aire.

Aterrada, Teresa recorre los rostros: amigos de antes... compañeros de colegio... ¡el hijo de Carmita Jústiz!... el marido de María Eugenia Núñez... ¡los hijos de Atilio!

Me voy llenando de angustia. ¿A qué mundo pertenezco? ¿Por quién en verdad me duelo? ¿Qué pienso? ¿Con quién, dónde estoy? ¡Qué atormentada confusión de dilemas! ¿Se llama a la familia, o no se la llama? Se dice: «¡Cuánto lo siento que hayan venido!», ¿a éstos o al Batallón 115? ¿Se hace uno el desentendido y no saludar a Carmita un domingo que la ve de luto, camino de misa? ¿Se escribe o no se escribe una especie de pésame a María Eugenia? ¿Se pide paredón para los invasores o clemencia para los amigos? Toda una legión de madres, hermanos, esposas me escupen en la cara como a Judas y yo me escudo en otra fidelidad recién nacida: la de la amistad con López, y Ramírez y Benito. ¡Pero a ellos no los conocí de niños, ni hablan como yo, ni mi padre conoció a sus padres, y tienen las uñas sucias y les tiendo la mano y me discriminan, desconfían, me abofetean por burguesa! Ensayo a decir: «¡Patria o muerte!»; grito: «¡Venceremos!» y ¡las palabras se convierten en ceniza y fango dentro de mi boca y mi gesto, al decirlo, es estereotipado y trágico, como de calavera!

NITA PARECE MÁS CHICA, como encogida; levanta las manos en fútiles ademanes rebeldes y la voz se le hace un hilillo de rabiosa impotencia. María, Edgardito se iba a alfabetizar por fin; salía el sábado; ni siquiera el cumpleaños lo pasaba en la casa. Le daba una lástima, angelito, solo allá por donde el diablo dio las tres voces, seis meses, en casa de Dios sabe quién, entre guajiros, con tanta tuberculosis que hay, a esa edad, y que no se dieran cuenta... Tan buen mozo, con lo sinvergüenzas que están las mujeres, y él un muchachón sin malicia, ¡no sería el primer caso! A ver qué necesidad. ¡Mira que les había dicho! Nada, como el obispo a los curas. Ese Edgardo todo lo que tiene de bueno lo tiene de terco; y Rita de guanaja. Sí, María, lo de esa niña raya en guanajería, por no decir otra cosa. ¡Qué juventud estaban viviendo, angelitos! ¡Qué diferencia cuando su madre era joven! Siempre una fiestecita, una excursión; la casa un hervidero de muchachos. Y uno, chica, contento, cosiéndole, haciéndoles dulces... En cambio, a estos infelices se le van los amigos, les cierran los colegios y peor que todo, María, peor que todo, ese estira y encoge, esta zozobra. Si nos vamos, si nos quedamos, si movilizan, si atacan y uno arriba de ellos: no hables, no te señales, no discutas. ¡Un laberinto! Y abuela María: que se tranquilizara, Nita, que no era para tanto; seis meses pasan como quiera. Además, ya Edgardito era un hombre; no le venía mal defenderse solo un tiempo. Y eso sí, el cumpleaños se lo celebraban de todos modos. Sí hombre, con unos bocaditos, una panetela, ¡a esa edad se divierten con cualquier cosa! Además, que a todos les venía al pelo sacudirse un poco. Y si Edgardo no quiere fiesta, la hacemos en casa. A Teresa le encantan esos bretes. Eso que la pobre, desde Girón, no era la misma... ¿no lo había notado? Y Nita: pero ¿a quién van a invitar, María, si no les quedan amigos? ¡Ah no, de eso que no se preocupara! Alinita y Edgardo en un dos por tres armaban el grupo.

Cierto; en un dos por tres, juntos, bajo el flamboyán lo armaban. Mientras, Edgardito mira la cosa fluida, casi felina, de los gestos de Alina y la sombra fresca colada por las ramas encendidas del flamboyán y descubre, como si fuera algo íntimo, el encuentro de su pelo y sus hombros, el levísimo vello de su brazo, ese campo de trigo diminuto. El pelo en la nuca, nacido en remolinos suaves y sedosos; y más cerca su aliento, caldeado en ella, entre la fila de sus dientes y su risa. Alinita, ¡cuánto daría por acariciarte el pelo! ¡Cuánto porque no huyeran las palabras como conejillos y poder decírselas! Por ella eran los pequeños silencios de sus ojos llenos de cosas que no le estaba diciendo y todo el tiempo (porque no sabe qué hacer con tan grandes manos que tiene), graba sobre la madera una raya, canalita, trillo. ¡Ah, si llegara a decirle! Siquiera para poder contarlo, soñarlo, repetírselo.

Todo el tiempo, de esta marea silenciosa, de este dulce entendimiento, no hablaban, claro, sino de los invitados a la fiesta.

Primero, los inseparables: Virginita y Pablo. Ya casi llevaban seis meses. Ya ve: ella tan mona y él tan feo. Bueno, no tan feo como tan mal distribuido, Alina. ¿Sabe que ya lo dejan visitar la casa? Milagro, ¡tan recio que la llevaba la madre! La llevaría muy recio, Alina, pero cuando iban al cine ¡se daban cada mate! De muchachos: Julito. Ah, sí, el pobre, que se estaba comiendo recio cable. Desde que intervinieron los clubs no lo dejaban ir ni a la playa. Cosas del viejo; ni a alfabetizar, ni al colegio. Mejor después de todo ir a alfabetizar, ¿no, Edgardo? ¿Y se iba muy lejos? ¿Cuántos meses estaría sin venir a la casa? Seguro que se buscaba una novia guajira. No, Alinita, por Dios, ¿no las había visto? ¡Casi todas sin dientes! Ni de broma. ¡Si se iba a pasar contando los días! Y ella: ¿por qué? Y él: ¿tú no sabes? ¿Qué quería que supiera? Nada, nada, nada, ¡olvida! Pon ahí a Rosita. ¡Ah, sí, positivo, compañera, que la chiquita está por el libro! Lo malo que si viene, como palo viene la Cagua. ¿La Cagua? Sí, Cagua de caguama: la abuela. ¡Qué malo era! Es que no le pierde pie ni pisada la vieja. ¡Porque es huérfana! Negativo, compañera; la madre está presa en Guanajay; le echaron treinta años. Lo sabía por Julito. ¡Ah, la pobre, no en balde! Lástima que Kike esté en

Hungría. No; ya vino. Ah, pues que se ocupara de llamarlo. ¡Tan trigueño, tan alto, tan fuerte! Tenía unas espaldas, ¿se había fijado? Él qué diablos iba a fijarse, no le gustaba la carne de puerco, dijo como oía que decían los hombres. Ella banderillándolo: A mí me encanta Kike. Él, resentido: pero es un descarado. ¡Tremendo gusano y se va a Hungría representando a Cuba! Pero se dio el viaje al menos, justifica Alina. Pues si venía, que trajera a la prima Nenita. Un trueno la chiquita. Bien formadita, llenita, como le gustan. Que no se forje ilusiones; tiene novio. Eso molesta, pero no impide, Alina. Ah, que no se les olvidara Elena. El padre acaba de venir del Canadá y le trajo los últimos discos de los Beatles. ¿El padre es *ñángara? Ñángara* y del G-2. Díselo a tu padre, para que no se lance. Entonces, para emparejar, avísale con tiempo a Marcos. ¿Tú sabes que se becó? Está en Tarará, pero si le avisamos con tiempo, viene. Que traiga al primo. ¿Al tipo ese medio tostado, de pelo largo? Pero baila divino. ¡Ay tú! —dice Edgardito con voz de marica. Y en seguida, con la voz bronca—: Ése estudió para hombre, pero no ejerce. Alina rió creyendo suya la agudeza y él también, sintiendo que no fuera suya, sino de su padre, oída ayer. Bueno, ¿y tú con quién vas a bailar? ¿Yo? Con Kike, con todos. ¡Pero yo soy el que se va! Ah no, que no lo soñara, no iba a estar de compañera con él; es más divertido bailar con todos. Pues entonces, traigo a Soledad. ¿Y quién es Soledad? Edgardito salta ágil (no es chiste suyo, sino de

Kike), se pone de espaldas a Alina, cruza ambas manos por detrás de la nuca y se la acaricia.

—Soledad, ¡contrólate, que hay gente!

—¡Pesado! —Alina ríe—. ¡Qué pesado eres!

Ahora se acerca:

—Antes de irme —le dice levantándole con un solo dedo la barbilla— quiero decirte algo, linda.

Alina siente vibrar dentro el delicioso hormigueo de susto-amor.

Es un barullo la casa. Está hecha la panetela y los bocaditos de carne rusa y compota checa y la ensalada de pollo, receta de Nina, que no es de pollo, sino de arroz con mayonesa de zanahoria. No ha habido modo de conseguir refrescos. «Limonada, mamá, y va que chifla», soluciona Edgardito. Abuela María extiende sobre la mesa, con el mantel de encaje, recuerdos de otras fiestas. Reviviéndolas pule los cuchillos, los tenedores... «Sí, chica, para que se acostumbren, para que sepan que la cosa no ha sido siempre como ahora.» Nita la comprende y cambian «cuandos» y «entonces» sabrosamente. Aparte, Rita y Teresa comadrean: «A lo mejor acabamos de consuegras, ¿no te parece?» Alina no atiende a otra cosa que a su pelo, como si de que quedara amplio, suave, brillante, dependiera todo. Lo lava, lo seca dos horas, disfruta cepillándolo, dorado, al sol; se lo recoge en turbante, alrededor de la cabeza, para que no se rice; lo seca, lo alisa y al fin lo extiende: este manto que obedece a su gesto, que acaricia sus hombros. Todo el día Edgardito practica a decírselo. Como un hombre, audazmente. ¿Cómo lo dirían los hombres? Con ternura: «¡Cómo voy a extrañarte!»; imperioso: «¡No quiero que bailes sino conmigo!» Ah, ¡que los viejos se fueran de la sala, que le dieran un *chance*, que no se pusieran a mosquearlo todo! Virginita llega alcahueteando: «Alina, haz que te lo diga esta noche. Ya no te queda sino hoy y mañana...» Taciturnamente, Edgardo padre pasea por este malecón de juventud desconocida y no halla en sí mismo nadie joven para ayudarse a comprenderla...

Ernestina y Nita esperan ansiosas, arregladitas, como si la fiesta fuera escenario y tuvieran palco. Edgardito protesta: «Mamá, ¡va a haber más viejos que en Santovenia!» De contra, la hermana chiquita, hecha un mar de llanto, se empeña en ir. «Complácela, hombre, ¿qué te cuesta?» «¡Pero si es una fiñe!» Y Alina: «Que ya sobran muchachas, mamá». «Pues llamen a otro amigo.» José Javier, como un perrito sato, se cuela entusiasmado por todas partes y en todas sobra.

—Buenas noches.

—¿Qué pasa, chema? —Julito, el primero, muy temprano, con los brazos sobrándole al traje chico.

—¡Cuánto gusto en verla! —Bajita, sin cintura, efectivamente caguama, la Cagua y Rosita, que viene de moño.

A Elena la entrega el padre, verde olivo, a la puerta.

—Buenas noches —Virginita y Pablo, cogidos de la mano. El rostro de él una lipidia de acné y barba. ¡Ella parece de loza!

Edgardito se ha puesto gomina en el pelo y tiene el aspecto rígido de un maniquí de tienda.

Alina, de azul, con la gloria de su pelo sobre los hombros, apenas lo saluda.

Al entrar, Kike alza los hombros y contrae los músculos del abdomen.

—Buenas noches, señora —un encanto de muchacho.

Suena el tocadiscos. Languidece, sin empezar, la fiesta. Las muchachas a un lado, los muchachos a otro. Pero ¿serán bobos?

—Vamos, bailen, bailen. ¿Tú has visto? —se queja Rita.

—Es que están cortados.

—Un vals, un vals; así por lo menos empiezan.

—Claro, si es una fiesta de quince.

—¡De dieciséis, mamá, por Dios!

«Fascinación», meloso, llena de tres por cuatro la sala.

Teresa los anima:

—Vamos, ¡vamos! Tú, Rosita, con Julito.

—Mamá, ¡que le gusta Kike!

—Hija, es cuestión de un segundo. ¡Después se cambian!

—Edgardito, tú con Elena.

—Kike, tú con Nenita.

Ya bailan. Julito da grandes trancazos. Kike presume y hace girar a Nenita para que luzca corola su saya ancha. Pablito y Virginia, comerciando tibiezas, casi no se mueven. Edgardito parece que se ha tragado un sable. Pero su desmañamiento no evita la ternura de Ernestina, que viéndole hombre, se le aguan los ojos.

Termina el vals. Se deshacen las parejas. No prende la fiesta. Vuelta los muchachos a hablar de deportes. Y las muchachas corrilleando, haciendo que no les importa.

—¡Ya sé! —anuncia la Cagua, animosa—. ¡La prueba del beso! Sí, hija, sí, ¡los tiempos no cambian! ¡La juventud es la misma! Vamos, Edgardito; es muy sencillo: te vendamos los ojos, las muchachas te besan y tú tienes que adivinar quién ha sido. Aquí al centro. ¡A ver un pañuelo! Así. No se vale mirar, ¿eh? —un guiño para que sepan las muchachas que sólo es un juego.

Ellas parecen un enjambre de golondrinas, riendo.

—A ti, a ti te toca primero.

Las demás fingen:

—No, ¡yo primero, yo primero!

Edgardito a la expectativa:

«No, seguro es una bobada», sonríe nervioso. Ernestina estampa un gran beso en la frente del nieto.

«¡Es de verdad! —piensa Edgardo—, ¡es de verdad!», y un rubor involuntario le asciende rostro arriba.

—A ver, ¿quién fue? —pregunta riendo la Cagua.

—Rosita.

—Te equivocaste, a ver la próxima.

La Cagua misma diciendo en un susurro «Alina, tú», lo besa, melosa, en la barba.

Le quitan la venda.

—A ver, ¿quién ha sido?

Edgardito las recorre, confuso. Alrededor, las muchachas ríen, los ojos brillantes, la boca fresca. A Rosita, con la risa, se le deshace el moño y le cae en bucles sueltos por la espalda la negrura del pelo.

—Elena, ¿tú?

—No, señor.

Expectante, ansioso, mirando a Alina:

—¿Tú?

—No, señor. ¡Que no se diga! Vaya, ¡que vengan las muchachitas que le dieron el beso!

Iluminada de ternura, Ernestina con su sonrisa sin dientes:

—¡Mi hijito!

La Cagua, sin percatarse de su timidez sufriente:

—Éste fue el mío —y se lo repite en la barba.

—¡Te cayó carcoma, compañero! —susurra Julito.

—¡Ah, te lo creíste, te lo creíste! —él, en medio del alborozo, fingiendo.

—No, si yo sabía que era cuento; les seguí la corriente por darles gusto.

Alina fulmina a Teresa con una mirada.

—Mamá, ¡por Dios!

Teresa los absuelve:

—Bueno, ahora a bailar. Vamos, Edgardito, pon ahí el *twist*, o lo que quieran. Les dejamos el campo. Vamos, vamos nosotros a conversar a la sala.

—¡Ay, hija! —comenta la Cagua—. ¡Si no fuera por estos ratos!

Ya solos, como en un país recién declarado libre, empiezan.

Retumban los tambores. Sobre su ritmo, una voz lánguida gime: «*Needles and pins...*» Alina con Edgardo, Pablo y Virginita, Julito y Rosa. Comienzan separados, mirándose, enviándose invisibles mandatos de cuerpo a cuerpo. Kike mueve las caderas rítmicas, como anunciándose, incitando el movimiento leve, ondulante, de Elena, cintura breve. Julito mueve el cuerpo azogado y Rosita lo sigue. Marcos, sensual, imita a Elvis Presley. Alina y Edgardito bailan respondiéndose. Si ella se echa atrás, él se adelanta, moviendo las caderas. Si él levanta un brazo, el de ella asciende; si es él quien retrocede, el cuerpo de ella, como imantado, va cayendo.

Edgardo padre, sociológicamente, contempla la decadencia romana.

Rita atenúa:

—Peor era el *cheek to cheek* lento, después de todo.

Alguien ha apagado las luces, y la música, ardiente, no se oye desde la sala. Edgardito siente a Alina y ella el jadear de su pecho. Prueba a separarlo, la mano en el hombro, por eso que le han dicho que pasa y que ahora siente; él la ciñe por la cintura y la obliga a sentirlo. Es una delicia la tibieza que va de cuerpo a cuerpo.

Termina el disco. Vuelven a ser dos.

Pablo le pregunta en susurro:

—¿Ya?

—Es que no puedo, compadre. Soy un cretino, ¿qué le digo?

—No le digas, bésala. Espérate, que te doy un *chance*. Alina, ¿hay más limonada?

Va a ver. «No; hay que hacerla.» Pablo empuja levemente a Edgardo:

—Vamos, como un hombrecito.

—Yo te ayudo, Alina —dice Edgardito.

Entran en la cocina. Ella corta el limón, él busca el azúcar, ella saca las bandejas de hielo, él las pone debajo del agua; juntos, cogen los cubos fríos, resbaladizos. Echan el hielo en la batidora, el azúcar él, el limón ella y juntos los dos alientos, y el pelo cerca y ella, como en espera. Brusco, aprendiz, la toma en sus brazos, busca sus labios, los abre, los fuerza, siente sus dientecillos y su lengua que se retrae, huyendo. Ella lo empuja. Con asco, levanta la mano y rompe el hilillo finísimo, como tela de araña, que va de labio a labio.

—¡Por Dios, Alina, perdóname! ¡No me mires así!

Pero ya vienen las chaperonas, espiando:

—Música cubana, muchachos, ¡que esto está muy muerto! Un danzoncito, una conga... —la Cagua misma, haciendo que arrollaba con sus pasitos cortos y dando palmadas, canta:

—¡Se acabó lo que se daba, se acabó! ¡Se acabó lo que se daba, se acabó!

—Vamos, que es tarde, ya es tarde...

—Adiós, compañero, hasta diciembre.

—Adiós, que alfabetices mucho.

—Escribe, chema...

—Cuídate, mi hijo.

Kike, Marcos, Pablo y Julito lo cercan con los brazos a la espalda y corean estentóreos:

—¡Somos la Brigada Conrado Benítez! ¡Somos la vanguardia de la Revolución! Con el libro en alto seguimos una meta: ¡Llevar a toda Cuba la alfabetización!

Él, perdido, confuso, mirando los azules, desvalidos, asustados ojos de ella, con lágrimas todavía...

Según la ley de la patria potestad, circulada clandestinamente, en enero les quitan los hijos; por eso huyen las madres burguesas. La prima Irene se va sola con su hijita de meses. También, por la patria potestad despedimos, de noche, a Tina, que se va con cuatro niños, hecha un mar de lágrimas. «¡Dejar mi casa, mi marido, mi madre, Dios mío! ¿Cómo voy a arreglarme sola con tanto muchacho?» En brazos, descansando sobre su vientre de siete meses, se lleva al más chico. Previsor, el primo Pepe ha repartido ya sus cinco hijos. Tiene uno en Puerto Rico, otro en Chile, dos en Miami y uno en Tampa. La madre, de pronto arrancada a ellos, anda que parece loca. De noche, en vez de dormir, saca todos sus retratos y los coloca sobre la cama para acompañarse.

A José Javier lo amparamos de estas despedidas. Sólo la de Tere le llega.

Tere parece una muñeca de porcelana china. Es frívola y presumida, como una mujer. Parece flor con su ancha saya de paradera almidonada. Jamás hubo más pétalo que la tez de su carita sonreída. Con cuatro años conoce las artes mujeriles: se hace indefensa y mínima; ríe para que los ojos se le conviertan en dos rayas oblicuas y aparezca el hoyuelo de su barbilla redonda. ¡Pobre José Javier! Es invitada de honor a sus fiestas, la espera, le cede sus juguetes, tolera su infidelidad voluble. La ama con perdurable, tierno amor cuidadoso. Pueden conversar horas largas. Ríen y se hacen cuentos; como a los enamorados, estar en compañía les basta. Un día, bajo la sombra roja de pétalos del flamboyán, José Javier le besa la mejilla tersa de porcelana y ella ríe y se la frota con la mano abierta.

José Javier va a estar siempre al lado de ella. Por eso recibe riendo, con los ojitos abiertos de entusiasmo, la noticia que le da un día Tere.

—¡Me voy para Colombia! ¿Tú sabes que me voy para Colombia? ¡Yo y mi mamá y todos mis hermanitos nos vamos para Colombia!

José Javier empieza a reírse. ¡Qué sonidote espeso, lleno de oes, profundo!: ¡Colombia! Ella ríe también, y las risas juntas van creciendo y echan atrás la cabeza y él le agarra la mano y hacen una rueda.

—¡Yo también me voy para Colombia! ¡Nos vamos para Colombia!

De pronto, Tere, sensata, se detiene:

—No; tú no puedes ir. Tú tienes que quedarte aquí, tú tienes que quedarte, porque tu mamá se queda.

Por un breve instante, a José Javier le aletea en los ojos negros *nunca, siempre, lejos, muerte...* Como si les sorbiera a las palabras el zumo triste.

Pero no dice nada. Juegan hasta el fin de la tarde.

A los pocos días, Tere viene a despedirse. En la saya recogida, trae la herencia que va a cuidarle José Javier hasta que vuelva. Le han explicado que no puede llevarse los juguetes. Nunca van a regresar a la casa. Como no permiten llevar mucho equipaje, tiene que escoger. Y Tere ha pasado horas pensando si deja la muñeca de loza o la chiva de pana, si queda el oso tuerto o va la bailarina. Al fin, madre, ha escogido su hijo de loza: un bebón grande casi humano. De lo demás, José Javier, siempre fiador, se hará cargo.

Juntos van debajo del árbol. Quietos, callados, cavan un hueco hondo como una tumba. Tere lo mira.

—Bueno, ya —dice—: vamos a enterrarlo todo.

Va entregándole a José Javier la muñeca de loza, la chiva de pana, el oso tuerto. Luego, en silencio, el pulso rojo, el vanity sin espejo, el collar de la reina, el tomatico blando, la bola de papel de plata, un ramo de flores artificiales... Al dejarlas caer, va repitiendo su nombre, como si fuera inventario. A cada uno, José Javier le echa encima su poquito de tierra.

—Y ésta —termina Tere entregándole solemne una postal de un pájaro azul—, ésta es tuya. Tómala; te la regalo —encima del piloncito de tierra que José Javier va haciendo, Tere coloca una rama con una flor; piensa que va a durar la flor.

—Todo, todo me lo cuidas —dice solemne—. No se lo prestes a nadie. Y si cuando vuelva no está todo —amenaza, frunciendo un poco el entrecejo—, me peleo contigo.

—¿Y éste? —pregunta José Javier señalando el bebón grande con los dedos rotos, que Tere carga.

—No, éste no. Éste va para Colombia conmigo. ¿Tú no ves que es mi hijo?

La despedida, en la casa y por los niños, fue fingidamente alegre. Mirándose a los ojos y alzando las cejas, dijeron adiós en silencio mamá, madrina, abuela y la mamá de Tere. Se habló con fe, como si fueran ciertas, de las próximas cartas, del regreso, de la amistad eterna.

Los niños confiaron y se dijeron adiós sonriendo.

Ya en el auto, Tere agita su mano, contenta. José Javier recuerda otra despedida, echa a correr jadeante y alarga hasta ella, que huye, su mano vacía.

Al barco no lo llevo. En el muelle hay un tumulto de gentes despidiéndose. Esperan, agobiados, el registro. El barco oscila, como si temblara por la proximidad de arrancarle a tanta gente su tierra, palmas, mar. Los milicianos miran sin sonreír. ¿Por qué, por qué se van tantas gentes? —parece que se preguntaran—. ¿Por qué huyen? ¿Qué les espanta? En torno, una multitud entristecida, llena de paquetes, se despide «sabe Dios hasta cuándo». Una voz anuncia:

—¡Los pasajeros pueden pasar!

El guardián hosco quita la cadena que interrumpe la entrada. Van pasando. Una familia que decidió partir unida se despide de su anciana.

—¡Cuídenme al niño, cuídenme al niño! —repite, dándole toquecitos por la espalda y como demorando un instante más la llegada de su vejez sin nietos. Otra familia ha decidido que vaya el padre primero a abrirse paso. No veo a la madre. Pero sí al niño, que no ha entendido y llora prendiéndose al cuello del padre con dedos tercos como garfios. Hay que arrancarlo casi. Una madre que se aferra a una copia de la patria potestad, entrega, sin lágrimas, a su hijo de meses. Van solos y serios dos niños de traje. Alguien cerca de mí repite:

—¿Por qué, por qué, Dios mío? —me mira como si yo supiera y me dice—: ¿Sabe lo que es vivir sin Totico? Él lo es todo, todo para mí. Él me paga las cuentas, me cobra, él me aconseja; desde que murió su padre, es mi único apoyo, chica. ¿Qué me voy a hacer yo sin Totico? —se queja mirándome con los ojos llenos de lágrimas esta mujer que no conozco. Al fin, cuando la abraza un hombretón alto, se cobija en su hombro como una niña y solloza:

—¡Ay, mi hijo, mi hijo, mi hijo!

Tere está calladita, toda vestida de viaje, con una caperuza. Desde ella, hacia arriba, ve los gestos doloridos, los equipajes, el trajín sombrío. Se ampara en la saya roja de su madre, y no se separa.

El padre la abraza:

—Cuida a mami, mi hijita —le dice con la voz quebrada. Luego abraza a los otros dos hijos, que esperan serios junto a ella.

Pasan una reja, van al registro, la madre la lleva del brazo. Se oye, lúgubre, la sirena del barco. Hay mucha gente. Les abren las maletas. El hombre que las registra tiene dos surcos alrededor de la boca y habla como si estuviera muy cansado. Pasa las manos expertas por entre la ropa. De pronto alza un pantalón de hombre y mira a la madre:

—¿Dos pantalones de hombre? ¿Por qué dos pantalones de hombre?

—Para un amigo que tenemos en Colombia.

—¿Va con ustedes algún hombre?

—No; no va ninguno.

—Lo siento, no pueden llevar dos pantalones de hombre.

Tere lo mira.

El hombre se fija en ella y se pone la mano en la nuca, como si le doliera mucho. Hace un gesto amargo, esquiva los ojos de la niña y le quita la muñeca:

—Lo siento, lo siento. No permiten pasar muñecas.

Nadie le responde.

—Yo no tengo la culpa; ¡son órdenes, señor! Pasaron joyas dentro de una muñeca. ¡Yo no tengo la culpa! ¡Qué se le va a hacer! ¡Yo no hago más que cumplir órdenes! ¡No se pueden pasar muñecas! Desde ayer a las seis, señora —argüía contra el silencio valiente de Tere, contra sí mismo.

—¿Puedo dársela a la familia? —pregunta la madre.

El hombre asiente, agobiado:

—A la familia, a quien quiera, señora. Pero no se pueden llevar muñecas —repite recalcando las palabras mecánicamente.

La madre se acerca a la reja. Tere ve su muñeca alzada por brazos extraños, rota, cercenada de ella.

Calla hasta perderla de vista. Entonces grita como una madre.

—No llores, mi vida, no llores. Van a llevársela a José Javier. Él te la cuida.

Tere se consuela y calla.

Yo, que estoy tras la reja, protesto llena de impotencia sorda. ¿Por qué? ¿Por qué? ¿Qué injusticias de siglos se remedia? ¿A quién redimen? ¿Qué golpe se inflige a las oligarquías, al imperialismo torvo, a la esclavitud del hombre por el hombre?

Sangro por mi Revolución y no la entiendo. Regreso, muy anciana, a la casa. Tanto, que cuando llego, José Javier ya es padre.

¡Estoy sola como un pino, como la más profunda de las algas! Si fuera lobo, aullaría en la noche. Antes, tenía a mi padre y nos acompañábamos en soledad. Hablábamos del universo lleno de sentido, del nirvana, de Gandhi, del fin de todos los imperialismos. Pero ha muerto, y nadie piensa lo mismo.

Y el primo Néstor, ¡con qué ardorosa claridad me explicaba marxismo-leninismo! Él, que era irónico y mordaz y tan valiente, se me ha vuelto dogmático. (Entre su criterio y la norma del Partido, prefiere siempre la norma del Partido.) Quiere que me integre para poder salvarme. Y yo no puedo, ahora que lo veo recogiendo a manos llenas el fruto que sembró perseguido, decirle si éste lo veo enfermizo y aquél llagado, si éste verdea, si aquél es agrio. Ya no puedo hablarle; prefiero releerme la vieja y arguyente edición de sí mismo.

Mi madre sabe que tengo el corazón rugiendo de tormentas. Las percibe. ¡Oh sí, ella las percibe! Pero con un cansancio milenario en los ojos, me pide que la exima de compartir. ¡Quién pudiera recuperar la madre joven!

Entonces, lo busco y me le entrego. Poseyéndome, casi voy creyendo estar en compañía; pago el calor de su cuerpo al precio de un silencio aquiescente. ¡Pero es tan breve la cópula! A él que no entiende mi mente incompartida, ¿qué cosa que quepa en palabras voy a decirle?

Son cuatro soledades. Cadáveres parecen. Por eso, José Javier, lazarillo que miras mis desolados ojos, ¡deja que entibie en tu niñez estc aullido!

¡Ay, José Javier, si yo tuviera tus cinco años! Entiéndeme bien: no porque quiera yo más infancia, ni porque me le esté resistiendo a la muerte, que al fin y al cabo voy cediendo, plegándome, dejando al tiempo erosionarme. No; no es nada de esa mezquindad. Si tomara yo tener los años tuyos es por cuenta de la nostalgia. La nostalgia es una especie de insomnio, una niebla, la penetrante sirena de alejarse un barco. Es todopoderosa. La echas fuera y te deja, mansa, a tus trajines. Ah, ¡pero que caiga la lluvia, que atardezca, que se queden los ojos sin sueño, José Javier!

Yo acepto la cuota mía, que todos la tienen, y algo ha de haber detrás de los ojos, cuando se mira el humo o se acuna un niño. Algo ha de haber para que no mueran de mudez los viejos. De lo que me duelo es de esta nostalgia a destiempo, en medio de los treinta años, por cuya vía me llegan y comprendo todas las nostalgias hermanas suyas. (Alguien, sabes, vio el Partenón, con sus columnas como palmeras blancas, venir abajo; alguien extrañó sus frisos coloreados...) Esa nostalgia siento. Y la de los incas. Cuando desapareció la fiesta del Sol, cuando no hubo más templo de la Luna, cuando el último chasqui jadeante exhaló la última noticia, cuando enmudeció la boca de la última palla, ya viejecilla, junto al fuego del hogar extinto. O cuando Leguizamón, conquistador, se jugó la estatua del padre Sol en una noche de naipes... ¿Y la de los romanos? Cuando se derrumbó el Coliseo soberbio y desaparecieron las ciudades como si nunca hubieran sido, ¡qué recuerdos agitaría en el pecho de quien sobrevivió, el doblar de las campanas en las abadías románicas!

Todas esas nostalgias las siento; mugen entre las palmas de este reparto de casas vacías, entre las puertas cerradas, entre las cartas y retratos rotos que piso o que se lleva el aire, entre esos perros que ululan en la noche...

Entiéndeme, José Javier, que no la tengo por juego de naipes, ni por la vida inútil, ni por aquella señora que una vez despidió a su criada epiléptica apenas le pasó el ataque. Ni la tengo por el club de blancos. Náusea sentí aquel día de regata: viendo los gráciles botes de vela arremolinarse en torno, el negro aterrado se sostenía a la boya mientras le escarnecían: «¡Buda!

¡Cretino! ¡Tenías que ser negro!» Por eso no lo siento, ni por los colegios de señoritas que hablaban sin expresión, lánguidamente. Ni por el whisky burgués o la ginebra blanca, ni por las cebollitas aquellas redondas y encurtidas que venían. ¡Oh, por nada de eso!

Es que, quiera que no, José Javier, y por mucho porvenir que comprendan mis neuronas bajo mi casco de huesos, hay un pobre burgués allá en mi corazón, que va muriendo, ¡y es dolorosa esta lealtad de no dejarlo, cuando sé que se muere y no hay remedio!

¡Qué bueno, José Javier, que ya no siente uno la cara ardiendo de vergüenza, porque no tenga mar un niño negro! ¡Qué malo, José Javier, que tenga Tarará cerca de púas y para entrar se necesite pase! ¡Qué bueno que a Rolando, el chofer, todos le digan con respeto «compañero»! Pero ¡qué malo que a tu abuela los becados le griten «vieja latifundista» cuando va por las calles!

¡Qué bueno que Rosalina, hija de carpintero y lavandera, sea alumna de piano en las Escuelas de Arte, y toque a Bach Rosalina y dé conciertos y no le cueste la clase y, como es becada, ya le arreglaran los dientes! (El padre le forró los cuadernos de música y en la carátula le pintó un Bach muy raro, como él se lo imagina.) Pero ¡qué malo, José Javier, que he visto destrozar el colegio adonde iban mis hijos: la biblioteca hecha escombros, las aulas vacías!

¡Qué bueno que Tata Celia consiguiera casa en el

Vedado; la pobre, ella siempre tan decente, que sufría tanto teniendo que compartir la cocina y sobre todo el escusado hediondo con más de cuarenta que había en la cuartería! ¡Qué bueno que tenga tres cuartos, portalito y balcón a la calle la casa que le han dado! Pero, ¡qué malo, José Javier, que Anita, la costurera, tenga que vivir con su marido borracho, porque la Reforma Urbana no resuelve y no le dan apartamento! Todas las semanas viene cansada, llena de vergüenza, porque de escándalos que da el hombre no vive la pobre. En cambio, la prima Estela, del Comité Central, ha escogido, entre varios, un palacete del Biltmore. Habrías de ver cómo lo ha puesto de porcelanas y óleos (los que Recuperación de Bienes, por malversar, le quitó a los esbirros).

¡Qué bueno que Chicho consiguiera muebles regios, y los pague a plazos, cuando puede!, pero ¡qué malo que me negaran el permiso para sacar de la barbacoa y llevarla a su casa, la colombina que quise darle a Geraldino para que no duerma en el suelo!

¡Qué bueno, José Javier, que al fin ya nadie persiga al primo Néstor! (Tú sabes que desde el machadato padece de úlceras.) ¡Qué malo que por hacer lo mismo que él hacía, a mi amigo Héctor le echaran treinta años! Tiene cuatro hijos y sólo tras las rejas lo recuerda el más chico...

¡Qué bueno que todo el mundo coma por libreta, equitativamente! Pero ¡qué malo que tía Evelia y tío Carlos, tan ancianitos, con cincuenta años que llevan consolándose, como no tienen fuerza para hacer colas, hayan decidido separarse, cada cual a un asilo!

¡Qué bien que los becados tengan zapatos nuevos; qué malo que para ti no los consiga! ¡Qué bien que ahora, vendiendo tres de los seis litros que le tocan, pueda comprar leche Fredesvinda! ¡Qué bueno que la salud sea gratis (y también los entierros)! ¡Qué malo que en los hospitales falte agua, y sondas y oxígeno!

¡Qué bueno que haya círculos infantiles, colegios para todos, que se alfabetice, que estudien Bach los pobres! Pero qué malo, José Javier, ¡qué malo la incapacidad, el miedo, el paredón, la muerte!

Tú dirás que soy yo, José Javier, la que me armo estos líos. Pero ahí tienes a la tía Candita: nadie más sano, menos filosófico, menos siquiátrico. La ves con su pelo lacio, su cara lavada y sin afeites, su bigotico menopáusico, su sonreír sin motivo, su «así mismo» conciliador, hasta cuando no sabe qué vas a decirle y pensarás como todo el mundo: una alma cándida. ¿Pues no la viste el domingo: ata por aquí, sonríe por allá, esforzada por sostener ese techo que se viene abajo: la paz de la familia? Ni aun a ella, que a todo se aviene, la Revolución la exime. A través del hijo, forzado a miliciano y artillero, le llega. Ya no le habla al padre y ha dicho, con la tranquila osadía de sus veinte años, que si un día no regresa es que se fue en bote. De todos modos, es domingo y hay que aceptarlo como bueno hasta que demuestre lo contrario.

Vamos a la finca. Allí está el cuñado Agustín con su cabeza redonda como queso de bola y sus ojillos juntos y simiescos. Le trae pan a las gallinas, arregla los polleros, pinta, carpintea, siembra (de algún modo hay que llenar las ocho horas que trae la vigilia). No quiere irse de Cuba, porque ya probó lo que fue irse de España. Y en una sola vida no caben dos destierros. Si supiera exactamente cuánto va a vivir, sería más fácil hacer planes y dividir los ahorros para que le alcancen. Cuando lo intervinieron, entregó las llaves mansamente; veinte años de vender ropa en la calle Muralla adiestran la conformidad más exigua. «Pero cuando vi bajar el letrero "Méndez y Cía." —dice él a quien toda palabra le parece un lujo—, me dije: "¿a dónde voy y qué me hago?"» A su mujer se le hace un gusanón verde la vena del cuello y no deja de azocarlo:

—Te pasas el día que pareces idiota. No sé qué me da verte. ¿Por qué no arreglas los papeles y nos vamos de una vez?

Agustín la mira con sus ojos mansos. Daría lo que no tiene porque nadie siguiera suponiéndolo el mismo de antes.

Felo, el esposo de la tía Candita, es comunista convencido; pero los tragos, los años y un solapado revisionismo, le han menguado la insurgencia. Por fuera también da la impresión de haberse desvaído. El pelo hirsuto y como de charol, de antes, ya gris manso; aquietados los gestos. En vez de proponer presentes o futuros intrépidos, habla en pasado, recordando y sólo de tarde en tarde hace alardes de brío:

—¡Que sí, que sigue comunista! De la vieja guardia. De cuando había que tenerlos así de grandes —ufano, hiperbólico, propone con las manos vacías el tamaño de una fruta bomba—, de cuando Mella y la brigada de choque y el ala izquierda. Ahora, ¡cosas que tiene la vida!, no me dan entrada en el Partido Unido de la Revolución Socialista. ¿Sabe por qué? Porque cuando veo que están haciendo mierda, lo digo; y si no me gusta lo que hace Fidel, lo digo; y si no me gusta lo que hace el Cabezón, lo digo. ¡Va a tener uno que andar de huelepeo!

—¡Ave María, Felo! —lo interrumpe Candita, con su modo de regañar, que es sonriendo.

—Sí, chica; no vale la pena; mira a Escalante. ¡A mí no me calla ningún cagadiscursos de éstos! Por fin es que yo llevaba muchos años haciendo Revolución y me la he pelado muy duro, para que vengan ahora de linda cubana a ningunearme. ¿Tú no crees, Agustín?

—Así mismo —Agustín asiente y es como si le concediera una prórroga.

—Yo cumplo, hago guardia, soy miliciano, pero cuando llega el momento me limpio con todos ellos. Total ¿qué?, ¿que me retiran, que me mandan a una granja? ¡Me voy, chico! Ya estoy viejo y lo que me interesa es mi trago, el muchachón, las gallinas, el maicito negro. ¿Ya viste el maicito negro? Ven para que lo veas... —y pierde el hilo o lo encuentra—: ¿Quieres que te prepare un bullcito? Sí, hombre, con su cervecita bien fría, su rajita de limón, una puntica de azúcar. ¡Este matarratas no hay quien se lo dispare! —dice mirando al ron con mala cara.

Lo mira pensativo, y lo descifra, Elmer, americano de Los Ángeles, casado con la prima Teté. Elmer renunció a su ciudadanía, viajó a Rusia antes de decidir y aquí está convencido. Tanto cree en la Revolución Socialista, que en su presencia nadie la menciona, si no es para elogiarla. En Holguín, donde trabaja, le dicen «el Gringo». Hace guardia de noche, recoge café, diseña edificios, todos útiles. Como cree, está alegre. Instantáneamente le preocupa —y lo descarta— que algún día Felo pudiera haber sido o sentido como él.

Su mujer le sonríe y lo vacuna contra el barrunto de desaliento que ha visto en sus ojos. Ella piensa —y se equivoca— que los une la comunión política, cuando son acuerdos más sustanciales y vigentes. Consecuencia de ellos, tiene el vientre combo y la mirada color de azúcar sin turbinar, lejana y tierna, de madre próxima. Juntos han hecho un cascabel de niña que ya ensaya la marcha. Titubea, teme, da un paso, cae, se arrima a los muebles. Como lo descubre, el mundo vuelve a nacer con ella. Alguien que se regocija mirándola, piensa en la abuela: «¡Pobre Julia, lo que daría por verla!»

¿Ves qué lío, José Javier? La madre huyó a Los Ángeles por salvar a su hija del marxismo-leninismo. La hija conoce a este intelectual de izquierda, se enamoran, regresa repatriada, se integra, hace guardia y ¡la madre en Los Ángeles, en la factoría!

Un vecino entra y no saluda a Felo. Por *ñángara*. Con Candita sí cambia una inclinación sonreída. Ha venido por el gallo que atravesó la cerca. Felo lo mira, alza el brazo como si brindara y dice: «La tuya, por si acaso».

—Felo, ¡por Dios! —lo reprende Candita. Pero algo la detiene: la hermana Josefa se está quejando de los ojos con Elmer. Como invariablemente termina echándole la culpa a la penicilina rusa, acude a atajarla. Pero no.

—Por suerte, hijo, a mí no me queda nada que ver. He ido a mucho concierto, viajé todo lo que pude; me fui a los picos, al pueblo de mi padre... Ahora me tocó esta jodienda, ¡qué le vamos a hacer! —es lo que dice con asturiano estoicismo.

Alguien rasguea la guitarra y repite la historia de la niña y el árbol. A Hermida, ex sargento, acusado de esbirro y recién jubilado por falta de pruebas, se le humedecen los ojos con la inminente certeza de sentirse inútil.

Va cayendo la tarde. La niña llora de cansancio y fastidio. Se despiden Agustín intervenido, de Elmer yanqui; Teté miliciana, de la mujer amarga de Agustín; Felo comunista, de Hermida ex sargento. Con dulzura, bondad y recuerdos, Candita zurce y rezurce la familia.

Ya tarde, cuando los enfunda la noche y el silencio magnifica la soledad y él ronca cabeceando... —¡en qué poca cosa ha terminado un tan audaz proyecto de hombre!—, Candita siente una compasión enternecida y se pregunta:

—¿Qué me hago con este infeliz si se le va el hijo?

Como a tus antepasados, los Montalvo, medio locos y medio anacoretas, también yo le estoy cogiendo miedo a encontrarme con la gente.

A veces, como los conejos o los venados, huyo.

Me encontré con Nadia. Nadia tenía quince años cuando me citaba a Galiano y San Rafael, vestida de negro, para cantar el himno en época de Batista. Yo nunca fui. Me traía los bonos del 26 a casa. Dos noches la tuvieron presa. Le inyectaron escopolamina para que hablara. Se movieron muchas influencias y salió virgen.

Ahora me la encuentro en la calle G; está gestionando el pasaporte.

—¿Y usted todavía está con esto? —me acusa.

Entonces, metafóricamente, habla de la Revolución.

—¿Usted sabe a mí el efecto que me hace? Que tuve un hijo, un hijo hermoso, normal, saludable y que, de pronto, empecé a ver que se iba deformando; se le agrandaban los ojos y las orejas y le crecía la nariz, y día a día iba convirtiéndose en un monstruo. Yo todo el tiempo me decía: «Es mi hijo. De todos modos es mi hijo». Pero un día el monstruo empezó a hacer cosas dislocadas, estúpidas; y llegó el momento que me dije: «No; no es mi hijo; es un aborto, un monstruo, pero no es mi hijo».

Ayer, buscando un certificado médico para conseguirte naranjas, me encontré con Isabel, la madre de ese amigo Héctor que me hace sentirme culpable. Isabel es una mujer dulce. Poseía la enternecedora vanidad de coserle la etiqueta de «El Encanto» a los sombreros que se hacía ella misma. Era delgada, esbelta. Tenía más sonrisa que ceño. Aceitaba las vías para que ascendieran socialmente sus hijos sabiendo quién era hijo de quién y recordando nombres. Servía el café en unas bandejitas con servilletas de encaje catalán, que zurcía ella misma. Disimulaba el cansancio de sus butacones de pana con tapeticos de *crochet.*

No parece la misma. Tiene el pelo lacio, y ya no se lo tiñe. Sobre su frente han arañado tres arrugas transversales. Cuando habla, en la garganta dócil de antes se perfilan tres tendones de ira. La boca es un rictus duro. Parece el mismo molde de mujer, pero hecho en alambre. La voz se le ha vuelto aguda, flagelante. Hasta a mí, que vengo a preguntarle por Héctor, parece que me acusa:

—¡Le echaron treinta años a él, y a mí me han matado, hija! Se ha declarado rebelde y no se pone el traje de preso común. Estamos meses y meses y no le dan visita. Cuando vamos, hay que señalárselo al niño para que lo conozca.

Otro día entro al Carmelo. Me gusta, porque allí está embalsamada gran parte de mi juventud.

Cojo una Coca-Cola, de ésas con un archipiélago de hielitos; con una pajilla, formo un revuelo de globos burbujeantes y cambio de sitio las islas. La miro y es como el instante de la primera aspiración del humo: un fugacísimo, íntimo darme cuenta de que estoy sola conmigo.

—¡Hola! —me interrumpen.

Es Julián Millares, vestido de miliciano. Está flaco y lo marca una altísima abulia. Como si no tuviera ganas de seguir viviendo y un anciano hubiera dicho: «No te ocupes, yo sigo tu parte». Sus ojos, taciturnos, desoladamente rodeados de ojeras, hacen duelo por algo. La conversación lo anima de todos modos: que cómo estás, que cómo estoy, que tanto tiempo, que esto tú en la milicia, que tú dónde.

De pronto, yo:

—¿Y Marcela?

—¿Marcela? —me pregunta como si tuviera que recordar de quién estoy hablando—; ¿tú no sabías? Una tarde, después que me intervinieron la librería, llego a la casa y llama y llama y llama: «¡Marcela!», «¡Mimí!» (así le decíamos a la niña). Nada. No contestó nadie.

Calla un instante y traga con esfuerzo.

—¿Y tú? —le pregunto por sacarlo de la casa vacía.

—¿Yo? ¿No me estás viendo? De miliciano, y aquí. ¿Y tú?

—Aquí también —respondí. Por conmiseración callé el «¡sabrá Dios hasta cuándo!»

José Javier y yo salimos a pasear la mañana de enero. Por las calles silenciosas no vaga nadie. En las casas abandonadas hay letreros que informan: «Estamos en la Plaza, con Fidel». Nadie hay por las calles, nadie en los jardines, nadie tras las persianas abiertas... ¿Cuándo fue que murió todo, José Javier, que no recuerdo? Mira la casona de los Freyre: en el jardín, el columpio de María Antonia lo pudre la lluvia; la de los Azcué está llena de banderillas rusas. A la de Carmencita le han puesto una chimenea como de ingenio, que vomita humo y mancha las paredes. La de los Martínez dice afuera, escrito con piedras: «¡Viva la Revolución Socialista!» La de Ana Luisa... ¡pobre Ana Luisa! (Un día de Nueva York, anochecido a las tres de la tarde, estaba sola con sus tres hijos en el decimoquinto piso de un edificio de tedio. Abrió la ventana y se lanzó a la calle...)

Detrás de ese murallón de marpacíficos que impide la vista, había una casa con piscina de agua verde mar. Allí vivían Wifredo, Anita y sus tres hijas. Al lado de la piscina estaba la terraza de cemento y palmas. El galán de noche y el jazmín se aliaban en la brisa. Desde el agua fresca, yo miraba las estrellas. De pronto, sentí un barrunto de pérdida. Me pareció excesiva, como romana, una pieza de madera de corcho, especie de bar que flotaba en el agua.

—Tú ves, Wifredo —le dije señalándola—, por eso tienen que venir las revoluciones.

Rieron como si hubiera dicho una cosa de gracia.

La piscina es hoy ese hoyo que parece tumba. Anita trabaja en una factoría. No sé qué hará Wifredo. El miliciano López se pregunta, cuando entra en la casa, si de veras habrán existido o serán de lámina las tres niñas rubias y feudales.

—Pero ¡oye, José Javier, oye! ¿Qué ruido es ése?

¿Quién resucita en el reparto muerto? ¿Quiénes son los que gritan?

—¡Fidel, Fidel, dinos qué otra cosa tenemos que hacer!

—Ah, ¡son los alfabetizadores que vuelven! Vienen de izar en la Plaza de la República la bandera de Territorio Libre de Analfabetismo. Ríen y cantan la hija del tornero, del zapatero, del campesino, del carpintero, del barrendero. ¡Van a darles casa de ricos, zapatos, estudio, baño de cerámica, leche de vaca, carne, *jacket* enguatado, dentadura! ¡Cómo les brilla de claro el futuro!

José Javier da saltos, agita al aire sus manos. Él ríe; ríen ellos. Grita:

—¡Patria o muerte!

—¡Venceremos, venceremos, venceremos! —le responden ebrios de juventud y victoria.

Y yo ¿qué es lo que siento? ¿Por qué se me llenan los ojos de lágrimas? ¿No era yo la que iba a pasarse la vida escribiéndoles textos? ¿De qué me acusan estos Caperucitos?

Caperucito tenía cuatro años; quizá seis. Caperucito: la capa aquella con olor a miseria. Mamá dijo: Caperucito. Tenía las manos ásperas. Junto a la areca, después de las nueve, esperaba las sobras. El hermano vendía periódicos. (La vena del cuello, su carrera como alguien perseguido, su grito ronco: «*¡Mundo, Marina, País!*») Caperucito tendía las manos —ásperas, duras, rojas— hasta mí, hasta el cartucho que contenía las sobras... Yo, por respeto a su dignidad —«¡Tiene un corazón de oro la niña!»— las separaba, emparejaba los bordes del dulce para que pareciera cortado por primera vez. Quítame esta espina, esta lástima, ¡ayúdame, Caperucito; sonríe, habla, perdóname!

—Voy a enseñarte a leer, Caperucito. Voy a darte libros. Para cuando seas grande... M a: ma; p a: pa, Caperucito. ¡Atiende, por favor! ¡Aprende!

Sus ojos azules, duros, de vejez ancestral, sin absolverme aún.

—¡Fidel, Fidel, dinos qué otra cosa tenemos que hacer!

Pasan y quedo en el reparto muerto...

Los papalotes, José Javier, cuando era niña, iban escalando el cielo de la tarde y, de pronto, de pronto, les faltaba el aire, los cercenaban y desfallecían en una imagen de agonía a perderse, a resbalar sin hilo...

¿A dónde va con esto la gente como yo? ¿Dónde se mete? ¿Qué sitio tiene? Si no puede, en el Congreso de Intelectuales y Artistas levantar feroz el brazo izquierdo y gritar hasta enronquecer martilleando «¡Izquierda!, ¡Izquierda!, ¡Izquierda siempre izquierda!», ¿dónde se mete? Si uno no puede, por pudor que tiene de intelectual levantar las manos zahirientes y gritar con furia: «¡Fidel, Kruschov, estamos con los dos!» Eh, ¿si uno no puede? Podía Mariblanca, tres asientos al frente, darle trompones al aire como una serrana y gritarlo. Pudo, en la presidencia, José Antonio, con sus ojos azules, tan elegante de inteligencia, tan franco y criollo; pudo, frente a mil voces, levantar la suya hecha a seminarios y discusiones en salas de clase; pudo agresivo, contento, reverdecer gritando. Pudo también el Rector Magnífico. Y yo que no pude, ¿dónde voy? Si no puedo, con las manos en alto agarrar las del vecino y cantar el bello canto enorme «Agrupémonos todos, en la lucha final», que el cuento de las manos agarradas y el vaya y venga convierte en a la rueda de adultos; si no puedo, Señor, ¿dónde he de ir? ¡Si no funciono a reflejos siempre! Ah, ¡los perros de Pavlov! Los enormes perros gigantes, en dos pies, ¡si pudiera! A luz verde, grito; a música me paro; a tono elevado de voz, furia; a tono cínico: «¡paredón; paredón!». Si no puedo, y entre yo y mi acción hay tanto meditar y recuerdo y debate de conciencia y buscar libros y sacar vivencias y necesidad de silencio y noche de insomnio... Si entre yo y mi hacer hay este confuso gentío de Hamlets, todos confundidos, ¿dónde quepo, Señor? ¡Todo el mundo sabe más que yo! Todo el mundo se ha leído cuatro libros y diez consignas y funciona de modo esquemático y siempre les cuadra el cartabón ideológico; y a mí, que no me cuadra, ¿dónde voy? Se llevan a Cuba, en alto, broncas voces de obreros en estampía proletaria. La gente brava está muriendo, se sacrifica, no duerme; son de granito. Rugen juntos, se ensoberbecen juntos. Son haces de músculos juntos en reacción solidaria. Aman a la orden, odian a la orden, matan y mueren a la orden. «¿Alguien tiene miedo?», pregunto para que contesten. Y todos gritan: «¡Nadie!» Pregunto, por si es que estamos hechos de distinta pasta, si temen a la muerte, si dudan, si les martillea el acoso de la verdad, si tiemblan, si alguna vez se sintieron vencidos, si todavía cuando conjugan verbos dicen «yo», o si para siempre será «nosotros». De la boca les salen respuestas en consignas. Jamás dudan, no temen a la muerte, nacionalizaron la verdad íntegramente. Fusilaron por revisionista al libre albedrío.

Y yo ¿a dónde voy conmigo? ¿Dónde van los como yo? ¿En qué mundo me afinco? ¿Qué fe de adelantado y qué furor de Cortés y qué ánimo de «vida por vivir» me bebo? ¿De qué verde me nutro? ¿Con qué puñal se mata la desesperanza?

¿Será que no hay salida, José Javier, que hay que pasar por esto? ¿Será que hay que ser dócil y dejar que te ordenen «piensa esto», «siente esto», «escribe esto», «di esto»? ¿Será resabio burgués esto de discurrir por sí mismo? Pero mientras llega esta saciedad tranquila de pensar todos lo mismo, yo, que estoy rumia que rumia atormentándome, ¿qué logro, qué escribo, qué grito? ¿Dónde puedo llevar a pervivir este fósil hasta que llegue el término de su supervivencia? Si veo que le viene la muerte irremisible, ¿qué hago? ¿Me adapto, callo, me rebelo, muero, huyo llevándome? ¿Será que hay que quedarse solo gritando y gritando en soledad y disintiendo y dudando y sangrando de por vida y aun de por muerte hasta que pase esta jornada de consignas y reivindicaciones y desfidelicen y, de pronto, alguien oiga al fin el grito enronquecido? Es un hilillo de voz el mío, José Javier, apenas un hilillo y solo y trágico; un grito que a veces ni se reconoce a sí mismo como grito. ¿O será vagido de esta muerte que llevo en mí misma? ¿Es eso, José Javier? Un gemido, una quejumbre que muriéndome cesa, ¿o este «yo soy», «yo pienso», «yo siento», «yo creo», «yo opino», «yo difiero», este albedrío, es grito que repetirán un día otros y otros y otros y valga la pena haber estado aullando en soledad hasta entonces?

Hay que decidirse: izquierda o derecha.

Si voy a la derecha, es no matar a la gente de mi clase que vista y piense como yo; si voy a la izquierda, es no matar al pobre, campesino, revolucionario, marxista-leninista. Burgués o contrarrevolucionario no es gente.

¿No hay un soberano, un intocable derecho a la Vida?

Si digo somos iguales, a la derecha somos iguales, sí, si eres blanco, educado en universidad y no conoces qué es hambre, pero no si eres negro, indio, subdesarrollado. ¡Ah, pero a la izquierda somos iguales negros y blancos, obreros, intelectuales, campesinos y artistas! Pero no los burgueses. No tienen sangre, ni ojos para ver, ni penan, ni nacen de parto. Por todas las venas les fluye privilegio, por todas las heridas les brota injusticia. La igualdad en que creo, ¿dónde la encuentro? La igualdad soberana de hombre a hombre, de tibieza a tibieza, de sonreír a sonreír, de llanto a llanto, de muerte a muerte, ¿es que existe? ¿A dónde va la gente que todavía cree en ella?

El hogar es sagrado y *hábeas corpus*, batalla de humanidad ganada. A la derecha no hay *hábeas corpus* que valga a comunista. Pero a la izquierda, no lo hay para el capitalista, burgués, sospechoso de contrarrevolucionario, de encubrimiento, de vender o comprar carne, de enviar sellos fuera del país, de comprar dólares, oír radio, de entrar bultos en la casa, de conseguir leche. Los que creemos que *hábeas corpus* va estampado en el alto molde de ser hombre, ¿a dónde van?

¿A dónde van los como yo? ¿Cómo salgo de este sitio de nadie?

Yo sigo buscando salida, pero qué mares profundos y confundidos cruzo, qué cerrazón de impotencia y qué desánimo de no poder. Voy bordeando tu frontera de alivio, muerte. Veo tus brazos tibios ofrecérseme. Me roza tu aliento de todo fin y toda paz. Embajador tuyo, le pido asilo al sueño. Pero ni el sueño quiere perturbarse calmándome. Despierto en sobresalto y me doy de cara con la noche insomne. Enciendo un cigarro. El fósforo es duendecillo de cabeza morada, ¿lo ves?, un mínimo monje ascético que muere por mí, ardiendo entre las llamas del martirio. Por el neblinoso azul del humo, huyo. Trato de encaminarme a lucidez, pero me acosan los monstruos de miedo y asechanza. Saltan, brotan de mí, halan sus hilos, estibadores de fardos enterrados, las horas de la noche...

No, José Javier, la mente no me falla: mira cómo pienso de lúcida. Si lo era, ¿por qué no lo dijo? Si no lo era, ¿por qué dice ahora que lo ha sido siempre y que lo será hasta el último día de su vida? Si los otros, los que ya están muertos: Westbrook en su dramática muerte de veintiún años; si Frank País, tiroteado; si aquel otro que ya no recuerdo el nombre, que le arrancaron los ojos; si sabían que «libertad con pan; pan sin terror», «comunismo no; cubanismo», «Revolución tan cubana como las palmas» era pura filfa, ¿se hubieran dado a la muerte con igual brío? Si lo es y lo fue siempre, ¿los treinta años que cumple Huber Matos son por decir dos años antes lo mismo que está vociferando él en Plaza pública?

Ayer o antier entraron en la embajada de Haití y ametrallaron a los que iban a asilarse. ¿Ahora sí me confundo? ¿Esto fue ahora, José Javier? ¿O pasó antes, hace mucho tiempo? Ah no, ¡es ahora!, ¡ahora, porque son otros y se llaman distinto...!

Todo esto que se repite y repite como una cinta en sueño y en vigilia, ¿será que otra vez estoy loca? Este callar en soledad y no dormir, ¿será esto? Este ver las cosas a la vez desde dos ángulos, este escudriñar y escudriñar para situarme, este pensar cada dos horas distinto, ¿será duda filosófica, hipersensibilidad neurótica o implacable mandato de herencia?

Porque mi padre me ordenó:

—¡Reza! ¡Reza conmigo!

Yo estaba sentada en sus piernas, temblando. Tenía diecisiete años y, por primera vez en tres días, comprendí que desvariaba.

El médico dijo:

—¡Escondan todos los cuchillos! ¡Escondan todos los cuchillos!

¿Los de la mesa cotidiana de mi niñez, aun ésos?

Mi madre miraba mi incredulidad. ¡Que no bastara el dolor suyo de hace veinte años en prenda de este mío!

Yo, terca. Iba a cuidarlo yo, a mimarlo yo, a atenderlo yo. Aunque nunca más saliera a la calle. Aunque nunca más volviera a ser joven.

Hablaba él con los ojos desorbitados, en desvarío. Oía claro el Mensaje y las supremas órdenes. ¡Que escuchara! Sólo yo, su hija, era capaz de escribirlas.

¿Y por qué decía que trataban de matarlo, que lo perseguían? ¿Por qué si estaba oyendo dictar a Dios, cerró la puerta con pestillo y por qué trituraba mi mano entre las suyas y por qué se arrodillaba ante mí con los brazos abiertos?

«¡Ah, mi padrecito bueno, mi padre fuerte...!» (La inconmensurable ternura.)

De pronto, como un puñal de hierro, el terror físico, la mirada dura, su mano-arma, apretando mis venas, su voz de tormenta temblando desde un acontecer cósmico:

—¡Reza! ¡Reza!

—Padre nuestro, que estás en los cielos...

—¡Alto! ¡Claro! —me amenaza como si, sin saberlo, pudiera matarme.

Tiemblo con el terror en los riñones y el corazón acorralado.

—Dice que me obedezcas —miento.

—¡Hija! ¡Hija!

—Quiere que descanses. Él quiere que descanses. Hay que ponerte una inyección —digo y lo traiciono.

—¡Ahora no!

Toda la noche insomne, aprendiéndome el Dolor.

—Ahora, ya —temblando herví la jeringuilla. Temblando froté su bíceps duro, temblando y con sus ojos ardiendo de angustia, fijos en mí, clavé la aguja larga que atravesó su carne. Con terror vi la punta de acero salir fuera. Halé el émbolo y volví a clavarla.

—¿Tiene que doler, hija? ¿Es la orden?

Cierro los ojos, aprieto el émbolo:

—Sí, padre.

A los diez minutos es un gigante adormecido. Lo levanto, lo visto. Es de madrugada. Salgo con mi amado, mi indefenso padre.

—Nos vamos.

Mi madre adelanta hacia mí su gesto de resignado martirio.

—Todo está bien, mamá.

Él me echa su brazo de hierro sobre los hombros. Abrazándolo, lo guío escalera abajo, hasta la puerta.

Fuera, esperando algún grito, ha pasado la noche el primo Néstor. Tallado así en mi sangre.

Entramos en la máquina.

—¿Dónde vamos?

—Donde yo te lleve.

—Sí; tú oíste la Voz, hija. ¡Tú la oíste!

Pasan los pinos. Alguien, asombrado y soñoliento, abre la puerta de hierro.

Avanzo guiándolo.

Le obligo a subir una escalera estrecha.

Tiemblo. Dos hermanos vascos, sotana carmelita, me lo agarran por los codos, fuerte.

Destrozada, hecha un mar de lágrimas, huyo, huyo, huyo.

¡Aunque viaje la locura en tu sangre, padre, padrecito, yo no quiero haber sido hija de más nadie!

Ay, José Javier, pero si ya la viví y tengo que volver a vivirla, ¡prefiero morirme!

La vida se vale de mil argucias para evitar suicidios y amarrarnos a muelle de lucidez.

Juan Antonio se despidió de Teresa a las ocho de la mañana.

—A las diez vengo a buscarte —dijo— para ver la finca.

Apenas una hora más tarde Teresa oyó que llegaba un auto. Miró el reloj, sintió un aviso lóbrego e inexplicable como un escalofrío. Se asomó a la ventana. Ahogó un grito.

«¿Por qué no venía conduciendo?» —Muñiz abre

la puerta, a toda prisa rodea el auto y lo ayuda. Lívido, apoyándose en él, entra en la casa Juan Antonio.

—¿Qué le pasa? ¿Qué le pasa? —pregunta Teresa. Sus ojos, buscando los de Muñiz—. ¿Qué tiene?

—Nada. Me disgusté y me ha caído mal el desayuno.

Teresa, con los ojos, sigue interrogando. Muñiz explica desconcertado:

—Tú sabes, es que llegó y estaban los interventores. Le pidieron las llaves. No lo dejaron pasar. Él quiso sacar los papeles del escritorio; tuvieron unas palabras. Éste se violentó, tú lo conoces. Yo estaba allí mismito, al lado de él, cuando veo que levanta los brazos; pensé que era un gesto, pero me dice «me ahogo», «¡me ahogo!», con aquella desesperación y apretándose el pecho. Yo quise que se acostara, le busqué café, pero me dijo que lo trajera para la casa. Cuando salimos, ya estaban quitando el letrero. ¡Imagínate!

—Dame sal de fruta —dijo Juan Antonio—. Es una punzada en la boca del estómago. Aquí. Me cayó mal el desayuno.

—Voy a llamar al médico.

—No, no. Ya se va pasando.

Teresa lo desobedece al instante:

—¿Doctor Insausti? Le agradecería que viniera inmediatamente. Juan Antonio está mal. Mal. Parece que se le paralizó la digestión. Por favor, rápido.

—Voy en seguida. Acuéstalo y ve llamando a Arce para hacerle un electro.

Teresa perdió el equilibrio y se apoyó a la pared:

—¡Dios mío! ¡Dios mío! —exclamó intuyendo la muerte.

Juan Antonio vomitaba, arqueado por la náusea.

—Así te alivias —dijo ella.

Le sostuvo la cabeza, le frotó alcohol, le untó consuelo. Juan Antonio era, totalmente, un hijo.

—¿Dónde está? —preguntaba ya el doctor. Viéndolo junto a la ventana, con los brazos en alto, jadeante, volvió a preguntar—: ¿Dónde está el hombre?

Mientras sus ojos, rápidos, hacían una síntesis de diagnóstico, sonreía:

—¿Qué pasa, hombre, se te mojaron los papeles?

Juan Antonio reconoció la voz de la benevolencia. Hizo una mueca.

—Hoy intervinieron el negocio —dijo.

—¡Carajo, hombre, compadre! —exclamó el doctor.

Con una atención acuciosa, le oyó el corazón, le tomó la presión, el pulso.

—En un dos por tres te componemos, compadre. ¿Tienes dolor?

—Es que acababa de desayunar —insistió Juan Antonio, aferrado a la explicación más leve.

—Bien; no comas nada. Estáte tranquilo. Voy a mandarte algo para que te alivies. De todos modos —a Teresa—, vamos a hacerle un electro. Le voy a poner un poco de oxígeno.

—¿Cámara de oxígeno?

—Oxígeno. Un poco, para que se alivie —atenuó el doctor—. Por la tarde vuelvo.

Cosa que no acostumbraba y que asustó a Juan Antonio, le puso la mano en el hombro.

Teresa lo siguió hasta la puerta.

—¿Qué es, doctor?

—Un infarto, mija.

—¿Puede morírseme?

—Sólo Dios sabe, mija. Hay que ser valiente —dijo, por hábito de condolencia, sin mirarle a los ojos.

Teresa sintió que toda la vida le daba vueltas, pero lo que dijo resignadamente fue:

—Hasta la tarde.

Sin rumbo, retrocedió apoyándose a las paredes, buscando una guarida, una cueva, algo. ¡Si él iba a ser eterno! ¡Si era ella, ella quien mil veces deseaba la muerte!

—¡Ay, Dios mío, mi compañero!, ¡mi compañero!

Abuela María no necesitó otra explicación. Sabía lo que Teresa estaba sintiendo: ese hachazo, de pronto.

Se abrazaron. Abuela María, con toda su fuerza, como si pudiera rescatarla.

—Tan joven, mi viejita, ¡tan joven! —sollozó Teresa, y ya sin control, arqueada, cubriéndose la boca—: ¡Que no se me muera! ¡Que no se me muera! ¡No me lo quites, Dios mío! ¡Es lo único que tengo!

Juan Antonio se negó a aceptar que la muerte le mandaba aviso. Se sentía invulnerable y argüía, como si valieran razones: no podía enfermar, con tanto que decidir, ¿qué se hacía sin él la familia?, hasta que lo redujo a humildad el dolor físico. Sufriéndolo, quizá porque nunca como en ellas se sintió amparado, regresó a sus convalecencias de niño. Resucitaba, en las horas crecidas por la impotencia, voces y gustos y sensaciones imborrables: colonia de Guerlain y mareos, carreteras efímeras en los purés de viandas, gusto a diablo rojo del agua de Pluto, *Pinocho,* y *Corazón,* de Amicis, que leía la abuela —mundo de inexpugnable ternura—. Por contraste, sintió que lo cotizaban en valor ínfimo. (Ventana afuera, ni el sol, ni los pájaros se habían enterado siquiera.) Entonces, aleccionado, varió las prioridades de su vida, comenzó a hacer cosas humildes, practicó la paciencia. Cernió entre los amigos, los verdaderos: los que venían, lo encontraban mejor que nunca y adoptaban ante él un aire de superioridad protectora, como si estuvieran vacunados contra la muerte.

Al mes, cuando salió de la habitación, agradeció el regreso a los hábitos: comer en la mesa, ver el jardín en edición nueva, barnizado de verde-brillo y ausencia. Con más sabios sentidos, disfrutó como nunca el va y viene y vuela y pía de los gorriones idénticos. Pero, inevitablemente, regresó a la impaciencia de la salud y olvidó los compromisos de cordura. Los días volvieron a adquirir el gigante tamaño de los días para un hombre en la casa. Empezó a padecer de superlucidez cominera: «¿Por qué no apagan las luces?», «¿dónde han puesto las llaves?», «¿por qué no guardan la leche para que no se corte?» Teresa le dio de alta, cuando comprendió —aunque no quisiera admitirlo—

que comenzaban a estorbarle sus veinticuatro horas de presencia.

Entonces, lo otro, agazapado en el sin tiempo de la enfermedad, surgió impostergable. Ni él ni ella se atrevían a hablarlo, aunque pensaran lo mismo, cada cual a su modo. Él, paciente, detallado, preciso. Ella, entre alternados mares de sentimientos contradictorios. Él, sabiendo que ella sabía y que trataba de leer el fallo en sus ojos y en su silencio.

«¿Nos vamos?», «¿nos quedamos?»

Ella: si nos quedamos, la casa se arregla, mando tapar la grieta de la pared de la sala, compro una plancha para tener repuesto, van los niños al colegio, sembramos de viandas y vegetales el solar del frente. Compramos la finca. Nos quedamos. Cuba no es algo que se suelta como una especie de piel ni es caracol de molusco. Hay que afincarse a vivir y morir con ella. No puede uno irse y que siga siendo: siempre muere un poco cuando se la deja. Pero él no se adapta, ni va a adaptarse nunca, y cualquier día lo cogen preso y la menor condena, por simple que sea el delito, es de nueve años. No hay remedio; hay que irse. Por si nos vamos, miro mi acacia florecida; por si nos vamos, la yagruma enlunada; por si nos vamos, este sol, este cielo, esta tierra... ¡No! Yo me quedo; yo me quedo, escribo mis libros, renuncio a los míos. Me sé la soledad; no hay gusto como el silencio; de nostalgias se escribe. Me quedo con la falta de ellos tres, escribiendo. Pero ¿quién soy sin ellos? ¿Cómo faltarle a Juan Antonio? No. Hay que ser humilde con la vida; conformarse, como dicen que hace el carnero, que da la cerviz, doblada ya, a que le maten. ¡Pero yo no quiero ir donde esta vuelta esté por vivirse! Donde vea uno los indicios y confíe y crea y se esperance y, sin embargo, sepa que va a ser otro modo, y no como invita la esperanza. Prefiero quedarme y tratar de comprender y asimilar lo que pueda y marginarme; todo antes de irme, que es como muerte por el sin regreso.

En cambio, para Juan Antonio es sencillo y lógico como un teorema. Por hábito de claridad, hasta en incisos mentales lo tiene dividido:

A) Me ofrecen la «compra» del negocio por 152 000 pesos; el diez por ciento ahora y el resto a pagar en veinte años. Seiscientos mensuales mientras les dé la gana. Quedarme de responsable. Respuesta: para esta gente no trabajo ni muerto.

B) Nos vamos. Nada de separar la familia. Nada de esperas, ni de mandar los hijos por delante, ni de irme yo solo: juntos.

C) No me voy a Canadá ni a ningún paisito de porquería. Al «monstruo», como diría ella (por lo menos, le conozco las entrañas). Con Uncle Sam, y U.S. citizen. Bajo la estatua de la Libertad, si es posible. Seguro que allá es donde último llega.

D) Nada de esperar a ver si vuelven a poner los vuelos. Ahora, en caliente, renovar los pasaportes, conseguir los visados; por México, concretamente. Calculo de unos seis a siete meses. Para septiembre, antes que empiece el curso.

E) Cambiar dinero. Conectarme con embajadas. Investigar esto cuidadosamente.

F) Antes de levantar la paloma y que se arme el revuelo y las lágrimas y el sentimentalismo, llamar a Mr. O'Neill, para que se interese personalmente con el distribuidor de México. Esperar dos días y llamar yo a Schmidt. Que no repare en gastos. Que compre a María Santísima, pero que consiga los visados.

G) Planteárselo todo a Teresa cuanto antes, para que sepa exactamente a qué atenerse y se vaya haciendo a la idea.

Bien.

—Ya yo te dije que en el momento que me intervinieran, cogía mis bártulos y me iba. Bueno, pues esta gente me ha hecho el favor de definirme la situación.

—Pero ¿no te ofrecieron una pensión? ¿No podíamos esperar un poco, Juan Antonio? ¿A que te recuperes completamente? ¿A ver qué sesgo?

—¿Qué más sesgo, Teresa? Yo, definitivamente, aquí no me quedo. Ni por los muchachos ni por mí. Ya llamé a O'Neill y mañana estoy llamando a Schmidt para que gestione los visados.

—¿Y qué tiempo tardan?

—¿Qué? ¿Los visados? Seis, siete meses.

—¡Ay, Dios mío! —silencio en que Teresa se mira las manos—. ¡Dios mío! —repite—; ¿y mamá, y José Javier y la abuela?

—Nosotros nos vamos los cuatro. ¿Está claro? Pero estoy dispuesto a llevarme a toda la familia. Los visados cuestan ochocientos dólares. Seis, cuatro mil ochocientos dólares. Ponle cinco mil con gastos de viaje, estancia en México, etc. El dinero es lo de menos. Eso se resuelve. Ocúpate tú de hablar con tu hermana y con tu madre.

—¿Y abuela? Mamá no deja a abuela.

—Pues nos llevamos a la abuela si es necesario. Ya le escribí a Ernesto. Él está de médico en un sanatorio de Georgia. Quizá nos pueda ayudar a solucionar el problema. Tú habla el asunto, pónganse de acuerdo y me dicen. Pero hay que decidirlo ya. ¿O.K.? Los visados los dan por núcleo familiar. Una vez concedido el núcleo —esto que esté bien claro, después no quiero líos— tiene que salir el grupo completo. No se puede añadir ni quitar un solo nombre.

—¿Cuándo tienes que saber?

—Lo más pronto posible.

—Dame un poquito de tiempo. Una, dos semanas.

—Una semana está bien. Mientras más lo piensen, más se enredan.

—¿Y a dónde vamos?

—A Estados Unidos, vía México.

—¿Tú no has pensado en Canadá?

—Tu abuela no resistiría el frío.

—¿Y a Venezuela, que es un país tan rico?

—No hay relaciones diplomáticas.

—¿Y a Brasil?

—Ni pensarlo; sólo el viaje cuesta un Congo.

—¿Y España? Por lo menos es la misma cultura, no me sentiría tan —iba a decir «cercenada», pero Juan

Antonio tenía prejuicio contra las palabras literarias— «perdida» —dijo.

—A España tienes que ir sonando el dólar y a poner un negocio. Y yo no conozco el mercado, ni tengo contactos. Además, mientras dure el gobierno, va y todavía nos defendemos, pero ¿y después? ¿Quién sabe lo que va a pasar allá? No tiene sentido irnos de aquí para que nos agarre la misma cosa en otro lado, dentro de cinco o diez años.

—Y a una isla chiquita, ¿a Santo Domingo, por ejemplo?

—¿Salir de Guatemala y entrar en Guatepeor? ¡No le des más vuelta, Teresa! Aquí no hay más que una alternativa: Estados Unidos.

—Pero no Miami, por favor. ¿Tú no crees que yo tenga problema?

—¿Problema de qué, Teresa? ¿No ha entrado todo el mundo y su tía? ¿A ti no te engañaron como a todo el mundo? ¿Entonces?

Volver a empezar: prejuicios, *trusts*, desempleo, discriminación, imperialismo —se desalienta Teresa. Es tan experto en ella Juan Antonio, que ve la cinta pasando por sus ojos preocupados y se impacienta:

—¡Dios mío! —exclama y en su rostro se renuevan los profundos surcos de otras iras.

Teresa, que por el infarto las teme más que nunca, dice resignándose:

—¡Qué le vamos a hacer! Dame un poco de tiempo a ver cómo planteo las cosas.

Juan Antonio levanta la vista y la compadece.

—Oye —dice, como si nunca antes lo hubiera dicho—, yo te quiero mucho, ¿sabes?

Planteado así, parece sencillo como una ecuación de primer grado: «Nos vamos juntos los ocho». Pero está José Javier que depende de Ana, que depende de lo que decida, por fin, el teniente, y de su propia indecisión. Abuela María, que depende de José Javier y Ana y de la bisabuela Panchita. La bisabuela, que depende de todo lo demás y de que Dios la deje estar viva y cuerda el día que les toque la salida.

Teresa comprende la intrincada madeja y sabe que al término de siete días tiene que volver a Juan Antonio y decirle: «Pide ocho visados, o pide seis; o pide sólo cuatro». De su tacto y habilidad depende. Por lo pronto, parte de la base de que se irán todos. Primero, hay que empezar por abuela Panchita y trabajar en torre, de ahí arriba.

A la abuela Panchita, esclerótica y casi centenaria, no es fácil explicarle. Hay que esperar los instantes de lucidez que tiene en días tranquilos y plantearle la verdad, a poquitos, como puré de viandas, a ver si la asimila.

—Hoy —me dice la enfermera— amaneció diciendo que es reina de Hungría y disponiendo la herencia desde el amanecer. (Son suyos —cree— todos los sanatorios, casas quintas y apartamentos en que ha vivido desde hace diez años.)

Me recibe meciéndose en su silloncito con mucho

ahínco, como si con la prisa de la mecida estuviera yendo a algún sitio. Está flaquita, forrada en una especie de cuero duro, lleno de manchas. Descansa las manos artríticas sobre la falda. Un chal de seda con flecos, le cubre el pecho hundido. Apenas llego, beso esta cosa frágil y partidiza que es.

—Soy yo, tu nieta, abuela Panchita.

Me hincan sus ojillos duros:

—¿Por qué me engañas, por qué me dices que eres mi nieta si tú misma la mataste?

Es su modo de reclamar a la niña que fui y que le perteneció hace muchos años.

—¿Cómo te sientes?

—¿Cómo quieres que me sienta? ¡Mal! Sola, sin la familia y con esta partida de desmadrados que no me dejan repartir la herencia. Pero ya todo lo tengo decidido. Galigarcía se lo dejo a mi hijo; Valdés Dapena, a mi hija. El de Guanabacoa, no me acuerdo cómo se llama, a mi hermana.

La encamino hacia su única atadura con la lucidez:

—Me escribió tío Rogelio.

—¡Ah, sí? ¿Sigue en Miami? —pregunta animada—. Ya debe de estar ganando un dineral. No porque sea mi hijo, pero es un gran abogado. Ayer mismo estaban comentando por radio un juicio suyo.

(Como hace tiempo se ha emancipado de la realidad, oye en las palabras lo que quiere que digan.)

—Pues vas a verlo pronto.

—¡Ah, sí? Espérate, que me visto en seguida.

—No; ahora mismo no. Dentro de poco: unos meses.

—Dentro de unos meses yo estoy muerta.

—No, abuela, cómo vas a morirte, ¡si te vamos a llevar a verlo!

—Eso sí es verdad.

—Así que ya sabes —dice Teresa despacio, alto, claro, como si lo estuviera grabando en una cinta—: Tienes que cuidarte mucho, y hacer todo lo que te manden, y tomar tus medicinas... Acuérdate que tienes que estar bien para hacer el viaje.

El viaje primero a Miami, luego al pueblecito de Georgia donde no está el hijo, sino el sanatorio donde Ernesto ha dicho que le gestiona la estancia gratis hasta que puedan pagarla.

—¡A mí tú no me mandas, chiquilla de porra! Si yo digo que voy a estar bien, voy a estar bien. Yo no soy una veleta ni ando diciendo una cosa ahora y otra luego.

—Bueno, ¿quieres que te dé un paseo?

—Claro. ¿No me ves aquí meciéndome?

Salimos.

—¿Esta máquina es nueva? —pregunta como siempre.

—Sí, abuela —le miento.

—Está magnífica. Muy cómoda. Amplia —paseamos y se queda calladita, contenta, viendo pasar. No sé o más bien sí sé qué oscuro vaticinio se filtra por sus venas escleróticas. De pronto, prende sus manos como garfios a la ventanilla. Con avidez se asoma a ver. Debe de dolerle mucho, porque su voz es profunda y le tiembla:

—¡Ay mi Habana, mi Habana, mi Habana! —dice.

—¿Qué tal, hija?

—Dentro de lo que cabe, bien.

—¿Se dio cuenta?

—Sí; perfectamente. Yo pienso que con la esperanza de volver a ver a tío... Además, no es un viaje tan largo: tres horas.

—Lo malo va a ser en México.

—Bueno, ya veremos. Puede que esté mejor que tú y que yo.

—¡La pobre! —dice abuela María rematando el hilo del pensamiento que calla: «En Georgia nadie habla español».

Teresa hace un gesto de impotencia:

—¡No hay otro remedio, mamá!

Abuela María parece, en estos días, que alguien se hubiera dedicado a dibujarle la vejez encima. Desde que se le dijo, estudia más que nunca las conjugaciones francesas. Pero por los resquicios que deja su cantilena «j'aurai, tu auras, il aura», se le escurre eso en que no quiere pensar: que Ana no querrá irse. Tiene que acostumbrarse, asimilarlo, ensayar a vivirlo. Para dejar la casa, firme; para que no les dé pena, para separarse valerosamente de todo lo que hacía llevadera, pacífica, consolada la vida.

Mirándola, juro que la llevo conmigo a ella y a la

abuela Panchita y a José Javier y a Ana, aunque sea a la fuerza. Aunque en verdad lo lógico, lo sensato, si hubiera sensatez posible, es dejarlos a los tres, esperar a que se muera la bisabuela Panchita. Quizá sea cuestión de un año o dos. No puede durar mucho. Y un exilio con sólo dos que trabajen para mantener a ocho es más de la cuenta, sobre todo si uno de los dos ya tuvo un infarto. «Quizá, mi viejita, tengas razón en lo que piensas. Quizá sea lo más lógico. ¿Y si suspenden los vuelos? ¿Eh? ¿Si suspenden definitivamente los vuelos? No; ¡todos, todos, salir todos!»

Pero Ana no decide.

—Juan Antonio te paga el visado tuyo y el del niño. Te ayuda hasta que te abras camino por allá. Con la preparación que tienes, no será cuestión de mucho tiempo. Pero ya tienes que decidirte.

Ella me mira como venado desde una trampa.

—¡Yo no puedo! Me va la vida, ¿entiendes? Necesito tiempo.

La pobre hasta finge entereza.

Miro a José Javier, que alza hasta mí sus ojos, llenos de desconcierto.

«Y tú, mi niño, ¿adónde irás a parar? ¡Yo, que iba a envejecer mientras tú crecieras, que me acompaño contigo, José Javier! Inalienable derecho debía tener a verte hombre. Y ya ves: madrina no es nada; ningún patrimonio ejerce... Quizá voy a dejarte para siempre. ¡Quizá no te vea nunca!»

No; no tiene tiempo, que si lo tuviera, todo sería distinto. Tiempo para que demoren los visados, para que él vuelva, para definir el futuro, si de veras la quiere. «Podría quedarme con el niño. No; con el niño no. Porque él —Jorge— tiene que ir, ¿a dónde dijo?, a Polonia, a Hungría, y yo me iría con él, pero ¿con quién dejo al niño entonces? ¡Que se lo lleven ellos quizá! Así podría irme con él adonde fuera. Aunque no podríamos casarnos, porque en España no hay divorcio y tampoco José Javier exiliado, con el poco dinero que tiene, pueda irse a Francia donde sí lo hay, y mucho menos pagarse la estancia y los gastos. Es que yo debí divorciarme de una vez, pero por débil, por idiota, por la insistencia de mamá. Claro que ni ella ni nadie pensó que José Javier tuviera que asilarse de la noche a la mañana. Si fuera sólo por mí, me iba o me quedaba con él, pero ¿y el niño? Tengo que pensar en mi hijo. Jorge dice que lo dejamos becado. Pero si el niño se queda, mamá no lo deja por nada del mundo. ¡Ni yo! Yo lo digo, pero llega el momento y no lo dejo. Si yo supiera dónde está Jorge, le escribiría, pero hace un mes que se fue y no sé si estará en Camagüey o en Bolivia, o sabe Dios si en Argelia. «Me voy en una misión revolucionaria», fue lo que dijo y, desde entonces, hace tres meses y sólo dos cartas, por trasmano, sin fecha. Si él vuelve, yo me quedo pero ¿si no vuelve? Si digo que me quedo con el niño a esperarlo, se queda mamá y se queda abuela, y serían cuatrocientos dólares los visados, y ahora Juan Antonio tiene el dinero o lo busca, pero después, sabrá Dios y ya cuando se vayan es muy difícil realizar todos los trámites. Además, si él viene, a lo mejor mamá y Teresa tienen razón y no es lo que yo pienso. Con tiempo, si no hubiera que decidir, yo pensaba mejor y con más calma y no estaría con este barrenillo que casi ni duermo. Porque si llegan los visados y él no ha vuelto de Hungría, Polonia, Argelia, donde sea que esté, tendré que irme y no volver a verlo. Yo me quedaría, pero el niño... Aunque a lo mejor sale ganando: siquiera tendría padre, padrastro, lo que sea. Porque ¿de qué vale su padre, si ni a derechas le escribe? Me da tanta lástima, angelito, cómo se mete en el *closet* y juega con la regla de cálculo y con las piezas del *Erector* y le dice al padre: «Da tanto» o «Mira este puente». No; yo no puedo separarlo de mamá. También podría irme con ellos un tiempo, ahorrar lo suficiente para mandarlo con su padre y volver yo. Pero Jorge me ha dicho que no le conviene, porque tendría que reclamarme y qué iban a pensar sus compañeros y el Partido o el Comité Central o lo que sea, porque si fuera de México o de Canadá, sería distinto, pero reclamarme de Estados Unidos lo perjudica. Además, ¿a título de qué va a reclamarme si no estamos casados? Yo necesito tiempo, esperar a que él venga y ver qué decide. Si él estuviera aquí, seguro que decía «tú y el niño se quedan conmigo». No; ya le había dicho que se debía a la Revolución, que no podía cargarse de responsabilidades. Pero tampoco lo había planteado así concretamente, como lo haría ahora: «o me voy con mi familia para siempre, o me quedo contigo. Decide tú». Quizá puesto en esa disyuntiva... ¡Si pudiera verlo, hablar con él, mandarle un recado aunque fuera...!

—Yo tú no volvía a verlo. Cuando las cosas no pueden ser, lo mejor es cortar por lo sano.

—¿Y por qué no puede ser? ¿Porque es revolucionario?

Abuela María soslayó la discusión política.

—Ven acá, hija, ¿tú honestamente crees que ese muchacho puede hacerte feliz?

«Me ha hecho sentirme mujer», pensó Ana y dijo en vez:

—Al menos me halaga; no me siento sola.

—Pero bueno ¿y eso a qué te lleva? Una criatura como quien dice, un obrero sin preparación...

(«Obrero pantografista en una fábrica de troqueles» —dijo él—. «Y no podía mejorar, Ana, porque el dueño daba contrato cada seis meses para no tener que aumentar los sueldos.»)

... que a cada rato desaparece y lo mismo lo mandan al Escambray que a Checoslovaquia, que a Oriente a cortar caña. ¿Tú has pensado qué sería tu vida con un marido —marido no; ¡si ni siquiera tienes el divorcio para poder casarte!— que hoy está aquí y mañana desaparece, que siempre pone por delante la Revolución, el Partido, lo que sea? ¡Tú lo viste! ¿Cuál fue su reacción cuando intervinieron a Juan Antonio?

(«Ya le tocó lo ancho; ahora es justo que le toque lo estrecho», dijo.)

—Vamos a suponer que prescindas de nosotros. Con el niño vas a sufrir muchísimo. Lo primero que va a querer hacer es educarlo a su modo. Meterlo a pionero o becarlo. Un niño de tan poca salud, ¡Dios lo ampare! Ya tú has tenido un fracaso...

—No fue culpa mía.

—De quien fuera. Fracaso al fin y al cabo. Ahora tienes que pensarlo dos veces.

—O no pensarlo tanto. Ya es hora de que viva un poco de felicidad.

—Precisamente. Y tanto tu hermana como yo queremos que la encuentres. Con un hombre bueno, responsable, un compañero. No con alguien que vaya a darte más quebraderos de cabeza.

—Pero si es así como ha sido, ¿qué quieres que haga? ¡No pude evitarlo! ¡Estaba de Dios! Además, si me va mal, es asunto mío.

—Bueno, hija, si lo tienes decidido, ¡no me consultes!

—No te estoy consultando.

—Pues ni me lo digas entonces. ¿Tú quieres seguir con él, vivir con él, hacer de tu capa un sayo?

—¡Ave María, mamá!

—Está bien; serán boberías, prejuicios si tú quieres, pero cuentan. Pon tú que fuera lo de menos; lo de más es que no pensáis ni remotamente igual. Ni en política, porque él es comunista de partido, no fidelista, eso está más claro que el agua. Y en moral, ni se diga. Sin ir más lejos: ¿cuál fue tu reacción cuando te contó lo del hijo? ¡Eso no lo inventé yo!

(«Yo nunca había podido venir a un lugar de éstos», dijo él, recorriendo el lujo.

Estaban en 1830 y los violines recordaban una contradanza.

—¡No me digas!

—En serio.

—Yo traigo al niño todos los domingos para que coma carne.

Entonces él comentó con naturalidad.

—Yo también tengo un hijo.

—¡Yo no sabía que eras casado!

—No; si no lo soy.

Ana levantó la vista.

—Nada, una muchacha, cuando estábamos en la Sierra. Lo natural, Ana: un hombre y una mujer, noche tras noche... Pero ella estuvo muy clara. Cuando le dije que si quería nos casábamos, me contestó que no, que yo no la quería. La verdad: no la quería.

—¿Y el niño?

—Quiso tenerlo de todos modos. La madre se lo cuida. Ya está grandecito.

—¿Y ella?

—Becada. En Checoslovaquia.)

—De momento me afectó, no te lo niego, pero es que él tiene otra mentalidad, mamá. Piensa distinto. Es otro mundo. No puede tener los prejuicios nuestros...

—Después de todo, si te pones a ver, casi es más honesto...

—¿Y la criaturita que no pidió venir al mundo no cuenta?

—Sí cuenta; sí cuenta. ¡Ay, cómo le das vuelta y lo enmarañas todo! ¡Él se ocupa de su hijo!

—¡Lástima fuera!

—Le paga la casa, la comida, lo ha reconocido. Sencillamente, no se casa con la madre porque no la quiere. Ni ella a él, quiero que lo sepas.

—Bueno, hija, yo debo ser antediluviana o no entiendo, ponlo como quieras. Pero hablando en plata, para mí todo eso es un enredo. Además, ¿tú crees que una persona así no va a hacer contigo lo mismo que hizo con la otra? ¡Si ya lo está haciendo! ¡Por algo no acaba de dar el frente! Ningún hombre verdaderamente enamorado se pierde tres meses así como así. ¿O es que ahora por obra y gracia del Espíritu Santo se va a convertir en un santo varón?

—Bueno, mamá, yo no estoy pensando más que en el presente. No en lo que pasará de aquí a diez años.

—Haces muy bien. Dentro de diez años tienes cincuenta y él treinta y cinco.

—¡Pues viví diez años, chica!

—Yo no creo que tú estés en edad, y menos con un hijo, de andar con romanticismos. Pero ¡en fin! Es asunto tuyo. Entonces le digo a tu hermana que pidan sólo los visados de ellos cuatro. Pero ten presente que si te quedas aquí es por decisión tuya.

—Mamá, por amor de Dios, déjame pensarlo. ¡Dame tiempo!

—No, hijita; no es como tú quieres; no queda más

remedio que tomar una decisión. Juan Antonio va a pedir los visados. El niño y tú están incluidos en el núcleo. Además, tu abuela y yo. ¡Bastante hace el infeliz con echarse arriba semejante carga! Ahora es el momento de aclararlo bien todo. Una vez que vengan los visados, no hay marcha atrás.

—Jorge está al llegar de un momento a otro. Tengo que esperarlo, ¿no te das cuenta?

—Sí, me doy cuenta; pero me parece profundamente injusto. No vamos a tener a toda la familia demorada hasta que buenamente a ese señor se le ocurra venir, aclarar sus planes, ver si te convienen, etcétera, etcétera Martín la cresta. No, chica, ¡tampoco así! Tú tienes que tomar una decisión y dejar que los demás tomen la suya.

—¡Pero si no sé! ¡Si yo misma no sé! ¿Tú crees que no me duele separarme de todos ustedes? ¿Que no me da miedo quedarme sola con el niño?

—Hija, pues no se puede estar en misa y repicando. La vida sencillamente no da esas alternativas.

—Ay, mamá, por lo que más quieras, ¡denme un poco de tiempo!

—¡Si no depende de mí! Hay que pedir los visados. ¿Qué quieres, que me calle, para que luego venga tu hermana y me diga con todísima razón: «Por qué no me lo advertiste»? ¡Eso no lo hago! ¡Tan hija es la una como la otra!

—¡Me parece que me va a estallar la cabeza! —exclamó Ana llevándose las manos a la nuca.

Abuela María la mira, calla un instante, sopesa alternativas y por fin amaina:

—Tranquilízate, que no es para tanto. Si tú decides quedarte, me quedo contigo y que sea lo que Dios quiera. Yo no puedo irme y dejarte a ti y a ese angelito por detrás. Fuera no iba a tener vida pensando en ustedes. Ya está: decidido. Yo me quedo. No hay nada peor que la incertidumbre.

Prescindiendo de Ana, comenzó a hablar consigo misma:

—Se cogerán el resto de la casa, pero al menos esta parte, al menos mi cuarto tendrán que dejármelo o conseguirme un apartamento. En la calle no me van a dejar. Además, tengo mi pensión...

Ecuánime, resumió en voz alta:

—Asunto resuelto. Ellos que decidan lo suyo, y tú tienes todo el tiempo que quieras para pensar. Dios sabe lo que hace. Quizá sea mejor así. Que ellos se vayan primero y se abran camino sin tanta carga.

—Yo no voy a dejar que te quedes por mí. ¡Dios me libre!

—Nadie te lo va a echar en cara; es decisión mía.

—Me estás forzando. Es casi un chantaje —repuso Ana, dura—. ¡Todo lo que pido es un poco de tiempo!

—Pues ya lo tienes —en seguida, ahondando en la decisión irrevocable, abuela María precisó—: Casi preferiría entregar las dos casas y conseguir dos apartamentos, uno para ti y otro para mí, en un lugar más céntrico. Así, cada cual tenía su casa, pero no estábamos tan solas. ¡Tú verás como todo se va solucionando!

Ana se negó a corroborar el futuro:

—¡Me van a volver loca! ¡Teresa y tú acabarán volviéndome loca! ¡No me acosen! ¡Déjenme pensar!

—¡Ay, Virgen de la Caridad, Sagrado Corazón de Jesús, ayúdame, ayúdame, ayúdame! —suplicó abuela María. Echó atrás la cabeza y su rostro expresó una profunda agonía.

—¡Lo ves, lo ves, lo ves! —la acusó Ana.

Movida por una fuerza interior incontrolable, abuela María se puso en pie y se abalanzó sobre ella.

—¡Ya, ya! ¡La que se va a volver loca soy yo! —gritó. Pero le fallaron las piernas, perdió el equilibrio, se apoyó en la pared y gimió en un grito ahogado, tartamudeando:

—Ve... te. ¡Vete!

Después se desplomó en el asiento sollozando:

—¡Ay, Dios mío, llévame, llévame!; ¡si yo ya no puedo más, si ya no quiero vivir más! ¡Ya he sufrido bastante! ¡Llévame! Perdóname —dijo tendiendo las manos hacia Ana—, no es por ti, no es por ti, mi santica, es que ya no puedo. Señor, ¿por qué no me llevaste cuando te lo llevaste a él?

A Rita, experta en premoniciones, vaticinios y sentires difusos, y en eso que llaman intuición y que es saber leer los ojos y gestos de la gente, no se le escapó ni por un momento. Y si se dio cuenta aun antes que el propio Edgardito, fue por los años que llevaba especializada en los silencios, evasivas y ensimismamientos de sus dos Edgardos. No había que ser un lince: ahí estaban todos los síntomas más claros que el agua. Su gusto por andar solo, su distraimiento, el brillo de sus ojos, el disco rayado de tanto oírlo, como si también en el disco estuvieran las sensaciones nítidas, inolvidablemente grabadas, por primeras. Además, y a pesar suyo, se encargaba de delatarlo su cuerpo cuando Alina estaba cerca, cuando bailaban juntos.

«¡Ah, el primer amor!», pensaba Rita. ¿Por qué si no la desesperación, la impotencia en los ojos del hijo, la especie de asco y azoro y culpa en los de Alina el día de la fiesta? Algo —no sabía a punto fijo qué— sucedió entre los dos aquella noche.

Empeñada en compartir, buscaba momentos de soledad, y lo dirigía hasta la confidencia. Hablaba de cosas al parecer ajenas o sugería diálogos y ex profeso dejaba grandes silencios atentos para que los llenara él con sus palabras o expresiones, que al fin y al cabo, ella oía lo mismo.

—¿Qué le pasaría a Alina? Me pareció rara, como asustada...

Sabiendo que lo eran, le presentaba errores de interpretación para que Edgardito, inocente, los rectificara:

—¿Será que le gusta Enrique? —o tendía el puente de su adolescencia recordada. «Cuando yo tenía trece años, no me fijaba ni en los ojos, ni en la boca de los muchachos, sino en las manos... qué tontería, ¿verdad? Ya podía ser el mejor tipo del grupo, si yo le sentía las manos húmedas o sudadas, ya no me gustaba. Y no bailaba con un muchacho más bajito que yo por nada del mundo.»

Tanto lo asedió sin que lo pareciera, que Edgardito le dijo un día:

—Yo no voy más a casa de Alina.

—¿Por qué, hijo?

—Porque me revienta —dijo con furia—. ¡Me revienta que hable o que baile con otro!

Rita sintió ternura por esta primera vez hombre de su hijo. Y casi hubiera sonreído si no hubiese sido una imperdonable falta de tacto.

—¿Tú se lo has dicho?

—Ella lo sabe. Por eso mismo lo hace.

—No; que si le has dicho. Que si ella sabe que te gusta.

—¿Tú crees que no se da cuenta?

—A las mujeres les encanta oírlo, hijo. No; no me digas que ya no se usa. Hay cosas que no cambian.

Seguro de que todo lo recién sentido no se había sentido jamás, al menos con tanta intensidad, al menos de este modo, Edgardito rechazaba el intento de usurpar o deslucir este país singularmente suyo.

—¡Eso era hace mil años, mamá!

—¡Ay, hijo! —proseguía Rita sin ceder el privilegio de ganar vigencia aleccionándolo—. ¡Si tú supieras qué complicadas somos las mujeres! ¡Cómo nos gusta que nos halaguen y nos lo digan mil veces! Tampoco puedes perder de vista que Alina es casi una niña. Yo a su edad...

Edgardo hizo un gesto de impaciencia. Rita sintió la melancolía de que para su juventud no hubiera ni la pervivencia del recuento atendido.

—Yo a su edad —insistió— hacía tiempo que era novia de un muchacho y había días que me entraban unas dudas tremendas. No me gustaba, casi lo odiaba. Como si le tuviera asco.

En los ojos de Edgardito hubo un interés súbito.

—¿Quieres que te diga? Tú sí le gustas. Yo lo sé; estoy completamente segura.

—¿Ella habló contigo?, ¿te dijo algo?

—No, hijo; pero las mujeres sabemos —sonrió sabia, celestinescamente.

Lo sabía porque Alina, sin sospechar la rapidez de ella en captar una mirada, había recorrido, tentado casi, los hombros, el talle de Edgardito el día que regresó del campo, bronceado del sol, altísimo, con sus espaldas ya de hombre. Hablaban banalidades. «¿Cómo te fue? ¿Alfabetizaste mucho?» Todo eso era paja. Pero la mirada de Alina, mirada de mujer, no lo era.

—¿Tú quieres un consejo? No le digas nada. Ahora al menos. Si ella baila con otro, no te quedes esperándola. Invita a la más bonita, a la que ella le tenga más envidia. Y no le pidas nada. Manda. A las mujeres les encanta que las manden; es decir, darle a los hombres la impresión de que pueden mandarlas. Y si bailas con ella —insinuó sonriendo maliciosamente— le das su apretoncito; que sienta que eres un hombre. Además —hizo una pausa—, vuelve a besarla.

«Vuelve», había dicho, luego sabía. Edgardo se ruborizó y quedaron cómplices.

Tan en lo cierto estaba Rita, que a las dos o tres fiestas, siguiendo sus consejos, y para inexperiencia de Edgardito, fue Alina misma quien apretándose a su cuerpo reclamaba el beso.

Esta vez no lo interrumpió nadie y él pudo abrazarla con sus dieciséis años de noches pensando en ella y con una capacidad de ternura que no sospechaba en sí mismo. Pudo volver otra vez a su boca; pudo, imperturbado, acariciar sus pequeños, palpitantes senos.

Por la mirada de maravilla y éxtasis que traía de regreso, Rita supo.

—¿Qué, hijo? —preguntó ávida, por disfrutar siquiera un poquito de algo. Como quien no va a una fiesta y pide que le cuenten.

Pero la miraba un hombre de repente lejano.

—¡Ah! —comprendió Rita: ¡la inevitabilidad de la ruptura! Esa noche sintió manar la subrepticia fuente de la vejez que llega.

Lo que no pudo sospechar —aunque estaba escrito en la mirada de determinación de su hijo—, lo que se le escapó completamente de las manos aunque le iba la vida, fue que al decirle Alina «Papá pidió los visados hoy», casi confabulado contra ella, casi conspirando contra ella, dijera su hijo:

—Si tú te vas, yo me voy. No sé cómo, pero si tú te vas, yo me voy.

Planteado el problema, Edgardito lo resolvía con una diafanidad absoluta: tenía que irse. Descartado que lo mandasen solo a casa de la tía, en Boston. El padre insistiría en su prédica de «la familia reunida, no importa lo que pase». El servicio militar estaba al caer de un momento a otro. Despertarían un día por la mañana y los sorprendería la ley, igual que la Reforma Urbana o el cambio de billetes. Dentro de unos meses entraba en edad militar. Cualquier trámite, ya que estaban suspendidos los vuelos, demoraría de dos a tres años. Una vez que lo cogieran a él, estaba presa toda la familia. Mamá ya ni mencionaba la posibilidad de irse. Por tanto, no quedaba más que una salida: por vía clandestina. Pensarlo solamente enviaba por sus nervios una descarga eléctrica mezcla de entusiasmo y audacia. «Allá» trabajaría, iría ahorrando: algún sacrificio había que hacer. ¿Sacrificio? ¿Verdaderamente lo era? Depender de sí mismo, ganar plata, decidir por su cuenta, sin que nadie lo desalentara a consejos, estudiar en una universidad famosa... (Con la vertiginosidad de la imaginación logró la beca de estudios, lo felicitaba un sabio, recibía su diploma *cum laude; no, summa cum laude,* igual que su padre.) Vislumbró ante sí un horizonte infalible donde la combinación inteligencia, voluntad y esfuerzo conducían sin excepción al triunfo. Decidido. Irse antes de cumplir los diecisiete años.

¿Cómo?

Y rumiaba y rumiaba las huidas posibles. Los cuentos se repiten, van de boca en boca, varían y se expanden: son una saga susurrada... (Los que se quedan, mientras esperan, cuentan.)

Kike se fue por Caibarién. Le hablaron unos carboneros, cuestión de un mes antes. El día señalado cogió su saco de carbón, se tiznó la cara, las manos, el pecho y estuvieron cargando carbón toda la mañana. En el barco tenían doce latas de leche condensada y un garrafón de agua. Había dos milicianos con metralleta vigilando en el puente. A las seis de la tarde, en el cambio de guardia, ya atardeciendo, salieron. El patrón, uno de la Universidad, un viejo —decía que pescador— y Kike. Sin decirle nada a la vieja, para que no se preocupara la pobre. Arrancaron el motor, un fuera de borda de 25 caballos. Los cuatro hacinados en la cabina, que no podían moverse. Ya iban saliendo. Todo bien. De pronto, enfila una lancha patrullera hacia ellos. ¡Virgen del Cobre! ¿Viene? Viene. ¡Da la vuelta, Cheo! ¡Cállense, carajo, déjenme a mí! Viene acercándose, viene; ya se ven tres, cuatro milicianos. De pronto, sin saber por qué, lo saludan. Cheo saluda. (El patrón curtido, mal hablado: Cheo.) Si se acercan más, estamos fritos. No; mira. ¡Mira! Dan la vuelta. No sospechan. ¡Hay que creer en algo, por mi madre! Entonces, a Cayo Fragoso, hasta que sea de noche. Salen a las doce. Sin brújula, pero el patrón sabe leer las estrellas. Sólo que no las leyó bien, porque van rumbo oeste, en vez de norte. Navegan dos días, a la deriva, ya sin agua. El motor se rompe. Reman a un cayo alto: Eibor Key debe de ser. Está deshabitado; no hay agua. Sólo los nombres de otros, rayados en las paredes del faro antiguo. (Allí, dicen los pescadores que dejan provisiones para los que se pierden.) ¿Si no sabías para qué nos embarcaste? Y Cheo: Yo no di razón de nada; aquí el que se embarcó fue por su gusto. Entonces, el avión. ¿De Fidel? ¡De quien sea! Locos, con las camisas, con las camisetas, con señales de humo. ¡Que no se vaya! No nos han visto. Vuelve. ¡Míralo! Gira, señala y vuelve a irse. Regresa, da otra vuelta y vuelve a enfilar al norte. ¡Está haciendo señas! Coge el bote. No, con el motor no. ¡A remo! El viejo está en las últimas. ¡Cárguenlo, carajo! Remen. El avión arriba. ¡Qué bonito, cará, cómo da vuelta! Dos, tres horas: parece siglo. ¿No les dije? Miren. ¿Qué? ¡El crucero, compadre, míralo! Se acercan, gritan, tiran la escalinata. Del susto o del hambre, se desmaya el viejo. Kike ya no tiene diecisiete años: es humilde. En los ojos, le queda el recién aprendido asombro de su insignificancia. «Gracias», digo, *Thank you,* le dice a la mano tatuada que lo alza.

También es cuestión de suerte. El plan del doctor Portilla era un tiro. ¡La gente la pinta en el aire, por mi madre! Todas las semanas salía a hacer pesca submarina en Mariel, en Varadero, a doce, a quince brazas. Entonces, compra su equipo de *akualung.* A cuatrocientos pesos lo paga a un tipo en La Habana. Practica seis meses hasta que resiste bajo el agua dos horas. Entonces, por embajada, le escribe al hermano: que le gestione un barco. Que lo recojan el 20 de junio a las dos de la madrugada, entre Cayo Piedra y la costa, a una milla de tierra, frente a las Peñas del Rincón. Conseguido. De acuerdo. No hay caída. Sale de noche, se mete las dos millas, espera una, dos horas. Nada. Nadie. Se trocaron, dieron mal el informe, no pudieron avisarle, ¡vaya usted a saber! Se puso fatal el tipo. Nada otra vez a la costa; llega listo, ya amaneciendo. Total: 20 años.

¿Y lo de Ñico? ¡Hay que estar loco! Dicen que apareció la balsa; es decir, una balsa cerca de Cayo Hueso. Quién sabe si se desesperó y se tiró al agua, o se murió de sed, o lo barrió una ola. O se puso dichoso y lo recogió un barco...

—Por Guantánamo se va mucha gente. Cruzan la bahía a nado; de noche, se cuelan en la base, y listo —comenta Julito, el único con quien Edgardito comparte confidencias.

—¿Y la posta?

—Todo es cuestión de suerte. Hay que jugársela.

—Los tiburones están teleros, compadre.

—Pero no atacan si no hay sangre. Yo sé de uno que se fue con la mujer y el cuñado.

—¿Y llegaron?

—Él sí; al cuñado lo barrieron con una ráfaga de ametralladora.

—¿Y la mujer?

—Lo de la mujer fue de madre. Se despistó en la oscuridad. Cuando salió a tierra, en vez de estar en la base, ¿tú sabes dónde estaba? En Cuba, frente a la costa, viejo.

—Eso es un paquete.

—Paquete nada; me consta. ¿Tú quieres algo más grande que el tipo que lo recogieron en pleno Malecón, eh? A él y a la mujer, en pleno Malecón, ¡por mi madre! El viejo conoce la familia. 5 000 maracas costó la jugada. Hicieron la operación con un pescador de Cayo Hueso. Tenían que estar sentados en el muro del Malecón entre las ocho y ocho y media de la noche, frente por frente al Hotel Nacional. Entonces, con una linterna roja, como si estuvieran pescando o algo, contestar cuando vieran en el mar una luz roja encenderse y apagarse tres veces. Vino el tipo con su barquito, lo parqueó muy campante a un cuarto de milla de la costa, hizo la seña, le contestaron: una, dos, tres veces. ¡Imagínate lo que sentiría esa gente! El tipo bajó una balsita, remó hasta la orilla. Agarraron a la mujer por las manos, porque allí el muro está muy alto, la metieron en la balsa; luego saltó el hombre.

—¿Y nadie los vio? ¿No había nadie?

—Sí, compadre, sí había. Claro que había. Pero a esa hora la gente que está sentada en el Malecón lo que van es a darse mate. O sabrá Dios si los vieron y se dieron cuenta y se callaron la boca. ¡Qué sé yo! El caso es que están en Miami. Lo que te digo: hay que jugársela.

—Pero no a lo loco.

—No, claro. Conseguirse alguien con experiencia, como ése de Cayo Hueso. Ha hecho treinta viajes y tiene su barquito equipado con todos los hierros: bajito, pintado de oscuro. Siempre viene por un lugar distinto. Nadie conoce a nadie. Entregas tus cinco mil pesos, te citan un día, a una hora; te presentas y ¡listo!

—¿Y los cinco mil cohetes quién los pone, mi hermano?

—Ah, eso sí, hay que tener la plata —coincidió Julio pensativo.

—Yo no voy en ésa. Si el tipo ha dado veinte viajes, ya está quemado. Cualquiera da el chivatazo. No. El día que yo me vaya no cuento con nadie.

—Conmigo sí, chema; ¡no me vaya a dejar embarcado!

—Bueno, pues mira a ver cómo te agitas y aprendes a grumetear.

—¿En el *snipe*? ¡No chive!

—No; serio.

—¡Pero si el *snipe* se vira de nada!

—Pero no se hunde.

—Se te parte el palo y quedas.

—Ya he hablado con varia gente. Con buen tiempo, navegando a un solo largo, rumbo norte... ¡no hay caída, compadre!

No se consigue leche.

Edgardo y Rita se compran una chiva y la bautizan *Chicha*. Pero las chivas no dan leche si no están paridas y no paren si no están cargadas y sólo chivo mediante se cargan. Por eso, cuando *Chicha* está en celo, hay que llevarla a visitar al chivo *Pancho*, allá por el Cano. El guajiro dueño, que nunca ha explotado forma tan desusada y remunerativa de la prostitución, dice que gratis, ni una más. Rita insiste. ¡Que no se diga, hombre: un favor se le hace a cualquiera! El guajiro accede, remoloneando. Para la próxima, ya sabe: le costará cinco pesos, o una libra de café en grano. Trato hecho. Rita regresa ufana por haberle ganado «una batalla más al imperialismo».

Fidel dijo: «Comeremos malanga». Pero ya ni malanga se consigue en ningún sitio. Da risa ver el Minimax lleno de tibores, botellas de barro e insecticidas envasados en botellas de refresco, con vasitos de café de a *kilo* invertidos, sirviendo de tapa. También hay abundancia de papillas rusas. De sémola de trigo, de alfalfa, todas con gorgojos blancos. «Una mierda, hija», dice Nita, y la cocina de todos modos. Como no hay envase y a todo se le saca punta, el de los coditos de pasta trae un rótulo que dice «son cómodos y no aprietan». «Remoje, exprima y tienda», dicen que advierte el envase de los spaghetti.

Cuesta Dios y ayuda conseguir ropa. Alguien, según mal dicen los «gusanos» con su lengua viperina, se equivocó y en vez de doce mil, ha pedido doce millones de varas de tela de gobelinos. Para salvar el error, hay calzoncillos, camisas, fajas y carteras de tela de gobelinos. Los que se cruzan en la calle ataviados con el mismo diseño, se encogen de hombros y ríen como si los uniera parentesco. No le dan pañuelos a los niños menores de trece, ni ajustadores a las niñas que no tengan catorce.

Lo de los zapatos no tiene desperdicio. Los de Edgardo padre, que calza el nueve, son ocho y medio y eran de Luigi, técnico italiano. Los de Rita fueron cinturón y los fabrica por Luyanó un zapatero clandestino. Los de Edgardito, que son de fieltro, los consiguió el lechero, que conocía a un ruso que tomaba alcohol de noventa, que cambió el boticario por un cake de quince que hizo Nita.

Mantener las cosas funcionando es, como dice Edgardo, «un prodigio de inventar para atrás». Se rompe el televisor y lo conectan al amplificador del tocadiscos, que también está roto. Resultado: cuando llaman por teléfono, sale la voz por el televisor, y si se conecta el amplificador, suena el teléfono. Edgardo padre intentó suplir con una llanta de automóvil la junta de la lavadora, pero como no hay jabón, de todos modos no importa. En cambio, el líquido de frenos que fabrica Juan Antonio con alcohol y aceite de ricino, ha resultado un tiro.

Un día quedó el colador de alambre. («Quedó» es el verbo que se usa para la muerte de las cosas.) Teresa hace un embudo de tela y lo adapta al marco de metal. Pero no cuela. Piensa entonces en la tela metálica del gallinero. Sin que vaya a sospecharlo, abuela María, que es muy escrupulosa, corta un pedazo, lo lava, lo hierve, lo adapta. Se desfonda. Alguien da la noticia de que en la ruleta de Coney Island dan coladores de premio. Va antes que se corra la voz. Hace un cálculo de probabilidades. «Si hay ochenta números y ciento sesenta espacios...»

—¿A cómo el número? —pregunta a la compañera que atiende a la ruleta.

—A 25 centavos.

—¿Y el espacio?

—A 25, igual.

—Deme cinco pesos.

La compañera mira estupefacta: ¡hay cada loco suelto! Cobra, hace girar la rueda. Teresa casi dirige la aguja con la vista. Se detiene entre el diez y el once.

—¡Vaya! —exclama y palmotea triunfante—. ¡Deme un colador!

—¿Un colador?

—Sí, sí; un colador, un colador.

La compañera la ve alejarse y comenta:

—¡Cinco pesos para llevarse un colador! ¡Le zumba la carabina!

La señora Esperanza ha confesado que en vez de *panties*, usa los calzoncillos del marido. Eulalita no encaneció de sufrimiento: es falta de tinte. Y porfían los maliciosos que una señora se hizo un traje con tres cintas de corona que consiguió en el cementerio. La de la blusa dice: «Honor a los caídos». La de la espalda: «Quien te conoció, no te olvida». Y la del frente: «Descansa en paz, Lolita».

Pero no todo es chiste ni el monte orégano. Cuando alguien conocido cae preso, cuando del corrillo más íntimo alguien viene a despedirse, cuando aparece en el televisor algún amigo vuelto miembro de la CIA y pescado en aguas cubanas, o cuando alguien desesperado porque no consigue visado se arriesga en un bote y pasan días y no llegan noticias, sobre las casas cae un silencio aplomado.

Los jóvenes, de todos modos, siguen disfrutando. Las niñas van al Lyceum a tomar clases de ballet y guitarra. Muchas, mientras, esperan que los padres decidan si mandarlas solas o dejarlas en Cuba. Los días de concierto se reúne todavía un grupo de gentes desvaídas que se saludan amistosamente aunque no se conozcan si, por el aspecto, parecen «gusanos». Los abuelos —abuelos hay más que nunca— andan desorientados, como si caminaran en niebla, y si por casualidad encuentran un conocido de antes, lo abrazan diciendo «¡tú todavía por aquí!» Entonces empatan la hebra, hablan de los que ya se fueron y comercian retratos.

Las jóvenes cantan —en grupo las más desentonadas— y se han hecho vestidos nuevos: a veces, cortina; a veces, traje de novia de antes. Cantan «Ojos brujos» a tres voces y, sin fallar, «En el tronco del árbol una niña». Es un contento ver cómo aplaude el público clánico de tíos y abuelos. (Muchos padres faltan.) Al final, todos arrastran a escena al esforzado profesor que lleva quinientas mil veces enseñando «Cielito lindo» y otras tantas, «Las cuatro milpas». (Aun a destiempo y con pausas excesivas en los cambios de posición, estando como están las cosas, «Cuatro milpas» emociona siempre.) Pocas llegan a «Las perlas de tu boca». Generalmente les llega antes el visado.

También van al club, aunque esté intervenido. Es decir: si pueden probar que el padre o la madre tiene carnet laboral y trabaja en alguna empresa. Los jóvenes burgueses forman círculos cerrados y blancos que contrastan con la marejada mulata, negra y alegre que invade al Patricio Lumumba. Haber sido socio les da una complicidad especial que aún disfrutan. En las taquillas casi no hablan, porque unas camareras están a favor y otras en contra, y lo mejor es evitar. Edgardito sale en el *snipe* todas las tardes. Va de grumete Julito, aunque su padre, antiguo directivo, le ha prohibido terminantemente pisar el club.

También van al cine en grupo. *Vals para un millón* la han visto por lo menos seis veces. *Sissi*, otras tantas. Cuando sale la escena del banquete, por mortificar, aplauden al jamón o suspiran, y viene la acomodadora a callarlos. A veces, cogen turno y van a comer una pizza juntos a Vitanova, en 23 y L. Cuando el congreso de arquitectura, aprovechando que había jamón en los cafés alrededor del Hilton, comieron hasta hartarse. De vez en cuando dan fiestas. A veces, con limonada sola: el caso es reunirse. Alina y Edgardito casi olvidan a ratos que van a separarse o que quizá lleguen los visados de un momento a otro y viven su juventud enamorada, como si fuera a ser eterna. Cuando bailan el vals tema de *Vals para un millón* o *Fascinación*, se abrazan con fuerza y no dicen palabra. Alina a veces ha dejado correr una lágrima y él sonríe y la enjuga con el índice sobre la mejilla fresca.

—¿Qué tiempo nos quedará? —pregunta ella.

Los mayores trabajan por la supervivencia burguesa. Edgardo atiende al gallinero. Rita, a la hortaliza.

Edgardito tiene a la puerta de la casa un montón de piedras que utiliza para proteger las lechugas y ahuyentar las chivas. Nita se centuplica. Atiende a los trueques, cambia medias tejidas por café, azúcar por pañitos de cocina, entredós de encaje por arroz Valencia. Es un arsenal de inventiva: mayonesa de zanahoria, café de garbanzo molido y tostado, frituras de mango, sofrito con agua. Pero, con todo, no es fácil cocinar para seis en dos hornillas ni lavar tanta ropa sin jabón. Y a veces, de veras no puede con su alma. Más de una tarde, cuando regresa, Edgardo se la ha encontrado mirándose las manos llagadas y llorando.

—Vamos, vamos —le dice y la saca al alivio de atardecer y le predica—: No hay actividad, por pequeña que sea, que no pueda echar raíz en realidades más profundas, ni que no pueda levantarse a comprensión o a sentir más alto. Cada momento tiene su actividad y cada actividad su significado. Los deberes chiquitos también son deberes. Y como la flor se alimenta del suelo, el espíritu se alimenta de la realidad, aunque no sea muy grata. Cada actividad distinta abre una ventana del espíritu y un camino. Y lo útil será en cada momento proyectar el espíritu a partir de la realidad y la actividad de ese momento. En la tarea doméstica hay que crecer y profundizar a partir de lo doméstico, que la verdad es una y llegamos a ella por cualquier camino. Ya vendrán otros tiempos. De todos modos, la vida no hay que entenderla, sino obedecerla.

Nita lo escucha y, aunque pierda el hilo, la tranquiliza el tono de su voz pausada. Otras veces, cuando le resbalan sobre el cansancio las palabras baldías, el único alivio que desea es dormir sin despertar mañana. Pero Ernestina se queja toda la noche por las llagas de falta de circulación que tiene; ha habido que amputarle dos dedos y después una pierna. Cuando hubo que realizar los trámites en el cementerio —hay que hacerlos aunque no sea un cadáver completo lo que vaya a enterrarse—, Edgardo llegó destruido. Nita no le dijo palabra; le hizo un cocimiento de jazmín de cinco hojas y lo llevó hasta la terracita del fondo —un remanso— a que lo sorbiera y se aliviara en silencio.

Aun así, Ernestina no quiere morirse ahora que todos la confortan y la ayudan a terminar los cuentos que empieza tartamudeando.

Tienen una fibra especial estos burgueses esperantes, una fibra dura, resistente. Han hecho alianza y trajinan, truecan, aguzan la inventiva. Esperan y luchan confiando en pervivir. Los que han dejado cesantes por «gusanos» —«gusanos» les dicen, con desprecio, olvidando la paciencia, la pertinacia, la flexibilidad, la mariposa al fin— se buscan la vida con argucia. Los López desarman las arañas de cristal de roca y ensartan collares. Blanca borda sacos de yute y vende carteras. Suárez dobla alambres y fabrica percheros. Con lo que pudo salvar de la droguería, Martínez mezcla en el garaje de su casa «Nuit d'amour» y «Soir d'amour», dos lociones sin fijador que huelen a agua de rosas. El que según Juan Antonio «le puso la tapa al pomo» fue su amigo Pancho: compra hojas de papel al Consolidado del Papel; las lleva a cortar en cuadrados de 3 × 5 a la Imprenta Nacional; al fin los vende como servilletas al Instituto Nacional de la Industria Turística. Contra viento y marea, con tozudez, mantienen la gracia, el decoro. Porque, como dice Rita, lo que no pueden es perder la tabla.

Por eso se empeña y ha arreglado la casa. Consiguió para el jardín marpacíficos, begonias, geranios, rosales. Tapó el pestilente gallinero con una cerca rústica. En la terraza ha enredado el jazmín, para que sirva de techo perfumado. Con una profusión de gardenias y galán de noche amortigua, en la brisa, la ominosa presencia de las gallinas. Al frente, puso una buganvilla roja y otra blanca para que crecieran entretejiéndose.

—Se vive —predica Edgardo— con decoro y con sabiduría. —Con su filosofía insistente, ha convencido a Rita de que Dios dispone disfrutar el momento, sacar fuerza de las cosas sencillas: ver los hijos dormir plácidamente, sentarse juntos a la mesa, contemplar el primer botón de rosa, lento en abrirse, agradecer el recuerdo de tanto amigo querido que escribe y los recuerda. Sobre todo, ha logrado enseñarle que la muerte, a punto de llevarse a la abuela Ernestina, es sobre todo descanso, regreso, reencuentro.

Ya hace seis meses que se pidieron los visados. Cuando habló directamente con Schmidt, Juan Antonio trató de extraer al hombre desde su voz. Parecía interesado, pero quizá poco expeditivo, ¿o pusilánime? Muy correcto, eso sí; pero ¡sabrá Dios si de veras se ha estado ocupando! Aun entre parientes el desinterés o la desidia demoran con frecuencia los trámites; cuanto más él, que al fin y al cabo, ni los conoce siquiera. Schmidt previno que había que esperar cuatro meses a que regresara de una misión diplomática el licenciado Orozco —según dio a entender, porque no pudieron hablar a las claras—, el funcionario venal que por cuatrocientos dólares, los visados de núcleo los consigue en tres meses.

Por sí o por no, Juan Antonio afronta los peligros y acumula dólares. Afortunadamente, está bien dotado para la emergencia. Es lince en los negocios y en las decisiones grandes en modo alguno se exime de hacer los que juzga necesario. Poco publicitario de sí mismo, posee la ecuanimidad de quien actúa sin festinación, la argucia del que deja hablar, la perspicacia de quien madura antes de decidir, la prudencia de no ofrecer y la habilidad de desconfiar. En suma: es un hombre de compleja sencillez, de cuya inteligencia, cautela, ingeniosidad y reserva ha dado abundante prueba en los momentos de crisis.

Desde 1960, viendo el sesgo que tomaban las cosas, repartió utilidades del negocio, pasó el efectivo a cuentas de ahorro personal y extrajo de ellas paulatinamente, para no llamar la atención, hasta reunir cien mil pesos. El Gobierno Revolucionario respondió ordenando, el 8 de agosto de 1961, un sorpresivo cambio de todo dinero en efectivo por moneda de nueva acuñación. Rápido, Juan Antonio delineó una estrategia hábil. Calculó que a los negocios les permitirían unos diez mil pesos para operar. La ley no lo especificaba, pero era lógico. Como trabajaba con dos bancos, y contando: *a*) con la falta de coordinación en el sistema bancario y *b*) con la deliberada ineficacia de los empleados, en su mayoría contrarrevolucionarios, colocó diez mil pesos a nombre del negocio en cada uno. En cuenta particular ingresó seis mil. Escogió tres personas leales y discretas: abuela María, la tía Candita y Nina, y entregó a cada una dos mil pesos para que ingresaran en cuentas de ahorros especiales de las que el Gobierno permitiría extraer doscientos pesos cada mes. Inmediatamente, comenzó a hacer negocio con amigos exiliados que le depositaban dólares en Estados Unidos a cambio de que entregara la cantidad equivalente en pesos, tres a uno, a familiares que habían dejado en Cuba. Así, logró pasar unos 300 pesos todos los meses que, durante seis, representaban 1 800; o sea, unos 600 dólares.

Pedidos los visados, concretó sus planes: tenía que situar 800 dólares para pagarlos, otros 4 000 para pasajes y estancia en México, más cuatro, cinco mil pesos —lo más que pudiera— para establecerse en Miami. Total, en cifra redonda, unos diez mil dólares que a un promedio de 6,6 (así de exacto era) supondrían 66 000 pesos. En conclusión: necesitaba otras conexiones posibles y más rápidas. Juan Antonio escogió tres: uno, el doctor Xiques, médico de la Embajada de Holanda; dos, Andresito, cuñado de un oficial de embajada, y tres, Pancho Gómez, comerciante ducho y amigo de años.

Para sondear al doctor Xiques, lo invitó a almorzar al Carmelo de 23. Antes de lanzarse a hacer planteamiento alguno, y mientras intercambiaban contrarrevolución de sobremesa, lo analizó en función del favor que pensaba pedirle. Xiques era indiscreto; daba demasiados detalles, mencionaba nombres. Tenía el hablar incontenible de quien ha estado seguro de sí, y ya no. Su relatar en presente histórico, como si fuera testigo u hombre clave, era un último esfuerzo de vigencia. Casi tanto como el entrejado de pelo teñido con que se cubría la calva. Juan Antonio desistió. Quedó en almuerzo social, por «ganas que tenía de verlo».

También descartó a Andresito. Parte, porque desconfía de los tímidos y de la gente que repite, asintiendo, la última frase que acaba de decírseles. (Sobre todo, siendo hombres, que las mujeres lo hacen por hábito de conciliar.) Además le debía dos mil dólares que no pudo ni intentó pagar nunca. Efectivamente, bajo sus palabras se percibía una amabilidad untuosa. Juan Antonio lo catalogó insincero, como puede serlo toda persona condenada a agradecer. En fin, que se decidió por Pancho Gómez. Los unían veinte años de amistad. Era ejecutivo de empresa; había duplicado su capital en tres años. Cuando planteaba una operación —cosa que a Juan Antonio le producía confianza, porque él mismo solía hacerlo— la resumía numéricamente haciendo anotaciones en su cajetilla de cigarros. Había logrado pasar (y no mencionó embajada ni nombres), 50 000: más de ocho mil dólares.

—Yo no meto la mano en la candela por nadie —advirtió precavido—, pero, por ahora, mi contacto funciona. A lo mejor, el día menos pensado me clava. Pero aquí llevas la de perder de todos modos. Y, por lo menos, le veo una ventaja. No anda tapiñándose, ni media amistad. Es, formalmente, un negocio. Cuando tú quieras, me lo dices y te pongo en contacto con ella.

—¡Ah!, ¿es una mujer?

—Sí, mi hermana, pero ¡qué mujer! ¡Le da punto y raya a cualquier hombre!

Fueron aquella misma tarde. El apartamento lujoso era un aquelarre. En la terraza, colgando de un alambre que la atravesaba de lado a lado, había capas de piel, lencería fina, trajes, tejidos. Sobre las mesas, copas de bacarat, vajillas de plata, objetos de cristal de Murano. Cuatro óleos: dos de Mariano y dos de Ponce, habían sido colocados con la festinación de lo recién adquirido en las paredes blancas. El conjunto producía una desagradable sensación de inestabilidad y tránsito.

—Siéntense, que voy a avisarle a Tití —dijo una mulata gruesa, sonriente y canosa, inmaculadamente uniformada.

—¡La candela! —observó Juan Antonio señalando el conjunto.

—Eso no es nada; deja que la conozcas —comentó Pancho.

—¿Qué tal, Pancho? ¡Dichosos los ojos!

Entró en la terraza una mujer alta, desgarbada, pálida como la cera, de pelo lacio y negro. Un par de ojos —lo más valioso de su rostro— expertos en discriminar e intuir, la salvaban de fea. Había en su porte, en su voz grave y bien modulada, en sus finas manos, la inequívoca distinción de su Núñez de Villavicencio.

—Juan Antonio, Lydia.

—Qué, ¿me trajiste otro cliente? —preguntó ella con aplomo, enfocando sobre Juan Antonio sus pupilas miopes—. ¡Esto es horroroso! ¡Cada día me aumenta más la clientela! Yo te lo digo siempre; éste es un negocio mejor que el tuyo —comenzó dirigiéndose a Pancho y abarcando luego a los dos— : a que ninguno de ustedes le ha ganado hasta el ochenta por ciento a la mercancía, ¿eh? Sin invertir un centavo, ¡mira cómo tengo la casa! Un almacén. Luego los diplomáticos se han vuelto locos, te lo compran todo, todo, chico. El *turnover* es fantástico. Además, ¿tú sabes?, he descubierto que soy la candela vendiendo. Me fascina, simplemente me fascina este jaleo. ¡Mira tú!

Riendo, y sin dejar de estudiarlos, puntualizó:

—Y esto no es más que el *side-line*. El negocio está en los cambios.

Deliberada, casi ostentosamente, ponía las cartas sobre la mesa. Era su modo de reclamar confianza. Mientras, con ejercitada intuición femenina, estudiaba la reacción a sus palabras e inventariaba a Juan Antonio : reloj de oro, corbata Countess Mara.

—¡Qué bonita! —dijo señalándola, como si bastara para establecerle el crédito—. Tú nada más me traes gente fuerte, ¿eh Pancho?

—La crema —rió él.

—¿Podemos hablar? —interrumpió Juan Antonio.

—Habla, habla sin problema —dijo Lydia pasando

inmediatamente al «tú» de la aceptación social—. Aquí si algo va mal, la primera que cae soy yo.

—Me interesa hacer cambios.

—¿Cuánto? Perdona la franqueza, pero no quiero quemar mis contactos con cambios chiquitos. Menos de cinco mil no me amerita.

—Bien. Empezamos con cinco mil.

—Éste es un *tycoon* —dijo dirigiéndose a Pancho—. No pierde tiempo, ¿eh? Pero cauto. Una pruebita, ¿no?

—Exacto. No se pueden colocar todos los huevos en la misma canasta. ¿A cómo el cambio?

—Al ocho.

—Yo he estado cambiando al seis.

—Ah, chico, pues arráncale el brazo. Yo francamente no cambio a menos del ocho. Eso sí: la operación es garantizada. Me entregas la plata y antes del mes ya está situada. Además, ni siquiera te garantizo el ocho exacto. A veces hay que untar a alguien más, son *sharks,* no tienes idea, y te sale a ocho y medio, a nueve.

Rápido, por medir su agilidad en evadirlo, Juan Antonio lanzó la pregunta:

—¿Por qué embajada?

Lydia se echó a reír entrecerrando los ojos:

—Confórmate con saber el milagro y no te ocupes del santo.

A Juan Antonio le satisfizo la prueba.

—¿Y qué seguridad tengo?

—Ninguna. Aquí lo único seguro es que Fidel tarde o temprano te quita la plata. Todo lo demás es riesgo calculado. Pero no te comprometes; la que da la cara soy yo. Tú lo único que haces es buscar quien te reciba la plata. Eso sí; consejo que te doy: no te fíes de nadie por amistad. Allá la gente está con el cuchillo en la boca.

—¿Cómo sé que llega la plata?

—Primero, por embajada, le mandas el recado a la persona que escojas. Yo te recomiendo el sistema de los telegramas cifrados. Es el menos peligroso. Que te manden un telegrama cualquiera, de pésame, de felicitación. El quid está en la firma. La inicial del nombre es un dígito que multiplicas siempre por mil. La inicial del apellido te da el cambio. Es un sistemita sencillo, y funciona. Sí, porque hay que tener cuidado. Aquí ha habido gente que caen porque se la buscan. Que si tantas unidades de penicilina, que si tantas pastillas de vitaminas. ¡Cretinadas! Esta gente será sinvergüenza, pero no boba. Bueno, ¿cuándo me traes el dinero?

—Si me decido, hablaremos mañana.

—Tú eres un tipo cauto, ¿eh? Pero no te demores mucho; si viene un cambio de embajador, la operación se suspende. Además te soy franca: yo tengo un límite. Después, si no hay problema, salgo por México. O va y me asilo. Todo depende.

—De acuerdo, pero quiero pensarlo.

—Es la única operación comercial que has cerrado sin firmar contrato, ¿eh? Y sin alternativa, que es lo peor. Piénsalo y te espero mañana. ¿Quieren tomarse un traguito, un *high-ball*, algo? Tengo Chivas Regal. ¿Quieres, Pancho? Sin pena.

—No; nada, gracias —se despidió Juan Antonio.

—¿No te dije? —comentó Pancho cuando salieron—. ¡Le da punto y raya a cualquier hombre!

Juan Antonio regresó a la casa y pasó la noche escogiendo, entre sus amistades extranjeras, dos a quienes confiar los dólares. Se decidió por Mr. O'Neill, representante de firmas extranjeras y amigo de veinte años, y por Goldstein, relojero radicado en Zürich que, por judío, conocía hábilmente estos asuntos. En seguida, redactó las instrucciones detalladas. Al día siguiente, llevó la carta personalmente a Lydia. Entregó dieciséis mil pesos. Esperó, sobre ascuas, el primer telegrama, que se recibió al mes justo. «Felicidades. Abrazos», firmado Benito Hermida. O sea, B igual dos, por mil, dos mil dólares al H igual ocho, recibidos en Nueva York.

La conexión duró tres meses y cuatro cambios: un total de seis mil dólares. Dos días antes de hacer la última entrega, Juan Antonio supo, por Pancho, el asilo de Lydia.

—Por suerte, la avisaron con tiempo —dijo Pancho—; el mismo presidente del comité. Porque ella tenía sus ligues, ¿sabes?

Juan Antonio apeló a Xiques, que, por entonces, vivía un amor climatérico con su secretaria, veinte años más joven. (Para los cambios era una ventaja; al menos, no se iba de Cuba.) La esposa y las hijas de Xiques estaban en España y lo reclamaban constantemente. Él cumplía como padre: cada mes, por embajada, les enviaba seiscientos dólares que estaba dispuesto a aumentar a mil para servir a Juan Antonio. Cuestión de tres meses duró el arreglo. Porque esto de los cambios está sujeto a pasiones y rencillas. La secretaria tenía un ex novio celoso que denunció a Xiques. Cuando lo cogieron preso, ella lo visitó puntualmente en la cárcel hasta que le echaron veinte años. Entonces se puso a pensar que treinta años más veinte que tenía serían cincuenta, y no iba a pasarse lo mejor de su vida esperando. Un hermano la convenció para que aprovechara la coyuntura, le proporcionó el dinero, el visado, le gestionó la salida. En fin, que la ruptura le costó a Xiques el poco de juventud con que se ilusionaba, y envejeció sin retorno. A su desgana por vivir debió Juan Antonio que no colaborara en los interrogatorios ni mencionara su nombre. Pero no fue, como creía, sólo por amistad, sino porque su última atadura a la ilusión se había quebrado totalmente y le daba lo mismo.

Juan Antonio se sintió acorralado, con el tijeretear del tiempo, y los visados al llegar y tanto dinero en efectivo, sin poder cambiarlo. Volvió a hablar con Pancho Gómez. Que si podía conectarlo con alguien. No. Como sus hijas eran chicas y no tenía varones, había decidido esperar. La cosa estaba poniéndose muy dura y no quería terminar en chirona. Pero él, Juan Antonio, no tenía tiempo. Pancho quedó en hacer una gestión y volvió a verlo a los cuatro días.

—Oye, mi hermano, tengo algo para ti. No sé cómo tú lo verás. Es un tal Joaristi, un tipo que hacía negocio con mi hermano. Me ofrece colocar dos mil al diez en Nueva York. No se le entrega nada hasta recibir confirmación. Si se da la operación, que te llamen y te la garanticen; entonces le pagas.

—¡Qué raro! —caviló Juan Antonio—; ¿y qué impresión te da a ti el hombre?

—Un hampón de saco y corbata. Ya no creo ni en Sansón Melena. Pero no pierdes nada, compadre. Yo tú me lanzaba... ¡Si te lo van a quitar de todos modos!

—Bien; voy en ésa. Háblale tú. Que me sitúe dos mil a nombre de Richard O'Neill, en el First National Bank de Nueva York.

A las dos semanas, sorpresivamente, llegó el telegrama: «Felicidades. Cariños», firmado Bertha Luaces. Juan Antonio se sintió satisfecho. Había sido un golpe de suerte. Redondeaba la suma necesaria y no volvía a exponerse. Ahora, entregar veinte mil —lo último que le quedaba en efectivo— y asunto concluido.

Al margen de todo, Teresa recibió a las once de la mañana del día siguiente la incomprensible llamada de Mr. O'Neill. «¿No estaba Juan Antonio en la casa? ¡Era urgente!» Que le dijera, de parte suya, que Bertha Luaces había muerto de repente. «Fue una gravedad súbita», repetía Mr. O'Neill en su español forzado. «Que no haga nada. No se puede hacer nada. No hubo modo de salvarla. Ni siquiera —recalcó— se pudo concluir la operación.»

Teresa se preguntó perpleja:

«¿Bertha Luaces? ¿Quién era Bertha Luaces? ¿Qué había querido decirle?»

Hizo lo imposible por localizar a Juan Antonio y pasarle aviso. Pero de todos modos hubiera sido tarde. Estaba citado con Joaristi, en la esquina de Hospital y San Lázaro, a las diez en punto de la mañana.

Apenas lo vio llegar, Teresa reconoció las líneas duras que marcaba la tensión en su rostro.

—¿Pasa algo?

—Llegaron los visados —contestó Juan Antonio—. Vengo de la embajada.

Teresa controló un estremecimiento de angustia.

—¿Los ocho?

—Los ocho.

—No se lo digas a mamá. Déjame a mí.

Juan Antonio la vio desviar la mirada y pestañear seguido. Era en ella la muestra visible del rápido desfile de ideas.

—¿Qué tienes? ¿Pasa algo?

—Que volvió el teniente.

Juan Antonio dio un solo puñetazo contra el marco de la puerta.

—¡Contra, carajo!, ¡qué día!

Permaneció un instante lívido, trémulo. Un cerco de palidez rodeaba sus labios contraídos.

—Y qué, ¿ahora no quiere irse? —preguntó.

—¡No te pongas así! —suplicó Teresa.

Juan Antonio vio en su angustia un recordatorio: no era invulnerable. Pero le irritaba la deliberada protección de Teresa.

—Déjate de *show*. Yo no tengo nada. Mi único problema es acabar de largarme de aquí.

Teresa alzó los hombros, y hundió el pecho: un ademán de resignado sufrimiento que hacía de un mes a esta parte.

Juan Antonio sintió una conmiseración impaciente.

—Mira, chica, no te hagas rollos ni te compliques. Se va con nosotros y listo. Para eso se le dio todo el tiempo que quiso. No te encalabrines. Escoge. O se lo digo yo, o se lo dices tú. ¿Dónde está?

—No, no, por lo que más quieras, déjame a mí —suplicó Teresa.

Entró en la habitación contigua y tropezó con los restos humeantes de una escena violenta. La mirada de Ana, dura. La de abuela María que era la de las madres cuando ven pronta a estallar la tormenta entre dos hijos.

—Hija, tu hermana...

—Deja, mamá; yo se lo digo —la interrumpió Ana—. Jorge vino antenoche. Tenía veinticuatro horas de permiso. Ahora vuelve a irse dos meses a una misión. Cuando regrese, quiere que nos casemos. Me da una pena que me muero con Juan Antonio, pero tú comprendes, ustedes comprenden, ¡es mi vida! ¡Mi vida! Yo por eso pedía que me dieran tiempo. Ya ven; regresó. Yo lo sabía. Por eso no quería decidir.

Teresa dijo sencillamente:

—Los visados llegaron hoy. Juan Antonio acaba de venir de la embajada.

—¡Pero yo no me voy! Ya les dije que me dieran tiempo.

—¿Y tú crees que íbamos a estar esperando hasta las calendas? ¡Había que decidir!

—¡Pero no dependía de mí, sino de él!

—Mamá te dijo que se quedaba contigo y no quisiste.

—¡Porque no podía sacrificarla!

—¡Por lo que fuera! Ya es muy tarde. Los visados se pidieron por núcleo y tenemos que salir los ocho.

—¡Pues yo no me voy!

—¡Baja la voz, por lo que más quieras! ¡Que no te oiga Juan Antonio!

—¡Que me oiga! ¡Si se va a enterar de todos modos!

—Hija, ¡que le hace daño violentarse!

—Tú siempre piensas en todo el mundo menos en mí.

—No seas injusta, Ana.

—¡Es la verdad!

—Hay que pensar en los demás. No se puede llevar siempre el yo por delante.

—Sí; ahora resulta, como siempre, que yo soy la mala, la egoísta. Todo porque quiero ser feliz. ¡Yo tengo derecho a ser feliz! ¡A un poquito de felicidad siquiera! ¡Váyanse ustedes y déjenme! Pero no me vuelvan loca, ¡no me atormenten!

—Nadie te está atormentando, Ana —medió Teresa—. Déjate de nervios y piensa.

La mirada de Ana se endureció con una suma de resentimientos antiguos.

—Bueno, yo seré la egoísta, la histérica, pero la que ha enfermado aquí de las dos, eres tú. ¿Y quieres que te diga por qué? ¡Porque en el fondo de tu alma nunca has pensado como él, y te has pasado la vida entre la espada y la pared! Ahora mismo: tú estás con esto; si te vas, es porque le tienes un miedo que te mueres.

—¡Cállate, Ana! —suplicó abuela María.

—¡Si es la pura verdad! Por mucho que disimules, yo sé. Es más —añadió hiriéndola deliberadamente—, ¡tú nunca lo quisiste, ni te casaste enamorada! Es la realidad. Pero yo voy a vivir mi vida, ¿oíste? ¡Ni tú, ni Juan Antonio, ni nadie va a obligarme a dejarlo!

Juan Antonio, lívido, había aparecido en la puerta.

—No le hagas caso, Juan Antonio, ¡son los nervios!

—¡Yo no me voy! ¡Yo no me voy! —gritó Ana—. ¡No pueden obligarme!

—Estése tranquila, María —dijo Juan Antonio a la expresión aterrada de abuela María. Luego, calmadamente, dirigiéndose a Ana—: Ahora tú te marchas con nosotros, gústete o no te guste.

—¡Tú no tienes ningún derecho!

—Para sacar fuera el dinero del visado tuyo y de tu hijo, llevo jugándome el pellejo seis meses. No me han cogido de puro milagro. ¡Y tú, en el limbo, como siempre! Ahora no se puede empezar otra vez. Sencillamente no tengo el dinero.

—Lo dices para forzarme —impugnó Ana.

—No. Es cierto. Hice un cambio; situaron un cheque sin fondo en Nueva York. Me avisaron, yo entregué aquí hasta el último centavo que tenía. El cheque era falso.

—¿Ésa era Bertha Luaces? —preguntó Teresa.

—Sí —asintió Juan Antonio.

—¡Ay Dios mío, Dios mío, pero yo no tengo la culpa! ¡Yo se los dije! ¡No me lo echen en cara!

—¡Cállate! ¡Cállate! —rugió Juan Antonio—. A mí me importa un bledo lo que tú hagas con tu vida. Si te da la gana, después que estemos en México, vuelve. Es más: yo te pago el pasaje. Pero ahora sales con nosotros.

—¡Ay Dios mío, si yo me voy y tengo que dejarlo, prefiero morirme! ¡Morirme!

—Pues muérete, chica. ¡Qué le vamos a hacer! Con eso terminamos de una vez —acabó Juan Antonio, con la crueldad de la ira.

Ana lo miró sobrecogida y comenzó a temblar.

—¡Ay, Dios mío, Dios mío! —Miró en derredor, como buscando salida, abrió la puerta y marchó a la calle.

—Hija, ¡hija! ¡Razona! —trató de detenerla abuela María.

—¡Déjela, María!

—¡Sabrá Dios lo que hace! ¡Ay, Virgen de la Caridad! ¿Hasta cuándo?

—¿Llegó el telegrama? ¿Ya llegó el telegrama?

—¿Cuántos días hace que presentaron?

—Cuarenta y seis.

—¿Por México?

—Por México.

—No es nada. No es nada. Hay gente que lleva doscientos sesenta días contados, casi un año.

—En cambio, Octavio se fue a los quince días justos. Parece que alguien —algún peje gordo— le tenía echado el ojo a su casa.

—No; a ustedes les dan la salida: una casona, negocio, dos automóviles, casa en la playa... ¡Seguro les dan la salida!

—Pero ¿llegó el telegrama?

—No.

Salimos y llamamos a las once, a las cuatro, a las ocho. Y no es un telegrama de felicitación, ni de pésame. Es sólo un telegrama que dice:

«Su salida 27 de julio por Cubana. Punto. Preséntese compañía 72 horas antes o perderá derecho válido para prechequear en el aeropuerto...»

Todo lo que se hace y se dice o se piensa está tocado de frágil, de huidizo. Pero uno sale, entra, prepara la ropa, va al dentista, se hace un chequeo médico, cambia los espejuelos. La familia entera revisada de pies a cabeza aquí, porque es más barato; aquí, para al llegar no tener preocupaciones —si Dios quiere— al menos, no porque se hayan dejado de tomar todas las avenidas.

—¿Llegó el telegrama?

—No; nada.

—Nos va a dar tiempo de hacer visitas para despedirnos.

A Felicita, que vive sola, que no abre las puertas por

miedo a alguna denuncia, a quien todos los meses llevamos doscientos pesos por cincuenta dólares que nos sitúan en Miami. Felicita que nadie nunca va a mandar a buscar, porque primero están las abuelas, y los padres y los suegros. Una tía solterona y asmática va luego, mucho más luego; tan mucho más luego, que más cerca y posible tiene la muerte que la ida. La pobre, siempre después de la Revolución ha tenido muchas familias, familias que no lo son: es algo como una herencia que se pasan unos a otros, porque no es mal negocio doscientos pesos a cuatro el cambio. Todos, al irse, la recomiendan. Así pasó de sus sobrinos, los Penichet, a Pedro Álvarez, a José Javier, a Juan Antonio. Entre los Penichet y Álvarez, entre Pedro y José Javier, entre José Javier y Juan Antonio quedaba un tiempito de angustia que le aumentaba el asma. Ese tiempo entre «Estamos esperando, Felicita» y «Ya nos dieron la salida. No se preocupe: la dejamos en buenas manos». Pero siempre la primera semana, el primer mes hasta que venían, estaba en un hilo, ahorrando, porque «los cambios» son difíciles y arriesgados manejos que ella no entiende. Que de allá le mandan el dinero no tiene, no quiere tener la menor duda. ¡Aunque se han dado tantos casos! Suerte que hasta ahora toda ha sido gente buena, discreta, amable, pero algún día se acabará de ir la buena gente. Ya se acabaron los sobrinos y sobrinos políticos y amigos de los sobrinos. Aparte de no quedar mucha gente buena, tampoco queda gente buena con doscientos pesos al mes en efectivo y dispuestos a correr el riesgo. Por eso, porque no va a terminarse, Felicita tiene alguna prisa en morirse. Pero qué va, se ahoga y se ahoga y casi se esperanza (por la tranquilidad definitiva), pero no es fácil morirse, ni la muerte viene sólo con desearla.

¡Pobre Felicita! Nos unta con miles de recuerdos y gracias y recomendaciones para la familia. Medrosa, humildemente, insinúa que, si llegado el caso no hubiera ya con quién mandarle su dinerito, podrían mandarla a buscar. Que lo preguntemos como cosa nuestra, que no parezca. No quiere imponerse; al fin y al cabo los sobrinos tienen sus familias y sus problemas en Miami. Pero que se lo insinúen. También que no dejen de mandarle la medicina del asma.

Nos despedimos de sus lianas, abrazos, tentáculos.

—¿Llegó el telegrama?

—¿Hubo noticia?

—¿Nada?

—Nada. ¡Nada!

Vamos a ver a Isolina entonces. Nunca vamos y pasan años mil y cuando más una llamada de Pascuas a San Juan. Pero ahora es distinto. Hay que dejar bien rematadas las relaciones de familia. Por lo que tiene de última esta despedida, y porque tampoco llega el telegrama y así se pasa el tiempo.

Isolina es mínima; tal parece que lleva ochenta años encogiéndose. Tiene el pelo completamente blanco. Se pasa la vida en un sillón de mimbre leyendo la Biblia. Nos reconoce o, al menos, así parece. Saludos, abrazos y cuentos de los parientes, todos fallecidos, que nos unen a ella. Al cabo nos mira y nos pregunta quiénes somos nosotros.

La cuida Consuelo, que no es de la familia, sino huérfana-soltera-recogida, de las mil y mil de antes, que se quedaban cuidando a los viejos. Consuelo tiene una alegría triste, como la gente casi mártir de buena, que no se da cuenta de que es buena y no tienen soberbia ni vanidad de ser buena. Apropiadamente, se llama Cruz. (La gente, aun nosotros, confundimos su nombre, pero siempre se la nombra Caridad o Cruz o Consuelo, porque se sabe que entre las virtudes o los martirios anda.) Viste y baña a Isolina y, por si fuera poco, a la cuñada, años ha hemipléjica, que parece un vegetal inmóvil, ominosamente saludable. Mientras conversa, porque cree que así la acompaña, Cruz le da palmaditas en la mano. (Yo no tengo la culpa de que ésta sea la gente que visitamos mientras llega el telegrama. Quítenle a cualquier familia sus jóvenes, y verán qué queda.)

Cruz también consigue la carne, hace las colas, limpia la casa y cocina para las tres. Cada vez que Isolina, sonriendo, pone aparte la Biblia y pregunta: «¿Quiénes son, Consuelo?», ella contesta sin impaciencia: «Los nietos de Rosa».

—¡Ah Rosa, Rosa...! —repite Isolina y se ve que recorre años con los ojos neblinosos de recuerdo—. Yo quise mucho a Rosa. —Tímida, tenuemente, como si yo fuera de loza, me toca la cara.

Cruz nos dice que «la niña» está al pasar el *foreign* y el *board*; de los dos depende que pueda trabajar, que ahorre, que reúna para el pasaje y el visado y que, al cabo, puedan salir de Cuba. «A la verdad lo que debíamos hacer es quedarnos —dice pensativa—; aquí al fin y al cabo, nos vamos defendiendo y no le echamos arriba semejante carga. Todavía ellas están bien, pero yo...»

—Ay, Cruz, ¡si tú has sido una madre para ella!

—Ah, sí, eso sí. Yo la quiero como a una hija —dice y una ternura antigua embellece sus ojos mustios.

Isolina me mira sorprendida y un sinfín de ríos diminutos cambian de rumbo en su rostro. Cierra la Biblia y pregunta:

—¿Quiénes son, Consuelo?

—Los nietos de Rosa...

—¿Hubo noticia?

—¿Llegó el telegrama?

—¿Nada?

—Nada.

Cuarenta y ocho días.

Tanto anhelar, esperarlo, pedirlo. ¡Y cuando al fin llega y lo tenemos entre las manos temblando —nosotros, claro está; el telegrama es oficial e impersonalísimo— lo leemos como sentencia de jurado implacable.

«SU SALIDA JULIO 27 POR CUBANA PUNTO PRESÉNTESE COMPAÑÍA 72 HORAS ANTES O PERDERÁ DERECHO VÁLIDO PARA PRECHEQUEAR EN AEROPUERTO PUNTO ENTREGUE SU CASA EN UNIDAD DEL DOP CORRESPONDIENTE 24 HORAS ANTES SALIDA PUNTO ENTREGUE PROPIEDADES 48 HORAS ANTES

DE SU SALIDA PUNTO ENTREGUE AUTOS CALLE 15 Y MALECÓN VEDADO SERVICENTRO SIETE DÍAS ANTES DE SU SALIDA PUNTO»

Lo leemos, y lo leemos, y lo leemos.

—¡Ya!

—¿Ya?

—Ya.

—Mamá, ya.

—¿El telegrama?

—El telegrama, sí.

—¡Ay, Sagrado Corazón!

—¡Rita, Rita, Rita...! —Vamos corriendo calle abajo, con el telegrama, como un estandarte.

Rita sale a la puerta.

—¿Qué? ¿Llegó?

—Llegó.

—¡Gracias a Dios!

—¿Para cuándo?

—El 27. Nos vamos el 27.

—¡Ay Dios mío, Dios mío! ¡Gracias a Dios!

Rita se me abraza llorando.

La calle parece un paisaje de luna: silenciosa, nevada de claridad. En el cielo alto y transparente del amanecer se desliza la mágica geometría de las constelaciones. La sombra hermana los seres y las cosas. Caminando en ella, Edgardo no se siente espectador, sino parte. La penumbra lo invita a ser uno con la creación y el propósito infinito del universo. Ésta es su hora, la hora de los propósitos y los perdones y los recuerdos; la de los pensamientos o intuiciones más lúcidas; la del consuelo y de la fuga.

A esta hora es libre. Puede disfrutar los menudos quehaceres del sol: cómo perfila las palmas, cómo devuelve el malva a las acacias, cómo da al rocío, sobre la jiribilla, una efímera paranoia de joya. Cómo —piensa, ejercitándose en poesía— apaga las constelaciones de estrellas y hace surgir las de aves en vuelo. Satisfecho, sabe que su sensibilidad es coautora de la belleza y se siente todopoderosamente humilde.

—Será un buen día —dice. Y regresa repuesto, creyente.

—¿Dónde estabas, papá? Hace una hora que te estoy esperando.

—Cargando las baterías, hijo.

(Para Edgardito, la consulta es algo así como un último trámite. El único, el último que falta.)

Lo demás estaba bien cumplido. Había lijado totalmente el *snipe* de quince pies de largo, cuatrocientas libras de peso, fabricado por Gerber. Le había puesto arboladura nueva; velas Watts, de nailon. Tenía estudiada la corriente del Golfo y el régimen de los alisios. Podía de un vistazo, en la noche, reconocer la estrella Polar. Conocía la brisa, el terral, la calma, y el viento sur y el viento norte y con qué ángulos debían recibirlos las velas. Tenía grabadas en sus músculos, ya limpiamente, en reflejos, instantáneas respuestas a «orza», «alza la mayor», «haz banda», «suelta la driza», «baja el foque». Era experto en bolinas y empopadas, pero más que nada en ese largo nornoreste, a través del Estrecho de la Florida, obviando la corriente del Golfo, que duraría treinta horas, a no ser que ahora su padre lo cancelara del todo.

—Papá —dijo—, ayer recibí carta de tía Marta. Me gestionaron el visado por México. Hicieron la transferencia para el pasaje. Me ofrecen su casa. Puedo estudiar en M. I. T.

—Tu madre y tú me prepararon este diez de marzo, ¿no? —lo interrumpió el padre, tajante. Su cuerpo se le estremeció en un escalofrío o tic súbito. Guardó silencio.

—Mira, hijo —dijo al fin y su voz sonó grave, casi profética—, la familia se queda unida y aquí.

Edgardito se agachó, tomó una piedra y con un gesto sustituto de imprecación, la estrelló contra el asfalto.

—Aguanta la jaca, compañerito —ordenó el padre.

Caminaron unos pasos.

—No es una decisión tomada a la ligera. La he meditado mucho. En cambio, tú estás actuando bajo la influencia, justificada, lo comprendo, del telegrama que le llegó a Alina.

Edgardito esbozó una protesta.

—No; no me interrumpas. Déjame hablar. —Su voz era pausada, sermoneante, completamente paterna—. Para ti, como para ella, Estados Unidos es el Hit Parade, Hollywood. Un mundo de maravilla con desodorantes, dentífricos, bujías, líquido de frenos, lavadoras, hornos mágicos y carros del último modelo. El paraíso del utilitarismo. ¡Pero yo tengo otros Estados Unidos aquí!, ¡aquí! —exclamó golpeándose la frente—. El primer shock es el cuestionario que llenas en México: si piensas asesinar al Presidente, o derrocar al gobierno o dedicarte al tráfico de drogas. Alina tendría que contestar si piensa ser prostituta. Así y todo, como no tienes alternativa, lo llenas y gestionas la residencia. Te admiten, y como es el país de la Oportunidad, a los pocos días los hombres tienen un trabajo de cuatrocientos o quinientos dólares y las mujeres un *full-time* en una factoría. Entonces empieza la molienda. Corres para levantarte, tomas el desayuno, agarras el *subway,* trabajas todo el día mirando una pared blanca, regresas corriendo, cocinas, haces las compras, te esfuerzas, haces tu *part-time* para conseguir el *credit card* —especie de honor nuestro— con que pagar los *installments,* el *liability* y el *down* del automóvil. Eso, sin contar un seguro leonino para que te admitan a un hospital si enfermas. Los domingos y días festivos, limpias la casa, cortas el césped, arreglas el automóvil y cuando ya no puedes con tu alma de cansancio, tienes en el televisor, para distraerte, horas de sexo, violencia, drogas y esquizofrenia. No tienes un minuto solo y, sin embargo, la soledad te cala hasta el hueso. Porque todo eso del *melting pot* es un eufemismo. El judío discrimina al *latin,* el *latin* al *polac,* el *polac* al *pepperoni pizza,* el *pepperoni pizza* al judío y todos al negro. Cada cual vive celularizado en sus ghettos físicos o espirituales, cubriéndose con la carpa llena de parches de su identidad. Entonces te marcan con el fierro: *latin, spic,* para ser más preciso. Un escalón por encima del negro, quizá medio escalón por encima del chicano, pero a distancia cósmica del *white-anglosaxon-protestant.* Así y todo, un día amaneces diciendo *crispy* y alegas que no hay traducción exacta, pero al poco tiempo, estás «llamando para atrás» o «baqueando la troca» y si eres estudiante, «registrándote» en vez de matricularte y escribiendo «papers» por trabajos y «flonqueando» los exámenes. Empiezas a pensar en inglés y en español, o en español con palabras en inglés, o en inglés con valores en español. Te vas convirtiendo en un bicéfalo cultural. Entonces, te afincas al recuerdo de Cuba. Y el agua de Varadero es imperecedera, como la Plaza de la Catedral o el valle de Viñales, porque se encargan de pintar, grabar, fotografiártela hasta el infinito. Y no hay acuarela mediocre de pintor de exilio que no tenga su flamboyán y su tinajón. Pero en cambio, un día quieres recordar la calle de San Ignacio con sus aleros, y no la recuerdas, y se te desdibuja el parque de San Juan de Dios y tratas de recorrer la calle Infanta o San Lázaro, y es como si se perdieran en sueño o en neblina.

—¿San Lázaro, papá? —preguntó Edgardito perplejo.

—Sí, San Lázaro, San Lázaro. Porque al final de cada bocacalle ves mar. Ah, tú no sabes, ¡tú no sabes lo que es amanecer un día buscando a Cuba por todo Nueva York y echarte a llorar porque al término de una calle, ansiosamente recorrida, no había ni Malecón, ni mar por ninguna parte! —exclamó conmovido.

Hizo una pausa y regresó al presente.

—Ahí no para la cosa —continuó sereno—. Con la pérdida del paisaje físico, se pierde el paisaje cultural. Y la cultura es como otra alma, un sostén secular, un acuerdo silencioso y latente con lo que hemos sido. Decir «¡Sólo las flores del paterno prado tienen olor!» y sentir voces que susurran «¡Sólo las ceibas patrias del sol amparan!» Decir «las palmas, ¡ay!, las palmas» y sentir un millón de neuronas que se agitan y recuerdan: «que en las llanuras de mi ardiente patria nacen del sol a la sonrisa y crecen, y al soplo de las brisas del Océano, bajo un cielo purísimo se mecen...»

Edgardo hizo una pausa. Le vibraba de emoción la voz. Pero miró a su hijo y halló burla. Mentalmente, rectificó rumbo. «Estás pitcheando muy alto», se dijo.

—Hasta los dichos —continuó, creyendo bajar el tono—, hasta los dichos son engrampes de acuerdo e identidad. —Le apasionaban los dichos, los coleccionaba, los repartía como una especie de sazón en sus charlas—. Dices «se armó un titingó», dices «a correr liberales del Perico», dices «se puso el jacket» y no te entiende el peruano, ni el colombiano ni el chileno. Pero un cubano la coge al vuelo. Porque es la historia grabada en humorismo. El choteo en semántica. ¡Y hasta los dichos se pierden!

Edgardo se confundió; comprendió el desempate: los que había citado eran todos de antes del año cuarenta, veinte años antes de nacer su hijo.

—Bueno, no hace el caso. Descarta todo esto, que

no tiene importancia. Pero lo que sí la tiene es que el proceso de desculturación continúa. Un día Martí te es menos que Washington y Carlos Finlay no descubrió la fiebre amarilla y ya sabes, ni te importa, quién fue Saco, o Varela, o Aponte o la Condesa de Merlín.

Efectivamente, no le importaban.

—En cambio, te invade la cultura tecnológica, estudias la Historia a punta de estadística; la lingüística a punta de fórmulas: «los escuigos trozaban woblamente por la gupa garlisca». ¿Te imaginas? La sicología a punta de *tests* y *averages*, la literatura a *true and false* o *fill in the blank* o si no, a espúlgame allá ese piojo de cuál fue la enfermedad de la tía de Melibea, o quién era el abuelo de Sarmiento por línea materna, o cómo se llamaba el perro, si es que aparece un perro, en *La vorágine*. Como no se interrelacionan las disciplinas, ni se crean cuadros mentales del devenir humano, queda flotando, sin organización, un celemín de datos. Sin relación causa-efecto, sin concepto histórico, sin filosofía y gracias a la democracia, te conviertes en el *punching bag* de ideas antagónicas irreconciliables. En eso de dar una cosmovisión inteligible, no hay duda: tienen ventaja los católicos dogmáticos y los comunistas. El golpear de disyuntivas ideológicas a medio digerir sobre un trasfondo cultural fragmentario lleva a la desorientación y a la soledad más abismal. De ahí dimanan todas las actitudes escapistas: el *hippy*, la droga, las actitudes antisociales. Y sobre todo, la soledad, la angustia.

Edgardo exponía a borbotones, apasionadamente,

con la respiración entrecortada. La avalancha tumultuosa de sus palabras producía en su hijo una especie de vértigo.

—En fin —terminó abatido, ya sin esperanza de acuerdo—, ésas son mis razones. A partir de ellas reacciono. Yo no puedo lanzarte ni a ti, ni a tus hermanos, a ese clima de Apocalipsis.

—Entonces, en definitiva, ¿no? —precisó Edgardito.

Edgardo miró a su hijo. Su hijo, de ojos impermeables, para quien una tuerca o una caja de bolas o un fusible era infinitamente más valioso que una palabra. Su hijo temperalmente distinto, que odiaba la pasión de la palabra y la hipérbole y que hacía rato estaba desatendiéndolo.

Suspiró impotente. Y se cruzaron, en el mismo aire, un ¿no? repetido con insistencia y la lástima que sintió el hijo por este último padre en derrota.

—No hay nada definitivo —filosofó aún—. Digamos que, por ahora, definitivamente, no.

—Recuerda que tú lo decidiste.

La leve amenaza alertó a Edgardo, que tentó como un ciego en la indescifrable expresión de su hijo. «¿Qué pensaba? ¿Por dónde iría?», se preguntó desde la frontera cerrada, inextricable.

Rumbo nornordeste, a un solo largo, obviando la corriente del Golfo. Hasta los 24 grados de latitud norte.

Rápido, como un relámpago, el padre tuvo una premonición angustiosa.

Nos vamos el 27. Tanto lo repetimos, que el día va cogiendo perfil propio, y es un poco magia y cábala. Nos vamos el 27. Han pasado mil, dos mil 27 y, de pronto, éste sobresale, queda fijo, sirve de lindero del tiempo, especie de antes y después de Cristo para medir la propia vida o catalogar vivencias. Del nacer no hay recuerdo y del día de morir sería mejor que no los hubiera, pero de este puente entre nacer y morir que es irse de Cuba, sí los hay para siempre y es como eslabón igual que tuviera la cadena de todas las vidas de exilio, por donde todas se asimilan y comprenden, no importa dónde ni qué siglos haga ni por cuáles causas.

Nos vamos el 27. Si se terminan los trámites, si no suspenden los vuelos, si la bisabuela resiste y no se muere. Suerte que hay tanto que hacer. ¡Para no quedarse uno quieto, con las manos cruzadas viendo cómo se va formando, creciendo, acercando el monstruo del día de irse, con todo el mar revuelto de adioses y esto no lo veré nunca más y déjame mirarlo, grabarlo, a ver si no se me olvida esta calle, esta palma, este rostro querido, esta luz, este aire, tumba, teja, aire de amanecer, nostalgia del atardecer extendido, llorándome! El 27, el 27, se repite el plazo. Uno lo oye claro y en la tristeza súbita del cielo hay un comercio de anticipadas ausencias.

Hay que botar todos los papeles y retratos. Para que no se queden haciendo remolinos o convertidos en desecho, como yo los he visto. Todos: los mismos que se guardaron por si un nieto, alguna vez...

—¿Esta invitación de boda?
—Rómpela.
—¿El álbum de graduación?
—Rómpelo.
—¿Y estos recibos?
—Rómpelos.
—¿Las notas?
—Rómpelas, rómpelas.
—¿Y este retrato de quince?
—Rómpelo, rómpelo.
—¿Estas cartas?
—¿Las cartas? No. Llama a tu padre.

Viene. Callados vamos al solar de enfrente. Preparamos una hoguera. Tarda en animarse el fuego. Hay que atizarlo, hasta que vemos desaparecer las líneas de letra clara y pareja: el borde rojinegro retrocede y las convierte en ceniza. Es un duelo mínimo. Las miramos arder. Con ellas, la juventud también.

—Pero estamos juntos —dice.

Hay que preparar la casa para el inventario. Advierten que no se debe sacar nada. ¡Pues la vajilla no la dejo, ni los cubiertos de plata, ni mi catedral de Mariano! ¿A quién se le dejan que vaya a quedarse? A los amigos pobres, que nunca podrán pagar el visado por México o el viaje a España. A los que tienen hijos de quince años y no les dan salida; a los que tienen presos y se quedan para tratar de verlos. ¡Qué fiesta será para Elenita, la peluquera, que va a casarse y que tiene las mismas iniciales nuestras, esta vajilla de porcelana inglesa con monograma fileteado en oro! ¡Cómo le brillan de codicia los ojos cuando viene a verla! Alguien nos roba los cubiertos de plata. Total, ¡si iban a entregarse...! Una noche entran en el patio, arrancan la mata de mango y queda el hueco hondo, lleno de raíces prendidas a la tierra. Y lo miramos y nos parecemos.

Al recuento y distribución acuden los amigos pobres y sirvientes que por años visitan la casa. ¡Quién sabe —piensan— si la sobrecama, si algo de ropa interior, si unas medias! ¿Qué van a hacer con tanta y tanta ropa? ¡Si sólo permiten sacar cinco mudas! Juanita, la lavandera, no logra desvanecer con el «¡qué lástima!», que repite como una letanía, la avidez de la posesión anticipada. Con la rapiña que sin exceso, a lo que caiga, hará de lo nuestro, piensa casarse Elena. Tata, que me acunaba contra la tibieza sudada de su cuerpo, sabe que paga a precio de no volver a verme los lujos que le reservo. Pasa sus manos encallecidas por el encaje de la blusa, acaricia la capa de piel, pero al trueque de mi ausencia no le amerita, y se bebe las lágrimas.

Nita viene muerta de pena, a ver si por favor le dejamos los broches, cintas de hiladillo y botones de nácar. Quitamos los marcos buenos; sustituimos los retratos de familia por paisajes de almanaque. De noche, trasladamos el tocadiscos nuevo a casa de los Montiel, para que Edgardito pueda seguir oyendo música. Los mármoles de las mesas se los lleva Nina. Edgardo sólo quiere los libros.

¿Cómo serán los que vienen?

—A casa fue un mulato. ¡Más bruto! Suerte que la del comité era amiga nuestra. De sobra sabía lo que habíamos sacado porque nos visitaba hacía años, pero no dijo nada.

—En casa estuvieron veinte horas haciendo el inventario.

—El de nosotros se dio cuenta, por la marca de la pared, que habíamos cambiado el refrigerador. Pero se llevó la batidora y no dijo palabra.

—A Agustín le han hecho la vida imposible. Primero, le pidieron que cambiara el forro del sofá de la sala. Luego, le exigieron que arreglara el televisor. Y ahora dicen que si no entrega el carro funcionando, no le dan la salida. Anda que parece loco buscando las piezas.

¿Quién será el que viene? ¿El presidente del comité? ¿Acaso el miliciano López? No; aquí en esta zona toca una tal Marina, que está acabando. Pero el que viene es su secretario. Un tal Onelio.

Tocan a la puerta.

—¡Son ellos!

—¡No abras todavía! Sal por la puerta del fondo y llévate la carne. ¡Que no te vean! ¡Corre!

Entran. La mujer tendrá cuarenta años. Lo sé por sus ojeras menopáusicas y las pecas oscuras que le afean el dorso de la mano. Tiene todo el pelo teñido de rojo, menos un cuarto de pulgada de «no hay tinte» junto a la raíz del pelo. El hombre trae su libreta de apuntes. Cejijunto, sin saludar, dice:

—Venimos a hacer el inventario.

—Ah sí; pasen, pasen.

La mujer se nos presenta con nombre y apellido: Estelita Alcócer. Sonríe, pero no logra borrar los rasgos de ave de rapiña que proyecto sobre su rostro.

—¿Por dónde quieren empezar?

—Coge tú la planta baja, Estela. ¿Éstas son dos casas? —hace un ademán amplio, vago; por el modo de colocar los dedos, inequívocamente de marica.

—No; una sola.

—Parecen dos. ¡Pero qué inmensa!

La mujer alza las cejas, lo mira y nos mira corroborando nuestra impresión. No sabemos por qué quiere tender hacia nosotros un puente de acuerdo.

—Yo —se justifica— me limito a cumplir un deber, por necesidad. Figúrense, yo soy sola, divorciada, tengo dos hijas. Me han encargado de los inventarios. ¿Qué voy a hacer, verdad? Yo —suspira— sé bien lo que significa tener que dejar uno su casa. ¡Como que lo he sufrido en mi propia carne! Cuando me tuve que separar de mi marido... En fin, ¡si me pongo a contarles mi vida no acabaríamos ni mañana! ¿Por dónde empiezo? A ver; por aquí mismo. Ésta es la sala, ¿verdad?

Empuña el lápiz, mira la columna de porcelana y escribe dictándose:

—Una columna de porcelana calada de dos ¿serán dos? pies de alto. Hay gente que viene y no sabe apreciar lo que ve —se interrumpe—. ¡Pero el que ha tenido cuna es otra historia! Debe de ser francesa, ¿no?

—De Sèvres —puntualiza, con leve orgullo, mi madre.

—¡Ah! —dice y la respeta. Yo veo a Nena Acosta (en la caja no; antes, mucho antes: impecable, coqueta, con un jazmín o un geranio en el broche —un camafeo— sobre el pecho). El marido se llamaba Elpidio. Usaba traje blanco de dril y medias blancas, y tenía las manos blancas, como de cera. Pero escupía en el pañuelo de hilo. Por cuestión de drogas fue el divorcio. La habitación de Nena, en la casa de huéspedes, estaba atiborrada de adornos. «¡No podía separarme de todo!» —decía—. Una tarde llega a casa la columna de porcelana calada. La traía el chofer de alquiler, con una nota: «Por favor, María; necesito sesenta pesos. Te mando mi columna, que siempre te gustó tanto. No me resigno a que pase a manos extrañas».

Manos extrañas: aquellas finas, indiferentes manos.

—¡Es una joya!

Se dirige a la mesa:

—Un jarrón azul, de porcelana.

«Un» no; «el» —rectifico. Porque en la siesta, cuando era niña, la ninfa del medallón cobraba vida y yo estaba de veras en aquella tarde azul celeste de fugacísimas y bruñidas nubes duras. Las ninfas bailaban moviendo sus arcos entretejidos de rosas. A todas les puse nombre. La de atrás, un poco narizona, era mi prima. La del medio era yo, cuando fuera mayor. Me invitaban a su juego o danza y yo disfrutaba la ovalada felicidad del medallón.

—Un óleo —el de la pobre Cuquita, pintora de afición, que lo regaló a mi padre en vez de honorarios, y él, por no herirla...

—Magnífico —me dice.

—Una birria —le digo.

Va hacia la vitrina, escoge el abanico de encaje, lo abre y contempla un instante el minuet de varillas.

—Yo tenía uno así. ¿Puede creer? De mi abuela. Claro, el que me ve ahora, ¡mira cómo tengo las manos!, no puede suponer. Pero yo soy hija del doctor Alcócer. Alcócer, de Sancti Spiritus. ¿No lo habrán oído mentar?

Le pongo mala cara al «oído mentar».

Suponiéndole a mi madre una alcurnia de sangre, siendo que sólo la tiene de espíritu, le dirige a ella toda la historia:

—Yo en cuanto veo alguien de cuna, que tuvo pañales, como decía mi madre, la reconozco al vuelo. ¡Ay, señora, no vaya usted a creer que no me doy cuenta! Yo misma lo perdí todo de la noche a la mañana: mi casa, mi marido, todo... ¡En fin!

En la cocina Onelio sigue el inventario.

—Seis cazuelas, dos sartenes, una olla.

—Una Osterizer. ¿Funciona?

—Sí.

—Una batidora.

—¿No tiene bebidas?

—No, señor.

—¿Whisky?

—Media botella.

—¿Olla de presión?

—Aquí está.

—Es curioso. La mayoría de la gente la vende. ¡Es un negociazo!

—¿Vasos? Cuéntelos.

—Veinte vasos.

—¿Y copas?

—Ocho de agua y seis de *champagne*.

—Pero éstas no son copas buenas. ¿Dónde están las buenas? Siempre en estas casas hay un juego de copas buenas.

Niego las de cristal de Rosenthal tallado y gozo pensando que con sus estrellas mínimas si les da la luz, y su nota musical si se las tañe, las tiene a salvo Rita.

—Lo siento. No tenemos otras copas.

—¿Y cubiertos?

—Aquí están.

—¿Y los tenedores?

—Los robaron.

—Pues tiene que reponerlos. Que esté el juego completo a la hora de entregar. ¿Estamos?

Callo.

En la sala, Estela ha seguido contando, con mamá de oyente. Se educó interna en la Inmaculada. Su padre fue juez. En Sancti Spiritus. Ella tiene ese modo de ser así, que no puede ser indiferente. Si muchas familias a quienes les ha hecho el inventario, ¿puede creer que hasta le han escrito dándole las gracias? ¡Hay hasta quien ha querido hacerle su regalito...!

—Estelita, ¡a ver si terminamos, hija! —la apura Onelio.

Suben. Estela entra al dormitorio. Abre el closet.

—A ver, la ropa interior. ¡Ay —dice pasando entre el pulgar y el índice el chifón y la seda—: batas de dormir! ¡Cómo me gusta el detalle, lo fino, las cosas a mano! —acaricia, ávida, dos blusas de encaje.

—¿Catalán?

—Catalán, sí.

—A mí no se me olvida nunca una blusa así de encaje legítimo que yo tenía cuando me casé. Fíjate si duran que le hice un cuello a mi hija —suspira—. ¡Se lo llevó cuando se fue! Sí; también yo tengo parte de mi gente del lado de allá. Mi yerno y mi hija. ¡Calcula tú cómo estará mi alma!

Sigue escenificando el drama: somos dos amigas, víctimas de las circunstancias y unidas por esa «cuna» con que intenta acercarnos. Acaricia delicadamente la blusa de encaje:

—Es una lástima. Un dolor. ¡Estas cosas finas en manos de gente que no las aprecia!

(Vienen a pares: uno se hace el bueno, el confidente; te ofrece salvar algo. El otro hace el papel de inflexible. «Te hacen ver que están en desacuerdo, a ver si caes. Luego te denuncian y te fastidian la salida. Casi es mejor, si quieren algo, dárselo. Es más: si tienen mucho interés, ofrece.»)

—Si la quiere... ¡Por mí! Yo no voy a llevármela.

Brilla en sus ojos un breve triunfo.

—Pero imagínate, estoy atada de pies y manos. ¡Si

Onelio se entera! Mejor —propone—, mejor luego me la llevas a casa.

Como desconfío, dice:

—No; conmigo sí que no hay problema. Hija, si desde que yo entré aquí por la mañana, no sé si te fijaste, inmediatamente me sentí como si nos conociéramos de tiempo. Es que hay ciertas cosas que no se improvisan. Vienen de atrás, hay que mamarlas en la cuna...

Sus manos recorren mi ropa, como arañas ávidas.

—Y este camisón negro, y la mantilla y la cartera de piel, que me hace muchísima falta.

—Vamos, Estela, ¡acaba!

—Luego, a la noche. Todo esto cabe en un bultito chiquito.

¿Es amenaza, o ruego u orden?

—Bueno —termina conciliadora—, díctame tú lo que te parezca. Lo que tú digas.

—Estela, llégate acá.

Pasan al cuarto de mi hija. Miro las cortinas vaporosas, la pared que empapelamos nosotros, la sobrecama con entredós de encaje.

—¡Ay, mira, Onelio, un piano! —exclama—. A mí me apasiona la música —gira hacia mí—: Lo dejé en sexto.

—Vaya sacando la ropa interior.

—Ay, Onelio, ¡eres imposible!

—Por la libreta le corresponden tres pantalones y dos ajustadores. ¿Cómo es que aquí hay seis?

—Los tenía de antes.

—¿Y los ajustadores?

—Aquí están.

—¿Talla? —pregunta cínico.

—Treinta y dos.

—¿Tan poco?

—¡Ay, Onelio, Onelio!

—Niña, ¿qué tiene de malo que me parezca poco? ¿Y los pantalones? Cómo es que les dicen, *¿panties?*

—Tres.

—¿Sólo tres? ¿Con esta casona?

Una ola de violencia me ciega, y resisto y resisto, porque no nos estorben la salida, porque no hay remedio.

Ella, de pie ante el piano, hace una escala:

—Todavía me acuerdo...

De sus manos torpes surge inesperadamente un vals: *Azul,* que oía ¿cuándo?, ¿dónde?

—¿Refajos?

—Tres.

Una sentina de odio me reverbera en el alma. Me siento por un minuto capaz de estrangular a este hombre despacio, con mis propias manos, y chuparle la sangre y cito sobre su vida cáncer, leucemia, rectosigmoscopia. No respondo de mí; me clavo las uñas y sangro al clavármelas. Me falta el aire. Trago a ver si trago el odio; pero me vuelve amargo, como una regurgitación de hiel.

Creo que lee mis ojos.

—Vamos —huye. Acaso cree en el mal de ojo. Acaso creo yo también.

Me acerco a la ventana. El vals de complacencias y confraternidades y recuerdos contrasta con este energúmeno de odios que soy. Siento náuseas.

¡Que se le mueran los hijos, que lo mutilen, que muera despacio!

Termina el inventario. Nos dejan. Solos volvemos a la casa. Las cosas nuestras, de abuelos a padres a hijos han dejado de pertenecernos.

Por primera vez, odio. Pido perdonar. Pero ni la luna, ni la inmensa quietud de la noche me ayudan.

A las doce vienen. Y hay que entregar la casa. Anoche la hemos dejado pulida, intacta, pero amanece inundada; la escalera misma es un Niágara chico, de escalón a escalón. En la sala, el comedor, la terraza, el agua quieta forma un lagunato enorme con reflejos y diminutas ondas. Un lago extraño, improvisado, con muebles alrededor. Me despierto esta mañana del día que hay que entregar la casa oyendo el manantialillo que cae y cae y cae. ¿O es que llovió dentro? ¿O es una inundación de lágrimas y adioses y nunca lo que inunda la casa toda? No, no es nada de esto: de noche alguien dejó abierta una pila.

Sin maravilla ni milagro, metódica, humildemente, cojo palo y frazada y voy recogiendo Niágara o manantialillos o lágrimas y mientras más recojo agua limpia y reflejos, más parece inundarse. Alina viene a ayudarme y Rita y Edgardo y todos vamos enjugando aquel Amazonas inusitado y yo pienso si Edgardo piensa en casualidad o poesía. Por ejemplo: el sinsonte que se paró en la misma punta de la yagruma, y que se ladeó, atendiendo, con el solo ojo que le veo, no está allí quieto por mí, ni cosa que se le parezca. Es sólo un instante fortuito de su vida fortuita, pero yo lo miro, como al temblor de las flores del flamboyán, como parte de un estructurado plan de despedida. Es falso que todo esté alineado y tenso, en espera. Ni que de pronto los ríos de la majagua hayan cancelado sus viajes para mirarme ir. Nada. No hay nada. Es casa, silla, mesa, cacharros de cocina, closets, pared muda, que ni siente ni padece. Soy yo la que invento inexistentes gestos de adiós y despedida. Digan los miles y miles que dejaron sus casas si el día antes, la noche antes, no los vieron en la oscuridad, como espectros en pasadizos sin tiempo.

¿Revisaron las puertas?

¿Cerraron las ventanas?

Las preguntas rituales del que regresa: es curioso.

—¿Dónde están las llaves? (Dicen que abren y cierran todas las puertas.)

Me entregan una muchedumbre tintineante de llaves.

La de la calle. (Que no voy a usar de nuevo.)

La de la puerta de la cocina, que da al patio de cemento, al concilio de las hormigas, al premio de esfuerzo que hizo la endeble mata de frutabomba brotada en una grieta; a las gallinas. Presas en sus jaulas de a una, hinchan la pluma, picotean el alambre, cambian de pata, hacen pequeños cuartos de giro, ponen y lo anuncian ufanándose: hacen que viven.

Llave de la alacena. Donde día a día entraba y salía la voz chillona de Georgina, la pulcritud enorme de Bonny, la mansedumbre de Geraldino, el jardinero, que motejamos «¿Comprende cómo es?», porque se pasa la vida preguntándolo, como una muletilla. «No, en absoluto, Geraldino, filósofo ingenuo, en absoluto comprendo, ni he comprendido nunca cómo es.»

La llave de los closets. Cuando los cierro, en la ropa de hilo queda el aroma de almidón con sol, y la cara de Juanita, tallada en cansancio.

Llaves y llaves, que nada, a mí, van a volver a abrirme nunca.

A abuela María y a él le hemos dicho que se vayan antes, para que no vivan el minuto último del último adiós y el último cerrar de puerta, que es hermano pequeño del morirse.

Quien viene es Onelio-buitre. Vuelvo a odiarlo. Antes de irnos, y pienso que por crueldad, me hace volver a recorrer la casa. Voy con él tensa, agarrada a mí misma, orgullosa de los libros en su sitio, de las camas hechas, de las maderas pulidas. Hay algo digno y soberano en todo. En pie, como un ejército invicto de cosas íntimas.

Él les va untando la viscosidad de su mirada sin decir palabra.

De pronto, se detiene. Se agacha, recoge, detrás del librero, la pequeña lámina de un Greco que se nos había perdido.

—El Greco —dice—. Me fascina el Greco.

Me parece una impudicia. Entre ese ser y yo, ni el Greco puede tender puente.

—¿No le gusta el Greco? Esas manos largas, maravillosas...

«No; ese gusto de hablarle, ni de coincidir, perdóname, Domenico Theotocopoulos, no se lo doy.»

Se da cuenta y me odia.

El odio rebota contra la superficie lisa e inhumana que soy, y le regresa.

—¡Vamos!

—Vamos.

Si crees que voy a llorarte, ni a llorarla, si crees que una palabra, ni un gesto, si crees que una sola cobardía...

Cierra la puerta.

Va a pegar el sello del marco.

—No —lo interrumpo firme—, yo; yo lo hago.

(Que la caja, a los muertos, las cierran manos queridas.)

Cojo el sello húmedo y lo aprieto contra la madera, eficiente, casi burocráticamente.

Él mira hurgando mis ojos, que están secos y ardiendo.

Estamos de pronto juntos y solos. Hasta los niños envejecen fugacísimamente y ya no son niños.

Nos mira fuera de nuestra casa. Tres árboles de granito.

Monta el camión y arranca, y todavía nos mira.

Cuando se va, nos abrazamos frente a la casa cerrada. Pero no hay palabras. Entonces cae, ahora sí de veras, una lluvia fina, triste; ahora sí, sobre nosotros, lágrimas.

Acabo de despedirme de mi padre. Es decir, de su tumba. En silencio, con la frente apoyada en el cristal panorámico de la suite 1218 en el Hotel Riviera, miro el Malecón, más de mi niñez, que de La Habana misma. Siento la tibieza de la mano de mi padre en las mías y tengo ocho años. Me lleva por los arrecifes, hasta los baños «Carneados», ya en ruinas, y con su descripción procura devolverles los parasoles, la gracia, las organzas vaporosas de antes. Yo lo oigo, y disfruto el bienestar y brillo que pone en sus ojos esmaltar con recuerdos aquellas pocetas, aquellos hierros, aquellas bandas de chiquillos flacos que ríen y huyen y saltan como pequeños micos, seguros de que el mar es, sobre todo, un gran juego de frescura. Miro el Maine, que no es barco, ni explosión ni cosa que se le parezca, sino bandas de jóvenes que en las noches de enero, cuando batía un norte, íbamos a patinar cogidos del brazo, girando alrededor del águila alta, asombrada por el irrespeto. Voy sobre las casas apretadas flanco a flanco que bordean el mar. Hay dos barcos de carga con su penacho de nubes y sus sirenas tan tristes, y a la vez tan invitadoras a la incertidumbre. Vuelo hasta el furioso piar de los pájaros en el Prado y entro y salgo por el mundo verdeante de sus copas, por donde el cielo se cuela y no se cuela en alternado sol y sombra. Voy hasta el Morro, y nunca lo vi, y nunca ya voy a verlo y, de pronto, como es remate y término de la bahía, me regresa a mí, que estoy en el Riviera, en la suite 1218, porque no tengo ya casa y que viajo adueñándome, repasando, reeditándome, porque dentro de unas horas, en términos oficiales, «abandono el país».

Quisiera no vivir esta espera. Que estuvieran despedidas todas las despedidas y vista toda la gente y pasados todos los trámites y cruzadas las calles por vez última y ya manca o muerta, o como fuera que se sintiera uno, pero ya vivido.

—¿Ya volviste? —me pregunta él, mirándome a ver qué es lo que pienso, por encima de sus lentes.

—¿Y tú?

—Revisando los papeles —los ha revisado mil veces: ocho certificados de nacimiento, con ocho de antecedentes penales, con dos de defunción, por las viudas; con un permiso del padre que está en España, para el niño, con cuatro de matrimonio, con dos de último pago de teléfono, agua, luz, con dos de entrega de libreta de abastecimiento, con sabe Dios qué otros que puedan haberse pasado por alto y que puedan pedirnos. Certificado de entrega de carros, de entrega de casa. Ah, y el telegrama, el telegrama, ¡que a veces lo piden!

Faltan ocho horas. Por la tarde vienen a visitarnos:

Amigos de veras.

Parientes.

Amigos de amigos.

Una mujer que mandó a su hijo solo y no ha sabido

de él. A ver si lo localizamos en el HI-23463, en casa del tío.

La criada que hace un último intento por convencernos para que nos llevemos a su hija.

Juan Álvarez, compañero de colegio, que supo por su hermano que nos íbamos. Que llamemos a Carmelina, su mujer, para ver si consigue la renovación del visado. Que el gobierno exige el pago de la hipoteca de la casa: quince mil pesos; que no ha podido reunirlos. A ver si allá entre los parientes...

Un hombre que paga lo que queramos, lo que queramos, con tal que le apuremos el visado por México. Es el oficio 7417, Ex. 137802, C4 353, «62», 189432. Quiere que lo aprendamos de memoria nosotros también, no sea que nos quiten las libretas de apuntes.

Isabel, que escribe nombre y dirección completa de la amiga que está gestionando el visado del hijo. Se llama Evangelina Ortiz, Calle de Humboldt, n.º 15, Ciudad México. El teléfono es 23-4532. Por favor. Ya tiene bastante con un hijo preso. A ver si salva a éste.

Enrique, que le digamos a su sobrino Pedro, que los visados han resultado falsos...

Gente que sabe que no va a irse nunca, pero se ilusiona.

Gente que está con la Revolución, pero nos quieren y vienen de todos modos a ofrecerse, por si pueden servirnos.

Edgardito, que viene a despedirse de Alina, porque ha decidido no ir al aeropuerto.

¡No puedo más! La cabeza me da vueltas y vueltas.

Nos encerramos en el cuarto para dejar fuera el río de peticiones y recados que no acaban nunca.

Llegaron al club a las cinco. Edgardito miró el sol ardiendo, casi blanco. En la retina ve mil réplicas de solecillos centelleantes. Se ampara la vista. Con los ojos entrecerrados estudia el poco viento en las banderas de la Isla. Sobre la arena dura, mira las grandes ondas de apenas agua y luego, la marca de espuma, los cangrejillos de fuga ladeada, los caracoles lisos, las conchas y pedazos de concha y un niño, él mismo, que estudiaba sus arco iris diminutos y preguntaba ¿por qué? No, no tenía miedo. Ni de este mar, ni aun del otro, más allá de la Isla, cuyo fondo verde esmeralda y lúcido u oscuro y misterioso veía deslizarse bajo el *snipe* cada tarde. Sintió confianza, como si lo apadrinaran.

—¿Vamos? —preguntó Julio, impaciente.

—Vamos.

Comenzaron a caminar hacia la casa de botes.

Los interceptó el vozarrón del marinero Marcos:

—¿Van a salir?

—Sí —contestó Edgardito.

—Hacen bien —dijo y levantando el torso desnudo, estudió el cielo—: Ha habido una calma chicha. Pero ahorita entra el terral. Aprovechen.

—Gracias, Marcos.

Subieron a cambiarse. Jacinto, negro, dijo:

—Hasta luego, muchachos —igual que cada día.

Bajaron la escalera de caracol. Edgardo, alto, derecho, elástico. Julito comparándose, en desventaja.

—¿Trajiste la brújula?

—La dejé escondida en el *snipe*.

—¿Y agua?

Alzó un botellón plástico.

—¿Y de comer?

—Unas galletas de sal.

—Ahí está Ernesto —previno Edgardito—; si pregunta, que vamos a Marianao, a dar una vuelta.

—¿Qué pasa, Ernesto?

Era un hombre cuadrado, velludo, calvo. Responsable de deportes y súbito capitán de milicia, aspiraba a la inconciliable aceptación de compañeros de ahora y socios de antes.

—¿Van a salir?

—Sí; vamos a dar una vuelta.

—A las seis tienen que estar de vuelta.

—De acuerdo, compadre. (No compañero.)

Ernesto sintió el filo de deliberada anuencia en la voz de Edgardito. Pero quiso compadrear.

—Hay una regata en el Mariel el domingo. Va a haber almuerzo. Fidel va. ¿Cuento con ustedes?

—¿Cómo no, viejo? Cuenta con nosotros.

Ernesto achicó los ojos: eran dos radarcillos mínimos, azul celeste. Sintió, ¿imaginó?, un dejo de burla.

—Estén aquí a las seis sin falta —ordenó cortante.

—Descuida, hombre.

Ernesto sintió el desprecio impaciente. Los siguió con la vista. Esperó un instante y entró en la casa de botes. Cuando volvió a salir, ya venían empujando el *snipe*.

—Julio, ayúdame a poner el palo —dijo Edgardito. Y a Ernesto, por incluirlo—: Ernestico, dame una mano aquí para colocar la orza.

La subieron entre los dos.

—Gracias. Julio, dale al *winche*.

Miraron elevarse el *snipe*. Julio pensó: «¡Qué frágil!»

Edgardito esperó un instante a que el bote tocara el agua. Saltó ágil y ordenó a Julio:

—Agarra el cabo —diestro, izó la mayor.

—Ya. Salta —el bote osciló, acunado.

Ernesto quedó en el muelle y esbozó una despedida que no le contestaron.

—¡Solabaya! —susurró Julito.

—¡Pásate a esta banda, calza el foque, agarra el cabo!

—Espérate tú, ¡no tengo más que dos manos!

—Suelta, suelta el foque. ¡No lo calces tanto! Suelta, que vamos en empopada hasta Marianao.

La mayor flameó ascendiendo; luego, la preñó el viento y quedó tensa, comba, blanca.

—Al kilo —dijo Edgardito y se sentó en la banda.

—¿Qué hora es?

—Cinco y media.

—¿Tú crees que le pasamos el *strike* a Ernesto?

—Hombre, si no, no nos deja salir.

—Oye tú, ni una lancha. Nada, viejo, ¡qué suerte!

Julito hubiera dado la vida por seguir hablando.

Pero la tensión marcada en el rostro de Edgardito era inapelable.

—Ahora damos una vuelta hasta las cinco y cuarenta y cinco. Cuando estemos llegando al bajito, cortas la driza.

—¿Trajiste otra?

—Busca hacia proa.

Por la costa móvil, el Cubaneleco, Hijas de Galicia, La Concha, el Yacht. Como si fueran tiempo, al pasar Julito pensaba: «Un minuto menos, un segundo menos».

—Ya. ¡Corta, tú!

Julito obedeció rápido. Cayó la mayor.

—¡Recógela pronto! Ahora, echa el ancla. No la tires; deslízala. Si alguien se acerca, se nos rompió la driza y la estamos arreglando. Pero tú cállate. Déjame hablar a mí. ¿Estamos?

—Vale. ¿Y ahora qué?

—Nada. Esperar.

La quietud exasperante del atardecer. El barco casi inmóvil. Apenas aire. No más ruido que el agua lamiendo el casco. El salto de un pez. El vuelo de un pájaro que se desliza por toda la espera. El sol baja, más lento que nunca. Se apoya en el mar, se rompe, se vierte: medio sol que miran tensos convertirse en un cuarto, gota, filo de luz, rayo verde. Todo el horizonte malva.

—Levanta el ancla y calza el foque —ordenó Edgardito.

—¿Ya?

—Sí, ya. ¡Ya!

—¿No será muy pronto? ¡Todavía hay luz!

—¿Qué quieres? ¿Esperar y que enciendan los reflectores?

—No, pero esperar un poco. Que oscurezca.

—¡Haz lo que te digo, coño! —estalló Edgardo—. ¡Si te apichinchaste, avisa; ahora mismo damos la vuelta y te quedas en el Náutico! ¡Ya me tienes nervioso!

—No, compadre —titubeó Julito. (También exige valor la cobardía.)

—Entonces, calza el foque —y amainó, casi paternalmente—: a esta hora, navegando a foque solo, no nos divisan.

Julito sintió náuseas. Se apretó el estómago. No podía contener las arqueadas. Se apoyó en la banda. Mientras el *snipe* se deslizaba en el agua, la línea de la costa, bajando y subiendo, le aumentaba la sensación de mareo.

Edgardito remplazó la driza.

—Ya. Ayúdame a subir la mayor. ¡Orza! —exigió.

Pero Julito vomitaba estremeciéndose y gimiendo como una criatura.

Descartándolo, Edgardito izó la mayor, orzó, calzó las escotas. Un terral leve hinchó la vela, y el *snipe* comenzó la huida a un solo largo, rumbo norte.

Edgardo y Rita llegan al Riviera a las siete. Es el último intento, combinado por todos, para lograr que Edgardo acceda a gestionar los visados. Quizá por cerciorarnos de que nuestra decisión es correcta, tratamos de convencerlo. Que piense en su hijo; cuando a un muchacho se le mete algo en la cabeza, no hay quien se lo saque. No hombre, ¡qué miedo ni miedo! ¡Con dos títulos, sabiendo inglés! Y Rita ¡tan preparada! Por las viejitas que no lo haga. Claro, claro; ahora de momento, con Ernestina como está, imposible, pero lo más lógico, lo humano —no es que uno lo desee, infeliz, pero si va a vivir así, mejor que descanse— y además, si piden los visados, se va adelantando camino. No, que no le tenga miedo. Ah sí, en México es durísimo, pero un par de meses pasan volando. Que no se preocupe —insiste Juan Antonio—, «ya cuando ustedes lleguen estaremos en condiciones de enviarles lo que necesiten mensualmente».

Sentada al borde de la cama, con las manos cruzadas sobre la falda, Rita asiente a nuestras razones. Con los ojos expresivos, atentos, sigue de Edgardo a Juan Antonio a mí, el juego de las expresiones. De vez en cuando ofrece una razón, como alguien que jugando a las cartas, coloca un as de triunfo.

—Yo puedo ponerme a trabajar en seguida. En una fábrica, en lo que sea. Edgardito puede ayudar. El caso es decidirse.

Vamos ahora por el rumbo de la amenaza.

—¿Tú te das cuenta de la responsabilidad que pesa sobre ti? Que el día de mañana te dirán tus hijos, con razón...

—No; si no nos vamos, Edgardito se vuelve loco —interrumpe Rita—. ¿Y la niña? ¿Qué me dices de la niña? Mandarla sola, por ahí, a uno de esos cafetales. Ya se los han dicho; si no van, no aprueban el año.

—¿Y la falta de medicinas?

—¡Y que en cualquier momento cierran definitivamente!

—O ponen el servicio militar.

—¡Y que la salida cada día va a ser más difícil!

Recuerda Edgardo a esos toros de las corridas, con los jares zajados, martirizados, confusos en medio del ruedo, con la estocada segura, sin remedio.

Al fin, hace un gesto que parece de anuencia o vencimiento.

Rita lo abraza:

—¡Gracias a Dios!

—Espera —le ordena. Entrecruza los dedos largos, los mira, y al fin alza la vista—. Dentro de cinco, de seis años —advierte con acento profético— viene la coexistencia.

Protestas. Alza el brazo y las disipa.

—Viene la coexistencia —repite—. Viene. *We are expendable.* Entonces ha perdido uno casa, patria, idioma... ¡En fin, Rita, haz tú lo que quieras!

—¡No te pesará nunca!

—Hagan lo que quieran, pero recuerden —insiste—: *We are expendable.* Será como no haber sido en absoluto. Como Cartago...

Amilana la certidumbre de su desesperanza.

Por puntualizar el trámite, Juan Antonio escribe nombre completo y edad de cada uno de los miembros de la familia, menos el de Ernestina, porque supone que entre que viene el visado y se terminen las gestiones, habrá muerto.

Edgardo se levanta, se acerca al ventanal y mira. Un centelleo de luz ilumina el horizonte y otro y otro, y asordadamente truena. Dos rayos zajan la negrura rápida.

La turbonada los sorprendió a las ocho. Edgardito aspiró el olor a humedad. Flameó la mayor y murió sin aire. El *snipe* se paralizó de pronto. Un relámpago expandió el horizonte. Zigzagueó y estalló cerca el primer rayo. «Bajar la mayor —pensó—; navegar a foque solo, bolineando en contra del viento.» Comenzó la lluvia. Sopló el viento rachoso aumentando a quince, a veinte, a veinticinco millas. Crujió el palo.

—¡Julio! ¡Baja la mayor!

Julio, lívido, se puso en pie de un salto. Edgardito hacía banda con los músculos tensos, crispado sobre la negrura del agua.

—¡Bájala, que parte el palo!

No hubo tiempo. La ola los cogió por estribor. Edgardito se sintió envuelto, luchó contra ella, salió a flote, braceó con toda su fuerza. «El *snipe* no se hunde», pensó. Logró alcanzarlo, se aferró a la banda. «Enderezarlo.» «¡Julio, Julio!» Otra ola. Se sumerge, espera, nada, se agarra a la banda. «¿Julio?» Busca a tientas. «¿Julio?» «¡Julio, Julio, Julio!», gritó aterrado, mucho después de darse cuenta. «Enderezar el barco. Solo, aunque sea solo. Sin perder la cabeza.» Amarrarse con la escota, recoger la mayor, el foque. Otra ola: respira, húndete, aguanta. ¡Ahora!, agárrate de la banda, hala duro, haz palanca, súbete, hala. Otra ola: resbala, respira, sumérgete. Espera. Ahora, ¡agárrate, apóyate, hala, vuelve, lucha!

Hasta que fue cediendo y aceptando...

Puesto el traje de irse, doblado sobre el brazo el abrigo de irse, revisadas y cerradas las maletas de irse. Él dice su «revisa las gavetas», que dice siempre en los viajes.

—¿Listos?

—Listos.

—Bueno, ¡andando! —ordena—. ¡Ah! —se detiene—, ¡el teléfono!

—¡No salgas! —no me hace caso. Nunca ha dejado de contestar un teléfono.

—¿Qué hay?

Veo que se demuda:

—¿Dónde, abajo?

—¿Quiénes? —pregunto impaciente.

—Bajamos en seguida —cuelga—. Nos están esperando abajo.

—¿Pasa algo?

—No sé. Vienen de Recuperación de Bienes.

—Esperen ustedes aquí.

—No; yo voy contigo.

Un elevador de susto no baja. Se abre la puerta; un miliciano mulato nos intercepta:

—¿Juan Antonio Campos? —pregunta—. ¿Usted abandona el país esta tarde en el vuelo 876 de Cubana?

—Sí, señor.

—Pues vengo a informarle que se le ha cancelado la salida.

—¿Cómo que se me ha cancelado la salida? ¿Por qué? ¿Qué es lo que pasa?

—¿Ustedes son propietarios de un bote de vela de quince pies, matrícula 09654?

—¡Ese bote lo he entregado yo personalmente en el club hace dos semanas!

—¡Pero ha desaparecido, y usted es responsable!

—¡Eso no es cuenta mía! Yo lo entregué y ustedes lo dieron por recibido.

—¡Puede creer que sí es cuenta suya! ¡Como que si no aparece, se le suspende la salida!

Observo el careo. Juan Antonio está pálido, conteniendo la furia.

—Mire, compañero —intercedo—, estoy segura de que debe de haber un error. ¿Usted cree que nadie, en el momento de irse, va a cometer ninguna infracción que le cueste la salida?

Más que oírme, el hombre siente mi voz pausada, razonadora.

—Mire —insisto, suplico—, en el aeropuerto están esperándonos mi madre, mi abuelita de noventa años... ¡acaba de pasar una crisis! Ha habido que inyectarla para poder sacarla. Se va por ver a su hijo. ¡Usted no sería capaz de cancelarle la salida por un bote de quince metros! Por favor, compañero, no cometa una injusticia. No tome usted solo esta responsabilidad. Consúltelo al menos. Deje siquiera que vayamos adelantando. Todo lo tenemos en regla. Dejamos dos casas, dos automóviles... Incluso la casa nuestra tengo entendido que la quieren para una embajada —miento y vagamente insinúo una orden superior—. ¿Usted no conoce al comandante De la Fe? ¿Por qué no le pregunta?

El hombre se confunde.

—Además, del aeropuerto, como usted comprenderá, no podemos movernos. ¡Déjenos ir adelantando, por lo que más quiera!

—Usted es el responsable —dice el miliciano amenazando a Juan Antonio—; la familia puede irse. El responsable es usted solo. De todos modos, voy a rectificar la orden. Lo más seguro es que le suspendan el vuelo.

Huimos o nos parece huir. Vagamente explico:

—Nada, hijita, una denuncia; no tiene importancia.

Pero ya dentro del automóvil me aterro:

—Juan Antonio, ¿qué hago? ¿A quién llamo si te llevan preso?

Mientras conduce, Juan Antonio se desvalija los bolsillos.

—Revisa ahí la cartera. El monedero no; la cartera. Busca un papel. Doctor Anselmo Hernández, dice. Y un teléfono. Está con esto, pero es buena gente. Él mismo se me ofreció. Llámalo. Dile lo que pasa.

Como siempre, organizándome ante lo imprevisto para que no lo sea, puntualizo:

—¡Desde ahora te digo que no me voy sin ti!
—El núcleo tiene que salir completo —me rectifica.
—¡Ay, Dios mío!, ¿y entonces?

Llegamos demorados al aeropuerto. Hay veinte esperando para despedirnos. Juan Antonio los mira, suda a chorros, está lívido, habla dando órdenes.

—Ahora entran en seguida a la pecera.

—¿Pasa algo? —intuye, detectándolo, abuela María.

—María —dice sin contestar—; usted ocúpese de la viejita. Quédense aquí junto a la puerta. Déjeme las maletas. En cuanto abran, entren. Vida —se dirige a mí—, hazte cargo de esto. Fíjate que son los pasaportes —se detiene como si no supiera qué hacer o escogiendo entre la barahúnda de emociones y trámites algún ordenamiento. Se seca el sudor de la frente—. ¿Quién tiene las llaves? —pregunta desconcertado.

—¡Yo, yo! —le digo.

—Vamos, que el asunto es entrar pronto.

Los veinte que vienen a despedirse se acercan viendo que no hay tiempo. Se aprietan en torno nuestro y vacilan mirando quién empieza.

—Adiós, Panchón —Edgardo, el primero, abraza a Juan Antonio y busca algo tonto y risible que decir. Es para sentar pauta—. Ahora, en cuanto llegues —dice—, ¡agarras la metralleta y no paras hasta el Yalú!

Rita lo abraza:

—¡Dios te lo pague, compañerito!

A Juan Antonio le turba el agradecimiento.

—En cuanto sepa algo de lo de ustedes, los llamo.

—Adiós, mi niña. (Rita se despide de Alina.)

La tía Candita se acerca, hunde el pecho y no se anima a decir nada. Alza la vista para ver por última vez a Juan Antonio. Las lágrimas le corren por la cara buena. En la mano dobla y dobla y dobla su pañuelo húmedo.

—Vamos, tiota, ¡que no se diga! —la regaña Juan Antonio y la abraza.

Nita se acerca a abuela María:

—¡Ay, María, qué sola me quedo!

—Tú veras qué pronto vamos a reunirnos. Ahora todo está encaminado.

Se abrazan.

—¡Qué va, María! Yo no. Los muchachos quizá. Pero yo no. Yo no dejo a Ernestina.

José Javier va de saco y corbata y todos notan cuánto ha crecido y le dicen hombre y que se porte bien y cuide a su madre. Ana se despide mecánicamente y mira los automóviles que llegan, como si todavía esperara.

—Tú verás, Ana, que todo se resuelve. No hay nada como el tiempo —la consuela Nita.

Ana la mira y se rebela contra ser como ella.

—¡Vamos, vamos, vamos! —ordena Juan Antonio, que ya no resiste.

Abren la puerta. Entra empujándose la gente. Por última vez hay manos que aprietan otras manos. Tata Amalia se aferra a mí sollozando:

—¡Mi niña, mi tesoro, ni niña! —hay que desprenderla y la dejo con los brazos tendidos, reclamándome.

—¡Que Dios los proteja! —dice Edgardo, grave.

Pasa abuela María. La bisabuela se confunde, mueve la boca incesantemente y en su rostro cambian de rumbo las arrugas. José Javier se escabulle entre los grandes, corre a la pared de cristal, toca con el puño un adiós que no oyen fuera. Entonces, espira, y en el círculo de vaho húmedo, con el índice, comienza a escribir «Nina».

—¡Ven acá, muchacho, por Dios!

La puerta de cristal transparente deja ver sólo los gestos. Los que se quedan se pegan a ella y hablan, pero ya no se oyen las palabras.

Un hombre muy joven apoya la frente contra el cristal y solloza.

Abuela María ampara a la bisabuela, se preocupa por Ana y no pierde de vista a José Javier.

A la bisabuela se le ha hecho una maraña la mente y no sabe si se ha ido o es que está llegando.

—¿Dónde está Rogelio?

—Tranquila, viejita, tranquila —la calma abuela María.

Todas las vidas, detrás de la pecera, son ríos diminutos y heridos que van coincidiendo.

Esta mujer alta, fina, de ojos perceptivos, parece que tiembla. (En la pieza interior de la cartuchera donde lleva los lentes, ha incrustado un brillante.) Este hombre pequeño, dinámico, con cara de «preséntame un problema, que yo lo resuelvo», a todos mira y con todos se entiende levantando las cejas. Viaja con un muchachón de quince años. Le habla en voz baja y en un susurro entre zumbón y trágico oímos que le dice: «Como se te vaya una lagrimita, te meto un trompón». El hombre tiene más heroísmo que talla. En vez de los cinco visados que necesitaba, consiguió sólo dos. Tuvo que escoger entre mujer, hijos y madre, quién se va y quién se queda. Muy lógico, va él —es quien puede gestionar los otros visados— y el sobrino mayor, que es huérfano y tiene quince años. Del otro lado del cristal, sin comprender, lo miran sus hijos.

Pero cada cual vive su tragedia y no hay tiempo de fijarse en ninguna.

—¿Tú crees que nos detengan? —susurro.

—No sé. No tengo la menor idea. Dios sabe.

Entra un miliciano, mira en derredor, nos revisa, detiene la vista.

—¡Juan Antonio Campos! —grita.

Juan Antonio se levanta. Camina unos pasos. Hablan. No oigo. Me levanto, me acerco. ¡Tengo que acercarme!

—... una lancha patrullera... El bote, sí; a la deriva.

—Pasen al chequeo.

—¡Gracias a Dios!

—¿Cuántos son en su núcleo?

—Ocho.

—A ver sus papeles. ¿Pasaportes?

—Aquí.

—¿Permiso de salida?

—Aquí.

—¿Antecedentes penales?

—Aquí.

—¿Entrega de propiedades?

—Aquí.

—¿Inventario?

—Aquí.

—¿Entrega de automóviles?

—Aquí.

—¿Agua, luz, teléfono? ¿Cuenta bancaria?

—Aquí.

—Pasen al registro.

La bisabuela vacila, mira al miliciano, levanta el brazo, se acerca sonriendo con los ojos nublados.

—¿Qué? —pregunta el miliciano.

—¡Ah no! —dice—. ¡Creí que era Rogelio!

—Lo confundió con su hijo —explica abuela.

El hombre la mira, traga, estampa el sello y ordena:

—¡Otro!

Por última vez miramos los rostros congelados por el cristal. Levantamos los brazos.

Los levantan ellos.

—¿Llevan prendas?

—No, nada. Mi anillo de matrimonio.

—¿Y esa manilla, señorita?

—No es de oro, es de plata.

—¿Pero no les hicieron inventario de joyas?

—¡Por Dios!

El hombre no insiste. (Hace tres meses le escribió a su hermano para sacar al hijo, pero tiene que cubrir la forma.)

—¿Y la medalla?

—¡No vale nada! ¿No ve? Es de bronce. ¡Un tercer premio de regata! ¡No vale nada! Es sólo un recuerdo. Se la dio el novio.

El hombre porfía:

—Figúrese, señora; son órdenes.

—Dásela, hijita.

Alina se niega.

—Por lo que más quieras. Por tu padre. Ya tendrás otras. Vamos...

—¡El avión! —salta José Javier.

—¡Vamos, vamos, vamos! —lo empuja Juan Antonio.

Salimos a la noche cálida. Esta que camina soy yo, esta que sube la escalerilla soy yo, esta que da las buenas noches, dobla el abrigo, lo coloca bajo la almohadilla, se ajusta el cinturón y espera, soy yo. Esta que le están arrancando el alma.

Suenan las turbinas.

Un motor. El otro.

Una pausa. Miedo. ¿Qué azar, qué trámite, qué mal funcionamiento mecánico, qué legación de chinos o checoslovacos irá a detenernos?

Alguien (que se asiló al llegar a México), reparte caramelos. Sólo José Javier los coge.

Nadie habla. Nadie llora.

Otra vez los motores; la pista, huyendo; una última palma, al subir, que se achica y se queda. Las primeras luces. Por la ventanilla, a través de las lágrimas y desgarrándonos de ella, Cuba de más nunca.

FIN

NOVELAS GALARDONADAS CON EL PREMIO EDITORIAL PLANETA

1952. EN LA NOCHE NO HAY CAMINOS,
de Juan José Mira
1953. UNA CASA CON GOTERAS,
de Santiago Lorén
1954. PEQUEÑO TEATRO,
de Ana María Matute
1955. TRES PISADAS DE HOMBRE,
de Antonio Prieto
1956. EL DESCONOCIDO,
de Carmen Kurtz
1957. LA PAZ EMPIEZA NUNCA,
de Emilio Romero
1958. PASOS SIN HUELLAS,
de F. Bermúdez de Castro
1959. LA NOCHE,
de Andrés Bosch
1960. EL ATENTADO,
de Tomás Salvador
1961. LA MUJER DE OTRO,
de Torcuato Luca de Tena
1962. SE ENCIENDE Y SE APAGA UNA LUZ,
de Ángel Vázquez
1963. EL CACIQUE,
de Luis Romero
1964. LAS HOGUERAS,
de Concha Alós
1965. EQUIPAJE DE AMOR PARA LA TIERRA,
de Rodrigo Rubio
1966. A TIENTAS Y A CIEGAS,
de Marta Portal Nicolás
1967. LAS ÚLTIMAS BANDERAS,
de Ángel María de Lera
1968. CON LA NOCHE A CUESTAS,
de Manuel Ferrand
1969. EN LA VIDA DE IGNACIO MOREL,
de Ramón J. Sender
1970. LA CRUZ INVERTIDA,
de Marcos Aguinis
1971. CONDENADOS A VIVIR,
de José María Gironella
1972. LA CÁRCEL,
de Jesús Zárate

El sitio de nadie